吕

吕新作品系列

我听见青草附近有大声音

吕新/著

山西出版传媒集团 北岳文艺出版社
BEIYUE LITERATURE & ART PUBLISHING HOUSE
·太原·

图书在版编目(CIP)数据

我听见青草附近有大声音 / 吕新著. —太原：北岳文艺出版社，2018.1
(吕新作品系列)
ISBN 978-7-5378-5463-4

Ⅰ.①我… Ⅱ.①吕… Ⅲ.①短篇小说–小说集–中国–当代 Ⅳ.①I247.7

中国版本图书馆CIP数据核字(2017)第296348号

书名：我听见青草附近有大声音
著者：吕 新
策 划：续小强
责任编辑：谢 放
项目统筹：马 峻
装帧设计：张永文
印装监制：巩 璠

出版发行：山西出版传媒集团·北岳文艺出版社
地址：山西省太原市并州南路57号
邮编：030012
电话：0351–5628696(发行部) 0351–5628688(总编室)
传真：0351–5628680
网址：http://www.bywy.com E – mail：bywycbs@163.com
经销商：新华书店 印刷装订：山西人民印刷有限责任公司

开本：890mm×1240mm 1/32 字数：193千字
印张：8.75 版次：2018年1月第1版 印次：2018年1月山西第1次印刷
书号：ISBN 978-7-5378-5463-4
定价：38.00元

目录

我听见青草附近有大声音

一

夏天，一个叫五仗的孩子爬到于氏的树上，伸手去摘树上的李子，正是中午，一根树枝忽然断了，孩子从树上掉了下来。坐在不远处打盹的于氏在树枝的断裂声中睁开眼睛，急忙跑过去。当她看到树下那个哭泣的孩子，并确信他的手里既没有李子，也没有吃剩的李核时，不禁又喜又怒地说道："活该！再让你嘴馋！敢摘老娘的李子?"

孩子从树荫下爬起来，抽泣着向远处的河边跑去。他不敢回家，不敢放声大哭，回去后少不了一顿打，也许还没等他回到家里，于氏先就去了。

二

晚上，这个叫五仗的孩子在家里昏暗的灯光下无缘无故地放声大哭。

他几乎哭了整一个晚上。他的父母一筹莫展，面面相觑。

他们不知道发生了什么事情。他们想尽了各种办法，仍然不能使孩子的哭声停止下来：他们把他们的手在他的脸前扬起，做出要打他的样子，但他紧闭着眼睛，看都不看；他们说出一些在他们看来很可怕很邪恶的事物，威胁他，恐吓他，也无济于事。渐渐的，孩子脸上那越来越多的泪水使他们夫妻俩也感到害怕了，他们将不安的目光投向黑暗的窗户，又紧张地环顾着他们的房子。

有一瞬间，处于绝望和呆痴中的女人自以为获得了一个良方，她解开自己的衣服，将那多年闲置不用的奶头塞进孩子的嘴里，她有理由认为这样一来会将孩子的嘴堵住，从而隔断那令人不安的哭声；这样想着的时候，她如获大赦似的喘了一口气，但就在她的脸上那过于紧张的神色刚刚试图要放松一下的时候，孩子放弃了那曾经能给予他安慰的奶头，他将它像吐杏核一样吐了出来，随之很快又继续号哭起来。

女人一下就没办法了。

她刚才做那一切的时候，她的男人已停止了烦躁不安的走动，他仔细地关注着她的一举一动，脸上布满了期待的神色。还真是个好办法呢，他在心里对自己说，这一招也许最灵。是的，不能说她没有头脑，现在看来，恰恰相反。女人啊，他妈的，关键时刻也不全是水泡。他凑到她的近前，屏声敛气，认真地瞧着。可是。当他看到孩子将那个发黑的乳头像吐杏核一样毫不稀罕地吐出来以后，他的头马上嗡地响了一下，他知道女人的那一点点可怜的意图和努力全都失败了；当那令他发疯的号哭声重新像衰音一样传进他的耳朵里以后，先前的那种关注的神色早已从他的脸上消失不见了，他抬起一只脚，狠狠地在门上踢了一下。

“我还以为是甚的法宝呢。”他烦躁而鄙夷地看了女人一眼，说道，“真没见过你这样的女人，他多大了还要吃奶？两个月？半岁？动不动就把你那稀松耷拉的玩意儿掏出来，掏出来干甚呀？啊？起甚的作用？你以为那是甚？万能胶？甚都能粘住？宝葫芦？要甚就能倒出甚来？”

“你嚷啥？我这不是在想办法哄他吗？”女人脸红了，在灯光下看上去，颜色很重。“以前他不是这样的，”她说，“他的嘴只要一叼住奶，马上就不哭了，会很快睡去。”

“那是以前，是他小的时候。”男人说，“这会儿他多大了？再说，你还有奶么？有么？早就没有了，不是么？别人不知道，我还不知道么？”

因为是夏天，孩子剃着光头，这会儿，他像一个饱经沧桑的小老头一样坐在那里，伤心无比地哭着。他闭着眼睛，明亮的泪水在他的那张小脸上四处横流，他哭出一身汗，他的父母也都是一身汗。

男人走到女人身边，看了女人一眼，又立即向门口走去。在孩子的哭声里，他看上去如同一只没头的苍蝇，他的一些莫名其妙的动作使女人变得更加不安。女人对他说：

“你别来回走了，德胜，我好头晕。”

男人停下来，望着女人。“不让走，你想让我干啥？啊？”他说。他靠在门上，听到外面似乎在下雨。

女人看了男人一眼，没有说话。不久以后，在孩子的号哭声的掩护下，她也低声抽泣起来。靠在门上的男人没有听到女人的哭声，他是通过她抽搐、耸动的肩头，才判断出她也在哭。于是，他对她说：“你这是干甚？和他比赛吗？凑甚的热闹？”

后来，这个叫德胜的男人打开屋门，向外面走去。外面没有下雨，周围的树叶在风的吹拂下发出沙沙的响声。这个晚上，他不时地从屋里走到外面，向院子里和屋顶上长久地观看、眺望，一些不祥的念头在他的脑子里反反复复地涌起、湮灭，孩子的哭声使他如同变了一个人。屋顶上什么也没有，烟囱里不见炊烟，四周寂静无声。夜风吹过来，他湿漉漉的身上忽然打了一个冷战。他在院子里漫无目的地走了一会儿，然后来到窗前，仔细向里面看。

屋里，孩子还在哭，像一只失控的闹钟。

三

第二天是一个天气晴朗的好日子，孩子早早地穿好衣服，从屋里出来，他一个人在院子里站了一会儿。太阳早已升起来了，可他的父母还没有起来，孩子穿衣服的时候，看到他们的睡相如同在搏斗，又像是垂死挣扎。他从炕上往地下跳的时候，发出咚的一声，也没有惊动他们。要是在往常，这个时候他们早就醒了，做饭的做饭，浇菜的浇菜，尖利的呼哨将落在金针上的麻雀吓走，玫瑰在菜园子里举着露珠。

孩子在院子里站了一会儿后，打来一小桶水，掺进一堆土里。小水桶只有一只罐头盒那么大，上面系着手提的铁丝。太阳照在他们的瓦上，窗前亮晃晃的。层层叠叠的瓦，一只鸽子蹲在上面，发出咕噜咕噜的胃痛似的叫声。孩子开始蹲在院墙下捏泥人。这个早晨和所有的早晨一样，不能说多么寂静，远处和近处都有一些声音，孩子只顾捏泥人，只是没有注意罢了。人们都起来了，无论大人还是孩子，每个人都要或多或少，或大或小地发出一些声音，有的与自己有关，有的与别人有关。

孩子将手中的泥分成均匀的几块，摆在眼前，脑子里渐渐浮现出他的母亲蒸馒头时的情景，她也是这样，将面均匀地分成一块一块的。……我给他们做一盘包子吧。孩子对自己说。他的脚边有一些颜色纷杂的碎玻璃，他捏起一些包进泥里。这时，他的眼前仿佛出现了依依上升的炊烟和明亮的火，白茫茫的蒸气弥漫过来，很快就将他罩住了。

不久以后，孩子转过头，他看到屋门开了，他的父亲神色疲倦地从里面慢慢走了出来。父亲形容枯槁，仿佛卖了一夜的力气。孩子的手里握着一团泥——一只包子的雏形——眼睛望着刚刚起来的父亲。做父亲的起初并没有注意到自己的儿子，他蹲在院墙下显得太小了，很不起眼。父亲仰起头在朝天上看。

天有什么好看的？孩子想。天空里现在什么也没有。

父亲在院子里站了很久，早晨的阳光披挂在他的身上，有一阵子，他闭上了眼睛。孩子一边看着父亲，一边将泥团放在手里揉着，玻璃馅被挤压出来，孩子尖叫了一声。

父亲终于发现了院墙下的孩子。他慢慢地走过来，用一种吃惊的不认识的目光看着自己的孩子。父亲的样子使孩子觉得他异常口渴，又不明白他为什么不回去喝水。孩子的一只手很疼，他已经不再使用那些颜色纷杂的玻璃馅了，将它们连泥弃置在一边。现在，在父亲的注视下，他将一只手里握着的一团泥倒到另一只手里；他感到脸上有点儿痒，伸手挠了几下。有一种东西微微地吹拂着他的脸，使他感到很痒，那是父亲的呼吸。

后来，看了一会儿，父亲就对孩子说话了。

“昨晚你怎么了，那么拼命地哭?”父亲看着孩子的脸，轻声问道。

孩子愣了一下。“谁哭了?”孩子说，“你才哭了。”

“还敢说你没哭?”父亲说，“晚上的饭让你闹得都没吃成。我们都以为你在外面见了鬼，中了邪。你到底怎么了?”

“我没哭。”孩子说，“我真的没哭。我从街上回来就睡着了。”

“有甚事你就说么，”父亲说，“做甚非要那么拼命地哭?”

“我真的没哭，谁哭了?”

“你是不是在街上看见甚了?”

“我没看见。”

“五仗，我和你妈都让你折腾怕了。告诉你，以后再不能那么刺激我们了。啊?我们受不了，我们要是让你刺激得有了毛病，变成两个疯子，你还能有甚好结果?难道你愿意和两个疯子天天生活在一起吗?”

“我没有刺激你们，我从街上回来后就睡着了。我也没吃晚饭吗?”

“你在街上，有人惊吓过你吗?”

“没人。”

“经常有人把树皮做的面具戴在头上，那叫‘鬼脸’，你看见了吗?是不是有人用‘鬼脸’恐吓你?他们常躲在一些没人住的烂房子里，你刚从墙外走过，他的头就伸出来了，高一下，低一下，一会儿有，一会儿又没有了。”

孩子摇摇头，吃惊地看着父亲。夏天里“鬼脸”很多，可父亲说的那又是什么?孩子感到自己的身上很热，他蹲在这里已经半天了，但一直什么也没有捏成。

“既然甚事也没有，那么，你为啥要那么拼命地哭？我不明白。”

“我没哭。我没哭。”

孩子忽然不说话了。父亲的话越说越重。孩子将泥团托在手里，望着父亲从自己的身边离开，又望着他走向门口，消失在门外。过了一会儿，他看到他又回来了，这次他没有在院子里停留，而是直接回到了屋里。孩子悬着的心落了下来，他很怕他再走过来，蹲在这里没完没了地盘问自己。拿什么回答他呀？该说的都说了，他只是不信。他没哭过，他也没有刺激他们。他从街上一回来就睡着了，他们一定是把别人家的哭声听成是自己家的了。他暗自想着。又过了一会儿，他看到母亲也从屋里出来了，她的眼睛下面有一些乌青，像是被人打过。母亲心事重重地走着，似乎没有注意到蹲在院墙下的孩子；孩子正看着她呢。甚叫刺激？那是咋个一回事？很严重很危险吗？孩子眨动眼睛，仿佛要从手里的那团泥上找到一个令他满意而信服的答案。父亲刚才说他不明白自己的孩了昨天晚上为甚要那么拼命地哭，孩子想，有的事情他还不明白呢，比如，昨天晚上他很早就睡了，可他却一口咬定他哭了很久，他哭了吗？

院子里的阴凉在逐渐减少。那凌空突出的屋檐仿佛马失前蹄。

四

上午，有两个女人边说话边走进他们院里，孩子认识其中的一个，三十多岁，穿着很漂亮很干净的衣服，有两条很长很健壮的腿，因为不会生育，至今没有孩子。一个从河东那边搬到附近不久的傻女人曾关切地问她，难道连一个孩子都没有？她说半个也没有。后来，五仗就听说自己成了她的干儿子，有很长一段时间，他不知道那是怎么回事。

女人走进院里，看见了蹲在院墙下的孩子。她走过来摸了摸他的头，笑着说：

“五仗，又在捏泥人儿？”

接着，她又吃惊地说：“天气不热呀，你咋一头汗？”

与她一同进来的那个女人对她说：“你摸谁，谁就要出汗，你的手放到哪里，哪里就是湿的。”说罢，很有意味地笑着。这是一个长得很不好看的女人，笑的时候也仍然不好看，孩子以前从未见过，但又觉得这样的人随处可以遇见。在孩子的记忆里，没有几个人能称得上美丽。

“管她呢，”孩子想，“反正她又不是我妈，好看不好看都与我无关，那是她自己的事。”

仿佛一片轻柔的云彩从天上落下，孩子抬起头，他看到一块散发着芳香的手帕为他带来一种凉意；被称为干妈的女人正看着他，眼里流露出亲切与疼爱。她旁边的那个女人呆若木鸡。孩子看着她们从自己身边走开，向屋里走去。不久以后，他听到屋里传来了忽高忽低的说话声。

孩子用一块红色的泥捏了一辆小汽车，他的本意是要体现一种精良和准确，流线、光泽、棱角。捏好以后，他放在手里端详了一阵，发现许多的关键之处不但不太像，而且看上去很窝囊、稀松、歪仄、委顿，像一个无精打采的人，瘫成一堆。看了一会儿后，他握紧拳头，将它揉成一团，开始想象另外一种新的东西。

孩子举着那团泥，第一次感到自己原来也很笨，他很想哭一声。捏个甚呢？什么东西最容易弄好，一捏就成？

……

大约快临近中午的时候，街门被推开了，一个秃顶的老头轻飘飘地走进院里。老头走路没有声音，像是没有穿鞋，如同一个受潮的纸人一样从外面飘了进来。

那时候，孩子刚刚又捏好一个东西，是一头牛，他小心地将它放在地上，与另外的两头摆在一起，然后神色严峻地观察着。

五

秃顶老头叫陈大褂子，也住在附近一带，他院子里养着鸡，栽着梨树，所有的门窗都蒙着绿纱；有一头无比健壮的大羚羊站在两棵梨树之间的空地上，两只坚硬的带花纹的角弯曲得像两张弓。每逢外出的时候，陈大褂子就骑着大羚羊，翻山越岭，穿村过户。大羚羊很能干，陈大褂子满意极了。

几年前，陈大褂子张罗着为他唯一的儿子成了亲。儿子办喜事的那天，陈大褂子忽然病倒了，待在房里不出来，大羚羊从梨树下离开，来到他的身边，有好事者在它那坚硬弯曲的角上系了一根红布条。大羚羊翘着花白的胡子，慢腾腾地从外面走进来的时候，陈大褂子被吓了一跳，他发出一声沙哑的叫声。

一个有月亮的夜晚，刚刚沉入睡梦中的陈大褂子感到一阵温热由远而近地向他袭来，时令仿佛进入了盛夏……睁开眼后，他看到大羚羊站在地上，它的花白的胡子正无声地在他的枕边飘拂着。陈大褂子吃了一惊，他不知道大羚羊是怎么进来的，屋门并没有敞开，只有一道细细的透着亮光的缝隙。他扶着它那弯弓似的角坐了起来，大羚羊身上的气息弥漫在屋里。

“出了甚事了？”

他低声说道，似在自言自语，又似在向大羚羊发出问询。他划了一根火柴，看到了大羚羊一双蔚蓝色的眼睛，那稀疏而微翘的胡须使它看上去恍如一位年逾七旬的老人。

“看样子，它比我还要大几岁呢。”陈大褂子疑疑惑惑地想道，“到底大几岁？一岁，五岁？也许咱们同岁哩。”

他披了一件衣服，一手牵着大羚羊来到门口。打开屋门后，借着满院的月色，他惊讶地看到大羚羊正在那两棵梨树之间的空地上安安静静地卧着，看上去睡得很死。眼前的时令也并不是炎热得令人昏昏沉沉的盛夏，而是春天，树上开满了雪白的梨花。

……

几天以后的一个傍晚，陈大褂子在树下看见了儿子。喜事刚刚过去没多久，儿子看上去比以往更加瘦小了，脸色灰黄，沉默寡言。儿子背靠着发出芳香的梨木，在地上坐下以后，陈大褂子对他说：

“有些事，得说一说。”

“甚事？”儿子说。

“你没睡好？”陈大褂子看着儿子，他发现儿子靠在树干上，眼睛微微合着，鼻孔里出着气，鼻翼在轻轻振动。

“睡好了。”儿子说。

儿子说话的声音很轻。父子之间若不是相距很近，陈大褂子将很难听到儿子在说什么，他的嘴唇似乎都没动。

“你知道，给你娶媳妇儿的钱全是我出的，”陈大褂对儿子说，“你自己一分也没出，对不对？”

“对，”儿子说，“花的都是你多年来的积蓄，我心里有数。”

“你明白就好。”

“就这事？”

“当然不是。不止这些。”陈大褂子说，“我是说，有些事情，你应该知道。”

儿子慢慢地睁开苍白而疲倦的眼睛，满院子飘荡着的梨花的芳香仿佛使他有点儿透不过气来，他张开嘴，深深地呼吸了一下；背后靠着的树木很粗糙，但他一点儿生硬的感觉都没有。他坐在满院银色如水的月光里，瘦削，沉默，无声无息，像一个清心寡欲的僧人，他依然用那种轻得几乎要溶化的声音对不远处的那个等着他表态的人说道：

“你想做甚你就做吧，跟我说甚，我没甚可说的。钱是你出的，就算入股，你也是这里面最大的股东，唯一的股东。”

亮莹莹的月光下，陈大褂子笑了。

陈大褂子非常得意，在这件在他看来至关重要的事情上，他不费吹灰之力就战胜了他。凭的是甚？当然是他手中的钱，他那多年的积蓄。它们像活泛的水一样哺育着他，滋养着他，使他能够经久不衰、自由舒展。儿子还年轻。但年轻算个甚，顶什么用？不也照样得乖乖地听他这个老头子的话吗？是的，年龄从来就不说明甚么，姜年轻了不辣，倭瓜年轻了只是一包水，不是吗？关键的时候，只有手中的钱才能够站起来说话，挺身而出，发出悦耳迷人而又无比威严无比重要的声音，战胜一切，支配一切。人活着本身就是一件很玄的事情，有些事情他不敢多想，懊恼与后怕时常会将一个人击败、打垮，瘫在床上，虽生犹死。

儿子在西边的石灰窑工作，每天凌晨三四点钟就走了，从家里动身，路上要翻过两个山岗以后才能到达。他带着一天的干粮和水，他是一个真正的披星戴月的劳动者。只是，他从未看见过劳动的欢乐与意义。他们天不亮就开始点火，察看风向，把石头在火上烤熟烤酥，变成另外一种食物一样的东西。无论白昼还是夜晚，几乎有一半以上的时间，他们都在去粗取精，去伪存真，沉淀，提炼，积蓄，直至上升，制造出弥天的大雾。

待儿子一走，他的身影无声无息地沉入黑暗的夜色与广袤无边的田野上之后，陈大褂子就像一只猫一样地过来了。

儿媳叫他公爹。他说，不要叫我公爹，不要这么称呼我，难听死了。他对儿媳说，我的真名叫贝贝，陈贝贝，叫我贝贝就行了。

儿媳说，公爹，五六岁的孩子才叫贝贝，你咋能也叫贝贝？

陈大褂子说，谁能让自己长生不老？我从小就叫贝贝，到了一百岁的时候，我也还是叫贝贝。你嫁过来的晚，没赶上认识他，我还有一个哥，他叫宝宝，两年前死了。

他躺在她的身边，一种不可名状的心情连他自己也难以形容。唏嘘，激动，喘息，咳嗽，……隔一会儿就要爬起来抽一阵烟，还让她帮他拿着火柴。他用手拍击她的身体，他喜欢那种来自女人肌肤上的嘹亮的回声。

“我要你听话。”他对她说，“你要是不好好地听我的话，我就要像砍树一样砍你，说到做到，听见了吗？”

于是，她腾出一只手替他拿着火柴，在他需要的时候就哧的划一下；火柴划亮以后，她用另一只手挡着那光亮，只照他的那张老脸和几根鼠须，不照自己的皮肤。

“叫呀！快叫我！”他不断地催促她，动员她，“叫我贝贝，快叫！我是你的贝贝，怎么不叫呀？快叫我！”

他翻来覆去，搂着她的腰，时而鱼跃，时而猿鸣，忘记了卧在院里两棵梨树之间的大羚羊。他袒露出自己的希望和欢乐，心潮起伏，他想起了距此多年以前的一个银色的月夜。

“啊！人活着，真不知道是咋回事。”

六

陈大褂子一走进院里，首先看到了孩子捏的那些小玩意儿。

“啊！牛！三头健壮的牛，多能干的三头牛呀！比我的大羚羊也不差多少。”他轻飘飘地奔过来，带着一身苔藓的气息站在孩子的旁边，“这要是都能耕地或者拉车该有多好呀！那样一来，你可就成了最年轻的小财主了。”

“从前有一些能人，”他对孩子说，“也是用泥捏各种各样的东西，捏得很像那么回事，有时候用纸剪出各种各样的东西，剪得也很像。捏好剪好以后，嘴里吹一口气，所有那些东西，牛啊马啊，狐狸呀黄鹂呀，就一下子都活了，乱纷纷的闹腾得很厉害，灵活极了。该飞的飞，使劲往高处飞；该跑的跑；该叫的就拉长声音叫，有的声音很粗，有的吱吱的。”

孩了出神地听着，目不转睛地望着这个脸上交织着麻子与重重褶皱的秃顶老头。孩子开始神往。“那么些厉害的人，都到哪里去了？如今还有吗？”

“都在天上呢。”陈大褂子说，“也有的住在山洞里。”

孩子的目光从他的脸上移开，向东边的山上望去，那里也有一些山洞，四周长着茂密的茅草和灌木丛，下雨的时候……

“别往那里面想。”陈大褂子对孩子说。

“那儿甚也没有，只剩下一些从前的空棺材，连个有头有脸的像样儿的鬼都没有了。我说的那些人不住在那里，谁也找不到他们。”

孩子不说话了。在他的记忆里，那一带时常刮风，高大挺拔的旋风从那狭窄的山谷里分离出来，到处移动，旋啊转呀，像会跑的柱子一样，谁见了都得远远地躲着，没有人能惹得起它。柱子终将要倒下，那是一瞬间的事。

“我要是能吹出那样的一口气来，我就厉害了。”孩子想。

他背靠着墙坐在地上，脑子里不断地闪现着各种各样的古怪而光滑的念头，有些念头刚一浮起，就不由得使他感到害怕。他仿佛被一种冰凉而有力的东西不容分说地领到一个很湿的地方去了，那里潮湿、幽深，不见天日，石头上蒙着滑湿的青苔，深绿色的小动物在他的眼前跳来跳去，天在漏水，滴滴答答的声音自上而下地顺延下来，连接成一条真实的虚线。

“我要是也能吹出那样的一口气来，我就厉害了。”他又想道。

以后很长一段时间内，他都在暗中反反复复地琢磨那件事情，在他不断的想念和无边无际的追问声里，那事情渐渐地显得越来越大，大得连先前的轮廓和模样都相继失去了，大到甚么都没有了，他的脑子里早就装不下了。多么奇怪的事情呀！

越大反而越甚么都没有了，一切都成了空气，而空气里是没有凭据的。有人杀了一只羊，血淋淋地吊在木杆上，但过了没多久，附近一带就再也闻不到羊的气味。想惹一身膻，也只能成为一种不切实际的空想；流到地上的血虽然还是红色的，保持着最初的痕迹，但分明已经是另外的一种东西了。

中午过后，孩子的父亲和母亲才从外面回来。孩子不知道他们是什么时候出去的，整个上午，他一直都在院子里捏泥人，竟没有注意到他们在什么时候离家而去。孩子不禁有些后怕地想道：还是大人厉害，他们要是忽然不想要我了，想悄悄走掉，原来也是很容易的，等我最终发觉的时候，他们早已远走高飞了。

这样想着的时候，孩子从墙下站了起来。父亲和母亲的垂头丧气的样子引起了他的注意。他走过去，告诉他们说，陈大褂子来过了，至少在院里坐了有四十分钟。但他们似乎没有听见，两个人的脸色都很难看。父亲抬起一只脚在家门上狠狠踢了两下，母亲在屋里翻箱倒柜，不断地发出一些难听的声音。

孩子坐在一只低矮的小凳子上，父母的那种样子使他忽然想到了一些非常狼藉的场景、血腥的事件，人命、尸体……他的脸渐渐变得赤红而灼热。一只空水罐摇摇晃晃地向他的脚前滚来，他站起来，接着又坐下。他听到有一件玻璃做的东西被打碎了，镜子？玻璃碗？他不能肯定那是什么。屋里现在虽然只有父母两个人在，但在他的感觉里却拥挤得非常厉害，他们似乎想转动一下自己的身体都很困难。有些东西搬到一边去，不搬开就不行，那样一来会什么都无法进行，把最上面的那个摘下来。

孩子听到一种簌簌作响的声音——那是粮食，流泻的粮食像沙子一样。

这天晚上，孩子在灯光下见到了一个远道而来的面目奇丑的人，那个人仿佛是他们的一个亲戚，孩子躲在他母亲的身后，他很害怕那个人，却又忍不住想看上几眼。孩子听到那个人对父亲说，路上说不上多么太平，总有一些鬼鬼祟祟的人让你觉得非常不踏实，耳朵里嗡嗡地响个不停，总觉得就要出什么不祥的事情了。那个人坐在灯下，不吸烟，脸上的线条扭结在一起，有时看上去如一些花瓣。

“你在路上走了几天？”父亲问那个人。

“四天。”那个人说。

“大舅好吗？”

“去年冬天已经死了。”

“死了？”

“那是一个晚上，我去关大门的时候才想起翠还没有回来。天又阴了，好像要下雪，我出去找她。刚打开大门，就看见蓝脸儿站在外面。蓝脸儿告诉我，下午的时候，他已经来找过我一次了，是他打发他来的，我不在。我顾不上去寻找翠了，我对蓝脸儿说，你各处转转，帮我把翠找回来，她已经一天没回来了。我和蓝脸儿在大门外分了手，一个往东，一个往西。我们分手的时候，雪花已经飘起来了。街上没有人。……快到他的房子附近的时候，我听见有人在叫我的名字，叫得有气无力又诡诡秘秘。‘华章……华章……’我停下来，没看见周围有谁。我的脸上热烘烘的，雪花刚落上去就化了。甚叫鹅毛大雪？那天晚上的雪才叫鹅毛大雪。不一会儿工夫，附近一带的房子呀树呀就全白了。”

“他死就死了吧。那么，翠呢？找到了吗？蓝脸儿找到她了吗？”

“找到了。回来后，我说了她一顿，又让我给说哭了，饭也不吃。”

“华章，本来说好了我今年要去一次的，可是，唉……”

“我来了也一样嘛！”

“华章，下次你来的时候，带着翠一起来，好吗？带上她。”

“这话可以说说，哪能真的带她来呢？路那么远，一路上住店呀，吃饭呀，很费劲，很麻烦，哪能带她呢，不能。”

“华章……”

“我在来时的路上看见这一带很热闹，到处都能看到新造起的土板墙。垒那么多的土板墙做甚呀？是不是要打仗呀？”

“打仗？”

“连庄稼地里也立着一道一道的土板墙。”

“那是为了防风。”

“这里也刮风？我是说，也像我们那里一样常刮那种毁灭性的大风？”

“没有那里的厉害。”

……

父亲的不安分的影子在墙上晃来晃去，孩子目不转睛地注视着，那影子似乎马上就要飘走了，但还没有飘起来，很快就又回来了，仿佛有一根异常结实的绳子在暗中拽着它，使它插翅难飞，尽管它时时都表现出一种展翅欲飞的形状。孩子的心也像那受难的影子一样虚虚地悬着，上不到更高的地方去，也落不下来。有一段日子了，这孩子一个人独自坐着坐着，就会十分清晰地听到一阵老年人才会有的喘息，他小心地环顾四周，看见还是只有他一个坐在那里，并没有见别的人出现。那个声音很艰难，很烦琐，吃力地蠕动着。“那是谁？在干甚？”孩子有时不免要问自己。“谁在我的不远处呼哧呼哧地喘气？”询问当然是无声的，只有他自己心里清楚。这样暗暗地问着问着，有时就忽然感到害怕了，不敢再问下去，也不敢再想下去了，于是就立即起身到墙外的草丛里去捉虫子、逮蚂蚱，这样一来，就把刚刚的那些还挺吓人的问题全忘记了，又变得一身轻松，自由自在。他跪着、趴着，捉住一种名叫“扁担”的绿蚂蚱。附近一带有很多蚂蚱，式样与颜色都各不相同。红蚂蚱叫蚂蚱，绿蚂蚱却叫扁担。

孩子说，为甚叫扁担？难道它们也能挑东西吗？

父亲说，扁担就是扁担，非要问个为甚！你为甚叫五仗？

孩子看着父亲，想了想，说，我也可以不叫五仗，叫别的？

父亲说，那当然，这还用说嘛。别看你是个人，其实你的名字也完全可以叫扁担，或者叫斧头。我当初要是给你取名叫扁担，你现在就不能叫别的，只能叫扁担；我当初要是给你取名叫斧头，你现在就非得叫斧头，不愿意叫也得叫，你就是斧头，斧头就是你。我没有给你取名叫扁担或是镰刀，是不想让你吃苦受罪。

父亲这样说，使孩子想起了他所知道的几个名字。在他们的屋后有一个人叫聚财，聚财的兄弟叫守财，他们的父亲叫富贵，他们这一家人姓要，要富贵、要聚财、要守财。工作组里的一个人曾气愤地说，想得倒美，天底下的好事全让你们一家人占了，大言不惭，不要脸！为什么不叫要债？嗯？为什么不叫要命？其实，要死要活都由你们，就是富贵发财由不得你们。什么都不想，只想要富贵发财，那万万不能。想来那些名字都是有用意的，但有用意又有什么用？斜对面有一个孤老头子叫满天红，听名字很发达，事实上什么都没有，每天连正常的炊烟都谈不上。

我的名字应该叫大刀。孩子想。

七

夜里，下起了小雨。

那个远道而来的叫华章的人，临走的时候，过来摸了摸孩子的头，孩子那时候已经在一个靠墙的角落里睡着了，他的一条腿平放在他母亲的身后，另一条则搁在窗台上。

孩子的父亲送客人去另一个地方睡觉。名叫华章的客人只能在这里再待上几个小时，度过一段短暂的黑暗的时期，天不亮他就得立即动身，前往距此四十里以外的一个地方，去看望另一位比较重要的亲戚，在那里待上一天，最多两天，然后就要返回原籍了。

名叫华章的客人是一个心细而周到的人，从家里出发的时候，他就特意带了一把雨伞背在身上，这会儿正好派上了用场。相形之下，倒是孩子的父亲显得仓促而忙乱，糟糕无比，在送客人出门的时候，根本找不到一把雨伞、一件雨衣。一个下午的时间，他们夫妻把家里翻得乱七八糟，所有的东西都被挪动过了，纷纷错了位，这时候要想找到一件要找的东西，那是难上加难。最后，他从一张帆布下扯出一顶缺边的破草帽戴在头上，与客人出了门。

孩子的母亲追到门口，对客人说：

“常来啊。”

“哎，我记住了，快回吧。”

他们两个人出了大门，来到蒙蒙的细雨中。街上很暗，几乎一点儿亮光也没有，空气倒很新鲜。孩子的父亲边走边说：

“女人们就是虚，眼看着客人就要走了，却还要说‘常来啊’，常来甚呀？这不是刚刚才送出门嘛。”

“那是礼貌。”名叫华章的客人说，“不能叫作虚伪。”

“华章，咱们去高城那里去睡吧，他家里就他一个人。”

“其实，我完全可以不睡觉，这就动身往那里走，第二天中午就到了。我喜欢走夜路，这会儿又下着小雨，既安静，又凉快，路上也没有白天那么多的车。我这就走吧。”

“那怎么能行？那怎么能行？你不能那样，华章，人哪有不睡觉的？鹰飞累了都要闭闭眼。你是不是嫌高城那里不好？他老抽旱烟，屋子里一年到头总是一股子又辣又呛的烟味。干脆，就回我家里去住吧。”

“烟味有什么可怕的？我不怕。我只是怕惊动了他，他上年纪了，这会儿恐怕早就在梦里了，咱们惊了他，他就再也睡不着了，免不了就又要不停地抽烟，边抽边咳嗽边流泪。”

“那咋办？”

“让我走吧，表兄。”

“那怎么能行？不行。路上这么黑，又下着雨，我把你放走了，我成了甚了？你至少也得天亮以后才能走。”

两个人在黑暗的街上站了一会儿，雨下在华章的雨伞上，发出一些清晰安宁的声音。远处，树叶哗哗地响着。

“表兄，你是不是遇到甚难缠的事情了？当着表嫂和孩子的面，我不便问起。家里的东西翻得那么乱，到底怎么了？”

“没有，没有甚事 。”

“没有就好。我们要把那剩下的几十年平平安安地度过，真不是一件容易的事，我常常感到很吃力，很费劲。今天，我在来时的路上看到一辆牛车拉着黑压压的一车炭，明知上不去那个坡，可还是得硬着头皮上，那牛哭了。”

“哭又有甚用？它要是不给人家把那车炭拉上去，它要是显出它老了，表示它再也不行了，回去后它就得挨刀。没有人会给它说情、周旋，谁也救不了它。”

“表兄，你的孩子是个好孩子。”

“小毛孩子，现在还看不出来。你瞧，河东那边有个寡妇，叫于氏，有几棵杏树、李子树，他没事常去人家那树下转悠。那些树是于氏的眼珠子、命根子，看得很紧。我说他了，你去那里转悠个甚？”

黑暗中，名叫华章的客人转动了一下头顶上的雨伞，一阵细雨斜着飘到他的脸上，微凉的雨丝仿佛一种善意的提醒。

“走吧。”他说。

“去哪里？”

“还是去惊动高城老人去吧。”

有人叫着他的名字，叽叽喳喳地向远处跑去，越来越远。

孩子竖起一双警觉的耳朵，他听到院里忽然响起一阵纷乱无比的脚步声，仿佛有十几个人抬着沉重的箱笼正在异常吃力地行走，呵斥声、训示声，不时传来；还有讨好的声音、耐心解释的声音、劝解的声音，此起彼落，有一些清脆的东西把冒失莽撞的人变得哑口无言，讪讪后退。

不久，一切的声音都消失了，不是渐渐消失的，而是一瞬间就什么都没有了，似乎所有的人都在一个眼色的命令下，全部无声无息地撤走了，他们上了同一辆车，或者钻进同一只箱子，悄悄地被运走了。

……后来，孩子听到家里的窗户被人敲响了，声音不是很大，但十分坚决，有一种不容分说的意味。孩子睁开眼睛，他看到父亲披着衣服出去了，屋里漆黑而又斑驳，密不透风，孩子的鼻子抽动了几下，他闻到屋里有一种强烈的灰烬的气息。似乎刚刚燃烧过什么东西。孩子闭上眼睛，暗中想道。恍惚中他看到自己正在河边奔跑，河边不时留下他的迅速的影子。东边的太阳很大很亮，河东一带的榆树、柳树夹杂在那些稀稀落落的房屋之中，一切看上去都是透明的，泛起水一样的亮光。在山坡上，在树木掩映的最高处，一张警惕的脸在翠绿的枝叶后面忽隐忽现、时远时近。孩子眼尖，一眼便认出那是于氏，六十多岁的寡妇，每年夏秋两季，日夜看守着自己的几棵杏树和李子树，废寝忘食，夜不能寐。大约十几天前，有一个十多岁的女孩瞟着树上的青杏，不久以后，于氏就找到她家里去了。于氏对那女孩儿的父母说，你们不管教怎么能行呀，再不管就迟了，一个女孩儿，小小年纪就馋成这样，长大了那还不是看谁有钱就跟谁跑？女孩儿的母亲说，她在哪里，等她回来，我给您骂她，让她去给您赔礼。女孩的父亲说，等她一回来，我就打断她一条腿，行吗？于氏说，那倒不必，那样一来倒显得我是一个恶人。我不是一个恶人，也没有恶意。女孩儿的父母说，她摘了您多少李子？您数一数，我们要给您赔钱，按秋天的价格计算。不必了，于氏说，秋天还没到，她一个也没摘……孩子在河边跑着跑着，忽然看到于氏从纷繁的树叶后面站起来了。

于氏从身后拿出一副简易的望远镜，举起来，仔细地向她的树下观察着。

孩子急忙蹲下自己的身体。身边的一片玉米地里水汪汪的，像一个浅澈的湖，里面传来说话的声音；看不见一个人影，只听见嗡嗡的说话的声音和一种不容商量的语气。这是谁呀？敢这么说话？孩子想。这个人可真厉害呀，把什么都不放在眼里。树上的乌鸦向远处飞去，孩子伸出一只手在自己的脸上悄悄抹了一下，手上全是水。他吃了一惊，不知道那是怎么回事。玉米地里明镜似的水使他很快将手持望远镜的于氏忘记了。

八

早上起来后，孩子发现屋里只有自己一个人。他刚睁开眼，就听到了钟表的走动声，往日里是听不到的；因而，他感到这个早晨里钟表走动的声音要比平日大得多。孩子在地上走来走去，他不知道父母都到哪里去了，锅里也没有给他准备饭。一只水壶嗞嗞地冒着气，孩子用手拎水壶的时候被壶柄烫了一下，壶柄仿佛比壶里的水还要烫上许多。在他的记忆里，父亲和母亲总是一个在家，一个不在家，两个人很少有一起出去的时候。而这些日子以来，有一种突如其来的东西把他们捆到了一起，差不多变成了一个人，孩子不知道那是一种什么东西，以前，它没有在家里出现过，它像院子里的蜜蜂一样，是最近才飞来的。

孩子来到屋外。一个人坐在门槛上一边等父母回来，一边看着早晨的天空。在蔚蓝色的天空里，孩子看见一匹像马一样的云彩正在拼命地追赶另一匹也像马一样的云彩，孩子聚精会神地盯着它们，它们跑得多么快呀！他的眼睛里流露出无限的钦羡。不久以后，天上的事情发生了变化，原先跑在前面的那匹像马一样的云彩忽然变了样，失去了马的模样，变得像一头骆驼一样大了，它不再继续飞奔，而是像驮着沉重的货物一样，慢腾腾地朝西面移动着。孩子坐在低矮的门槛上，鼻尖上沁出了汗，焦虑而紧张地注视着。这时，追在它后面的那朵也像马一样的云彩忽然也不像马了，开始像一种颜色一样到处涂抹起来，弥漫起来，一片一片地向前面压过去，洇过去，越来越湿，越来越重，乱纷纷的颜色浓重地抹在天上。很快，前面的那骆驼也不像骆驼了，它被湮灭在颜色里，被一下子吃掉了。孩子惊愕地仰望着，在那附近，这时正有一些帽子一样大的云彩零零星星地从四面八方飘来，在寂静的天空里，奔跑着热闹的云、欢乐的云、兴高采烈的云。

“它们好像要集合了。”孩子想，“它们马上就要混在一起分不出来了。”这样想着，他听到一声呼哨嘹亮地响了起来。

……

父亲和母亲后来回来的时候，孩子仍然坐在门槛上。

孩子看见他们的身上沾满了夏天的露水，他们的样子不像是这个家里的男女主人，倒如同两个远道而来的，多年不相往来的远方亲戚。他们拘谨、烦躁、心不在焉，神态远不如那个叫华章的客人自在。昨天，他们两个人一起将家里的东西翻得乱七八糟，劲头十足；今天，他们似乎已经没有力气了，两人都脸色灰暗地坐在那里，谁也不开口说话。

“他们好像病了。”孩子想，“他们看上去像两只瘟鸡。”

早饭没有做，他们吃着昨日剩下的干粮，每个人喝了一碗水。做母亲的几乎没怎么动嘴便不再吃了，坐在一边看着男人和孩子。孩子举起自己的那个被水壶烫疼的手指让他们看，但他们都没看见，他只得将举起的手重新放下。没有人说话，蜜蜂和蝴蝶在宽大而翠绿的葫芦叶子上面飞来飞去，金色的花粉在太阳下闪着亮光。早晨已经过去了，这一家人还在死气沉沉地吃着早饭。

孩子嚼着有些坚硬的干粮，听见父亲对母亲说：“坐在那里做甚？给我收拾行李去吧。你想让我罪加一等？”

母亲如同被从梦中惊醒一样，立即起身出去了。孩子的嘴里塞得满满的，好奇的目光追随着母亲，待母亲的身影消失后，很快又移到父亲的脸上，但一只大碗挡着父亲的脸，使他什么也看不到。孩子警觉地竖起耳朵，他好像听到什么地方在低低地敲鼓，敲的是一只小鼓，敲小鼓的人内心得意而又小心翼翼。

不久以后，母亲又进来了，她用商量的口吻对父亲说：

“两件线衣、两件绒衣，够了吧？那件蓝色的绒衣去年让虫子咬了两个洞，你迟走一会儿，我这就给你补好。”

父亲不耐烦地瞪了母亲一眼。“带那些干甚？”他说，“我不带！把我的棉大衣带上就行了。棉大衣。”

“棉大衣？”

“对，就是棉大衣。你不认识吗？不知道甚东西叫棉大衣？”

“这是夏天，再过些天就要入伏了。你要带你的棉大衣？”

“我就要带棉大衣。”

“我就不让你带棉大衣，人们会笑话你的。夏天，你穿着棉大衣。”

“笑话我？你以为你的男人去干甚？ 赴宴？登基？赶快把我的棉大衣给我找出来，你收拾出来的那些玩意儿我一件也不带。”

“夏天，你穿着棉大衣，人们会以为你是个甚的东西。”

“甚的东西？就这么个东西。”

“爹，你要去哪？”孩子说。

他们不再争执了，互相看着，屋里重新安静下来。孩子从屋里走出去，不久又拿着一个陀螺走了进来。这一带的人们不把陀螺叫作陀螺，而是叫作“冰猴”，放在冰面上，用鞭子抽着它让它转起来。现在，孩子把“冰猴”放在炕上，试图让它旋转起来，“冰猴”东倒西歪的样子使孩子情不自禁地笑出了声。后来，他把它拿在手里，听到母亲又在对父亲说：

“衬衣总得带一件吧？”

“又来了。”父亲说，“衬甚么衣！你不想给我找棉大衣就算了，我甚也不要了，我这就走。中午十二点以前，我必须到了那里，过了十二点，连饭都没有了。”

母亲立即转身出去了。不一会儿，她抱着父亲的棉大衣站在他的面前。

“爹，你要去哪？”孩子对父亲说道，“我也要去。”

“吃饱了吗，你？”父亲对孩子说，“吃饱了就出去吧，啊。不要上树，不要下河去耍水，更不要和别人家的孩子打架，记住了吗？（孩子点点头）即便有孩子打了你一下，你也不要计较，不要还手。打一下又能怎么样？打两下又能怎么样？打十下又能怎么样？咋也不咋，甚也短不了，是不是？从前，那些练武的人，有的还专门出钱让别人来打自己呢。实在找不到人打，他们就拿自己的拳头往树上打，往沙子里杵，拿头往石头上碰，一弄一身血，就这样才能慢慢地练出一身好本事。”

孩子又点点头。父亲最后的几句话在他听来非常有道理，他相信那没有错误，父亲的描述使他很感兴趣，使他看到了一种隐隐约约的模糊而感人的情景，树林、石头、河流、矫健的身影、鲜红的血、飞檐走壁、披星戴月，一些东西不断地在他的眼前浮现。

他忽然明白了一个道理，父亲为什么要在大夏天里吵着闹着要穿自己的棉大衣？为甚？那不正是要磨炼一种常人所没有的意志吗？是的，一定是那么回事，一个人在炎热的大夏天里都敢穿棉大衣出去，那还有什么可怕的事呢？剩下的一切都会不在话下。……孩子用敬佩的目光看着自己的父亲，看着这个敢在盛夏时节穿棉大衣的人，他是多么的了不起呀！

想到这里，孩子立即转身对母亲说：

“妈，我也要穿棉大衣。”

九

有一天，是一个阳光明亮的上午，这个女人一个人在院中的菜园子里剪金针，几只白蝴蝶在她的身边飞来飞去。

昨夜里下了一场小雨，空气很湿润，葱绿的树木上还保留着一些精致的水珠，既不蒸发，也未坠落。女人在剪金针的时候，看到孩子蹲在门口捏泥人，但只过了一会儿，孩子就扔下一堆泥跑出去了。园子里的一排一排的甜菜正在抽条，一些顺竿而上的菜叶和藤蔓遮住了女人的脸，一些金色的花粉粘在她的手臂上。

剪下十几支金针以后，女人从园子里回到屋里。外面灿烂明亮的阳光使她不想闲着，很想干点儿什么，然后再干点儿什么。

山区里有的是懒惰而闲散的女人，但她不是，别人不认为她是，她自己也不觉得是，她和那些不沾边。山区里有的是性情放荡而又豁达的女人，她也不是。那个将五仗认作干儿子的女人就是一个性情放荡而又豁达的女人，她和她很能合得来，但很难说有多么亲密。

这样好的天气，这样好的太阳，也许该把家里的被褥拿出去晒上一天，到晚上收回来以后，它们会变得暄软、温热，满屋子阳光的味道，人睡在上面，如同乘着云彩云游，在梦里远去……这样想着，她抱着一床被子来到外面，将被子搭到院子里的一根铁丝上以后，才发现地上的潮气实际上还很重，一些轻纱似的白雾在蒸发的过程中渐渐脱离粗糙潮湿的地面，正在轻轻腾起，徐徐地向上而去。

就在那时候，有一个人像一只猫一样悄悄地从外溜了进来，那个人就是陈大褂子，尽管他进来的方式比较隐秘而突然，但女人并没有感到吃惊。有人进来就进来吧，有什么可意外的，谁还不偶尔到谁家里去走走。

陈大褂子嘴里说着闲话，眼睛里放射着一种兴奋而稀有的光泽。

地上潮气还很重，女人不打算再继续把被子抱出来晒了，已经晾出来的那床不妨就搭在那里，充沛的阳光使她产生信赖，这样好的光线使她不担心会有什么发霉，午后，满地残留的湿气就差不多蒸发完了。

女人走到哪里，陈大褂子就跟到哪里，他颠颠地跟在她的后面，如同她的一名助手。好几次，女人回头对陈大褂子说：

“坐吧。”

“不坐，不想坐。”陈大褂子说。

“那边有凳子。”女人说。

“有凳子也不坐，不能坐。”陈大褂子说，“这几天腰疼得厉害。”

也许不完全是腰疼，而是牙疼兼腰疼。女人不时地听到从他的嘴里传来阵阵吸吸溜溜的声音。女人回到屋里，他跟到屋里，女人站在菜园子的边上打量里面的菜，他也伸着脖子往里面看。他们之间的距离很近。

园子里大部分的带绿叶的菜对陈大褂子来说都视而不见，他只对那些顶花带刺的黄瓜和微微弯曲的丝瓜表现出极大的兴趣和热情。

“瞧它们，”他兴奋地说道，脸上放着光，“长得多好，多光滑呀！”

他不时地将他的胳膊在空中挥舞起来，落下去的时候总是有意无意地、不可避免地要碰到她的身体，他的勇气和信心在逐渐增强。他的眼睛花了、湿润了，几乎看不清园子里还有些什么。很多年前的一个夜晚，在皎洁的月光下，他看到一个一尺左右的穿红衣服的小姑娘在他的院子里蹦蹦跳跳，他还没来得及咳嗽一声，嘴里突然就被东西塞满了，随后而来的一场大病使他几乎死去。现在，他又一次战栗起来，仿佛又回到了那个皎洁的月夜，但这次已大大不同于从前了；他对自己说，你就是个吃人的妖精，我也要下决心碰碰你！他这样想着，他的一只手情不自禁地来到她的身后，在她的微翘的臀部上轻轻拍了几下。

“你多了不起呀!”他对她说，“你看你把它们种得又粗又长！没有你尽心尽力，它们无论如何不可能长成现在这样，不可能!”

“你真会种呀！又会种又会养。”

女人从园子边上的栅栏前离开，回到屋里。陈大褂子愣了一下，紧接着也跟了进去。他们站在柜子前，对面是一面圆形的镜子，他站在她的背后，几乎是贴着她。

“我也种着一棵黄瓜，想请你……抽空……去看看。”他喘息着对她说道。这个处于极度眩晕中的人似乎快要站不稳了，他的那种有气无力的声音使女人略感惊讶。

“你咋了?”女人说，“中暑了吗?”

他没有听见，他把自己的一只手大胆而不失时机地——他认为时机已到——贴到她的某一个地方。他闭着眼睛，像一个盲人，什么也看不见，一切全凭手感，全凭多年的经验与生活的积累，此外，还有一种魔力的驱使。手感很好，他的心狂跳起来，继续向前。多么宁静的时刻呀！一切都在昏睡，只有他的手醒着，机灵，活泛，清醒，果断，大胆，无敌，有勇有谋，智勇双全，长驱直入。啊，他妈的，这日子过的！这难道不是在触及她的灵魂吗?是的，是那么回事，她的身体在摇晃，思想被撩拨，受到了极大震动；她的脸红了，是突然间红起来的，还是渐渐泛红泛潮的，不去管她！她的身体颤抖起来了，头发贴到脸前，遮住了她的眼睛与赤色的红晕，几经努力，也仍然无法替她再撩上去。

啊！成功了！眼见得她已垮下去了！刚才她还是一副贤淑

端庄的贞妇烈女的模样，仅仅几分钟，一切就已土崩瓦解，改朝换代了。

陈大褂子抬头朝对面的镜子里看了一眼。镜子里只剩下他一个人了，那个女人好像不见了。他露出一副惊愕的神色。

他急忙腾出一只手捂住自己的嘴：他感到他的心不断地往上跳，此时已跳到他的嘴里，灼热而沉重地压在他的舌头上面。

“我不能说话了。”他想。只要一开口，那个玩意儿就会立刻掉出来。他妈的，来得这么巧。镜子里浮现出一张焦躁而接近于疯狂的脸。“那是谁?”他吃惊地想道。

煮熟的鸭子飞了。他在寻找那个女人。她到哪里去了？一个时期，她曾与他交手，进行挣扎；不久，挣扎变为协助。

从那时候开始，他省了多大的劲啊！为了不使已跳到嘴里的心从唇齿间滑落出来，他可以腾出一只手来去堵自己的嘴，而仅仅在几分钟前，这还是绝对不可能的，没有能力，也没有机会，抽不出手来。现在行了。无数事实证明，成功必须有善意的协助，需要最有效的配合，单独的一个人翻不了天，三头六臂也不行。是的，谁不承认这一点，谁无非就是一个可笑的自大狂。

女人几乎消失得无影无踪。他到处摸索着，在找她，想把她捞起来，捞出来。

……

就在那时候，院子里忽然响起了孩子的说话声。谁也不知道他是什么时候回来的。他一个人蹲在门口捏泥人，捏好第三个泥人以后，他发现第一个泥人的两条胳膊已经不见了，于是，他尖声叫了起来。

陈大褂子朝镜子里匆匆地看了一下，急忙向外面跑去。

屋顶在上升。女人站在柜子前，那面圆形的镜子像一道开在墙上的门，门内盘旋着回廊，回廊曲折地通向一些庭院，活在其中的人有的感到沉闷，有的被病痛折磨得欲死欲活，走投无路。柱子后而传来呜咽和呻吟，女人无暇顾及那些零散而遥远的声音，她感到自己的手指肿胀得十分厉害，她将一根手指放进嘴里咬了一下，灼热的呼吸使她失去了耐心。红指甲，绿鸟 。黄色的浮云像烟一样浮动在庭院的上空。纱窗破了，头痛病在蔓延。

在一道低矮的树木掩映着的小门边，她听到一位老人对一个孩子说：

“守着这么一大摊稀泥，想捏个甚呢？苹果？山羊？大头辫?”

“……”

“我来给你捏一个好吗？来一个亭亭玉立的大姑娘，要不要?”

“不要 。我要一个坦克。”

“傻瓜！生瓜！坦克有甚意思？那不过是一堆堆砌起来的废铁，不打仗的时候，它连一只小鸟都不如，甚的作用都没有，放在那里，只会生锈。我决定了，就来一个大……”

一天上午，女人从河对面的镇上回来的时候，迎面遇到了正在那一带闲逛的陈大褂子，女人踌躇着，想从别的地方绕过去。就在那时，陈大褂子忽然向她走来了，他将一个小布包塞进她的手里后，转身便跑了。

女人回到家里，打开那个散发着檀香味的小布包后，看到里面竟是一件……她的脸红了。还有一张小纸条，上面写着几个字：献与我的小鸡。女人放下手里的布包，飘散在眼前的檀香味她不但不喜欢，反而使她感到头晕、恶心，像当年怀孕的时候一样。

晚上，女人告诉了自己的男人。

男人把这事看得很严重。第二天是一个天气晴朗的好日子，他本不想在这样的日子里看到有什么不好的事情发生，更不想自己本人身体力行地去从事那种他所厌恶的令人不快的事情，但郁结在他心头的某种厌食症一样的感觉使他坐卧不安、蠢蠢欲动。他很烦躁，早饭也没有吃。后来，他终于下了决心。

他手里拎着一根木棒，去找那个老坏蛋。他们住得不远，都在附近一带，一些多年的老树分布在其间，有的树很高，树头上浮着结实而幽黑的鸟巢。他手里的木棒不算光滑也不算粗糙，上面原来有一个钉子，他把它起掉了。

老家伙正在自己门前的台阶上坐着，手里抚摸着他的大羚羊。他拎着木棒进来以后，老家伙吃了一惊，抚摸大羚羊的手停住了。

"没想到吧？"他冷笑着对老家伙说道。木棒被他握得很死。

大羚羊从台阶下站起来，挡在老家伙的前面，保卫着他。

"找凳子坐吧。"老家伙对他说。

他觉得自己有许多话要对这老家伙说，但又不想开口。有什么好说的呢？他感到很累，慢慢地向台阶前走来。

老家伙突然从台阶上站起来，撒腿就跑，一边跑，一边叫：

"救命呀！救命呀！"

他并没有追赶他，老家伙却越跑越远，过了河以后就不见了。

这事大约发生在一个多月前。

十

蔚蓝色的天空里，有一些地方像是用朱笔精心地描过，鲜红，艳丽，柔软，茸厚，孩子喜欢这样的红颜色，它们放在天空里，使天上变得很好看。孩子不喜欢棺材的那种红颜色，他的许多小伙伴也都不喜欢棺材的那种红颜色，那上面散发出来的油漆的气味使他们感到恶心、害怕。棺材是一种陈旧而又天天刷新的事物，它凶险无比地躺在那里，成为一种不祥的现象，里面无论有没有死人，都让活着从那里经过的人从头到腿、从里到外感到不自在。它鲜红而刺眼地停放在每一个散发着死亡气息的院子里，停放在高高的打谷场上，吸引着一些飞来飞去的东西，吸引着一些勤劳而平庸的乡村画匠。它们叽叽喳喳地俯看着它，他们饶有兴致地围绕着它，津津乐道，各抒己见，之后在经验与报酬的驱使下，在那上面画出最新最美的图画——无数的乡村是他们最理想的画廊。

什么时候，广阔而僻静的乡间不再有棺材那刺眼的影子？

在几个孩子的怂恿与推推搡搡的协助之下，傻梅被动而又主动地抬腿跨进一具未油漆的空棺材里。几个孩子拦在棺材的四周，防止她出来。接着，有人从旁边搬来砖头，放进棺材里。他们纷纷对傻梅说：

“这是你的枕头。”

“好好躺着，不要动啊。”

“闭上眼睛。”

傻梅是一个和五仗年龄一样大的女孩儿，留着男孩子式的短发，两只眼睛永远只能睁开一半，睁到最大的时候也只是一条缝。傻梅是陈大褂子的孙女，每天起来后就站在街上，头不梳，脸不洗，东张西望，像一位颤颤巍巍的老太太。有人问她：傻梅，你是谁的孩子？是你爹的孩子，还是你爷爷的孩子？傻梅就说：我不告诉你。……别人在一起说话的时候，她也站在一旁仔细听着，聚精会神地歪着头，注意着别人的一举一动。有时，听着听着，她会突然咧开一张大嘴，发出一些含糊不清的笑声。她听懂他们说的话了吗？他们在说什么？夏天的洪水？家庭纠纷？谷仓里的老鼠？谁也不知道她听懂了什么。更多的时候，人们不叫她傻梅，都叫她大愣子。一个五六岁的孩子都能将大愣子傻梅轻而易举地弄哭，然后看着她一溜烟地向家里跑去。

……傻梅头枕着砖头，闭着眼睛在棺材里面躺了一会儿，忽然说什么也不再继续躺了，她尖叫着爬起来，闹着要出来。孩子们纷纷拦在棺材的四周，不让她出来，傻梅跑到这边，他们就堵在这边；傻梅跑到那边，他们又堵到那边。眼看着没有出来的希望，傻梅趴到棺材上呜呜地哭起来。

“哭甚哩！还不躺回去！”

“你已经死了，还哭？”

傻梅停住哭声，她的一条腿已经从里面出来了。几个孩子一拥而上，七手八脚地抓住傻梅的那条腿，将她重新扔回去。他们还想将她摁倒在里面，但两三个孩子一起上都失败了。傻梅的力气出乎他们的意料。

附近有一座浑圆的山岗。

孩子们转过头，他们看到山岗那边隐隐约约的，有一个人从山岗后面正像一条年老的鱼一样向他们这边无声地游来，几个孩子如受惊的鸟一样立即四散而去。

那个人是陈大褂子。

陈大褂子飞快地向这边奔来。在岗后埋伏了半天，他没有逮往一个作恶的孩子，只是将尚在空棺材中哭泣的傻梅搭救了出来。傻梅那乱蓬蓬的头发上沾落的一些木屑使他气愤不已。他伸手在傻梅的屁股上打了一下，傻梅“哇”的一声哭了。接着，他又打了一下，傻梅不哭了。傻梅站在一旁，身体颤抖得很厉害。

“他们让你进去，你就进去？”他对傻梅说，“这是棺材，知道吗？专门放死人的东西，过几天就要埋进土里，永远不再出来。你以为这是甚？花轿？高级小汽车？”

他伸手将她头上的木屑摘掉。不久以后，他领着她回家。路上，他说：

“不是不让你出来吗，你咋又出来了？你这样会吃亏的。为甚不在院里和大羚羊一起耍？大羚羊不欺侮你，任何时候都不欺侮你。你让它卧下，它就卧下；你让它起来，它就起来。你要是对它说：‘来点儿刺激的！’它就顶着两只弯弓似的角，拼命地在院里跑。从东跑到西，从西跑到东，先绕第一棵梨树，再绕第二棵，一遍一遍地兜圈子，有趣极了。”

傻梅牵着他的手，认真地听着。

“我计划再养三只羊，”陈大褂子边走边继续说道，“让它们四个成为一组。知道我要做甚么？是的。我要培养它们，加紧训练它们，我要让它们像学校的学生们一样赛跑，四个一组，接力赛。就在咱们的院子里赛，谁也不让他们看，就让你看，让你给它们吹哨子。”

十　一

几天以后的一个上午，名叫五仗的孩子正在院子里捏泥人，突然看到街门被推开，父亲回来了。还有两个人跟在父亲的后面，一个老的，一个年轻的。他们拖泥带水，看上去走得很累。这一天是一个阴天。

父亲没有像平日那样一走进院子就回到屋里，而是直接向孩子这边走来，那两个人也跟着走了过来，他们站住了。

父亲指着孩子，对那两个人说：

“这就是我那孩子，昨天我曾说起过的，他一定能提供一些情况。”

那两个人盯着孩子看了一阵，然后又将目光移向别处，在院子里到处看来看去，甚至连他们的房顶上也仔细看了看。两个人交头接耳，悄悄地说了句什么。孩子看着他们。

这中间，孩子的父亲急急忙忙地跑回屋里，搬出两只凳子，擦干净了，请那两个人坐下。那个年纪老一点儿的坐下了，剩下那个二十出头的年轻人还在到处察看，一双手插在裤兜里，这儿瞧瞧，那儿望望。也许他只有十八九岁。

“他们好像在找什么东西。”孩子想。他不知道他们在找什么，也不知道这两个人是干什么的，只知道他们是父亲领回来的。父亲客气、谦卑、毕恭毕敬的样子使孩子感到那两个人也许很有些来头。他们一言不发，但看上去非常厉害（一年前，孩子跟着父亲去城里的动物园看过狮子，孩子印象极深：猴子们在笼子里积极地上蹿下跳，孔雀展开彩屏，鸟叽叽喳喳地叫着，只有那只目光冷漠的狮子一言不发，但所有的人都很怕它。猴子有什么可怕的？孔雀有什么可怕的？鸟又有什么？没有人在乎那些花里胡哨的东西)。

接着，孩子的父亲又从屋里端出两碗水。他一路小跑，到了跟前又像在请、烧香，假如他要把一套动作完整地做完，下一个动作就该跪下磕头了。他没有磕头，他请他们喝水。

屋里没人。

放下水碗后，他对孩子说："五仗，你妈呢？"

"不知道。"孩子说。

孩子正在捏一只鸟。他用一把破梳子在鸟的身体两边分别压出一些清晰的印痕，这样一来，翅膀的模样立即栩栩如生地显出来了。接着，他又压了几下，鸟渐渐地羽翼丰满了。

那个年纪老的坐在凳子上，一边端起碗喝水，一边很注意地看孩子抓捏小鸟。看了一会儿后，不禁脱口大声说道：

"捏得好！"

那突如其来的声音将专心致志的孩子吓了一跳，以至他没听清他在大声地说什么；他抬起头去看那个人，那人有五六十岁了，头发花白，但身体看上去很结实，口音不像是本地人。他坐在凳子上，刚将水碗端到嘴边，那个与他一同来的年轻人忽然失声叫道：

"老队长，先别喝！切莫贸然行事，干咱们这工作的，时刻要提高警惕。你就敢肯定这水里没放什么东西吗？他进去那么半天才出来，不能不令人生疑。"

孩子的父亲听到这话，脸立即红了。"放甚了？我甚也没放。”他艰难地挤出一丝笑容，对那个怀疑自己的年轻人说，“看您说到哪里去了，我怎么敢？您要不信，我喝给您看。”说着，从老队长的手中抢过碗，喝了一大口，然后看着他们。

“有甚呀？”孩子的父亲说，“我要是放了甚东西，我敢喝吗？我原本想放一点糖进去，就怕你们看见了产生误会，以为不是糖，而是别的。所以才甚也没放。”

“老队长，你看……”

“扯球淡！哪有那么多毒？”老队长对年轻人说，“小包呀，不要那么紧张，我谅他也不能那么干。他不想活了吗？其实，就凭他有这么一个聪明的孩子，他也不敢在水里放什么。我在这一带跑了几十年了，跟着我你就放心吧。小包呀，你看这孩子捏得多好！”

孩子的父亲听到老队长称赞自己的儿子，便也凑过来站在一旁，歪着头看孩子捏泥人。作为父亲，他从来没有这样真正地看过自己的儿子，他对儿子能引起老队长的赞扬感到多少有些不可思议。老队长这是什么意思？他想，他难道真的喜欢孩子吗？真的认为他的泥人泥鸟都捏得很好吗？未必是那么回事吧？那么，他这是在干什么？欲擒故纵，放长线钓大鱼？我算得上一条危险而严重的大鱼吗？我不过……这时，他听到老队长对他的那个年轻助手说：“小包啊，要相信群众，依靠他们。要是对谁都信不过，看谁都可疑，这么多年，我早就饿死了，冻死了，还能活到现在吗？不依靠他们，我们就是聋子、瞎子，寸步难行。坏人永远是极少数的，大多数的人值得信赖，可以依靠。哪个人没有一点儿毛病呢？”

年轻的助手注意听着。孩子的父亲听到老队长这样说，脸上不禁布满了讨好而感激不尽的神色，他很想立即说点儿甚，但又恐因缺乏常识而说走了嘴，从而引起其他的变异，他很想诚心诚意地对老队长奉承上几句，但又怕将对方惹毛、触怒。他很作难，不知道该干什么，不住地搓着两只手，弯曲着脊梁站在那里。时间过得真慢呀！他想，像一把生锈的锯子，好半天才能勉强吃进去一点儿。

老队长放下水碗，对孩子说：

“给我捏一匹马怎么样?”

孩子抬起头，两只乌亮乌亮的眼睛望着老队长。

“还愣着干甚?”孩子的父亲急忙对孩子说，“听见没有，老队长让你给捏一匹马，快捏一匹。”

孩子摇摇头，说：“我不会捏。”

“咋不会？会，就说你会。”孩子的父亲有些急躁而气恼地推了孩子一下，他从地上抓起一团泥不容分说地塞进孩子的手里，又要抬起一只脚踢那孩子，老队长立即瞪着眼说：

“干什么？啊，你要干什么？我又没和你说话，你张牙舞爪地干什么？你疯了?”

“李德胜，住手!”那个年轻的助手也大声喝道，他下意识地将一只手伸进衣服下面，露出了别在腰间的枪。

孩子的父亲立即不敢动了。

“闹了半天，”老队长对孩子说，“连一匹马也不会捏?”

“我会捏鸡。”孩子小声说，“还会捏蛇，戴眼镜的蛇。”

(年轻的助手在一旁插话：“会捏蚊子和跳蚤吗?”)

老队长对孩子说：“咦，蛇谁不会捏，用手搓两下不就成了，那怎么能看出本事来？我来给你捏一匹马吧。”

说着，要过孩子手中的一团泥，放在手里使劲揉了揉，嫌泥团太小，遂又向孩子要了一块泥。转眼之间，一匹棕色的泥马就捏好了，孤零零地站在地上。

孩子盯着那匹马仔细看着，时而又抬头看那捏马的老队长，孩子的眼里流露出一种东西，像是深深的惋惜。

“看见了吗？这捏得有多好。”孩子的父亲沉默了一会儿后，不失时机地对孩子说道，“看这腿，看这耳朵——”

“耳朵怎么了？满口胡言！”老队长打断他的话，对他说道，“他是个孩子，我要是真捏得好，他能不欢呼着跳起来吗？李德胜，你用不着讨好我，用不着贬低孩子抬高我，我还怕掉下来摔着呢。”

孩子的父亲讪讪地走到一边，脸上布满了绝望的愁云。

“不太威武，是不是？”老队长转身对孩子说，“是的，这是一匹老马，已经跑不动了，草也吃不了多少了，没什么用了，只好站在那里等死，哪里还能威武得起来？”

老队长说话的时候，他的那个年轻的助手站在屋檐下的台阶前，远远地望着他。不久前，他刚从院子西边的一间羊圈里出来，一缕白色的蛛网残留在他的背后。

时间慢慢地过去。

过了一会儿，年轻的助手走到老队长的身边，低声说：“开始吧？”老队长点点头。于是，年轻的助手对孩子的父亲说：

“你的孩子，还是由你来问吧。详细点儿，越细越好。”

于是，孩子的父亲对孩子说：

“五仗，别玩了。问你几句话。”

“我一起来就在这里捏泥人。”孩子说，“我不知道我妈到哪里去了。”

“不是问你妈，她去哪里先不管她。”孩子的父亲说，“要问的是陈大褂子。”

孩子看着父亲，又看看那两个人。老队长闭着眼睛，仿佛已打着盹进入梦乡，那个年轻的助手则望着他们父子俩。

“五仗，”父亲说，“你不是看见过陈大褂子偷鸡吗？他都偷过谁的鸡？”

“我不知道。”孩子说，“都是一模一样的鸡，我哪能知道是谁家的鸡？咱们不是也丢过两只鸡吗？”

“情况属实吗？”年轻的助手听到这里，立即对孩子的父亲说，“有过这回事吗？不要现编，不要捏造。”

“有过。”孩子的父亲想了想，说道，“两只很肥的母鸡，头一天还在下蛋，下了四个蛋，它们各下了两个，第二天就不见了，哪里也找不见。一开始，我以为它们死在鸡窝里了，我用棍子捅，用手电照，都没有。后来，我又想，也许是来了狐狸、黄鼠狼，把它们拖走了……嘿，闹了半天，还真是黄鼠狼，是一个两条腿的黄鼠狼。”

“行了行了，别再往下说了，”年轻的助手打断道，“让你的孩子说。”

孩子的父亲立即不吭气了，呆呆地站在那里，忘了自己该干什么。就这样冷场了一会儿，那个年轻的助手对孩子的父亲说：

“继续问呀！怎么不问了？你什么也不问，让他怎么说？”

孩子的父亲立即恍然大悟，意识到是自己不对，太迟钝了，太麻木了，竟然忘了说话；他咳嗽了一声，对自己的孩子说：

“五仗，陈大褂子一般是怎么偷鸡的？怎么个偷法？好好跟两位大爷说。”

“我就看见过几回。”孩子说。

“一回也行，快说！”孩子的父亲喘息起来，催促着孩子。

孩子的记忆像一片清澈的水。……总是在中午以后，人们都在睡觉，那时候，陈大褂子就从家里出来了，他戴着草帽，手里拿着用渔网线编成的罩子，走在寂静的街上或河边，有时就坐在那些枝繁叶茂的有阴凉的树下，装出一副饭后乘凉的样子。最重要的是，他的嘴里能发出一种很响的很准确的咕噜咕噜的鸡的叫声，致使所有的鸡以为他是它们的伙伴或它们的至高无上的王，这就为他下一步的行动打下了良好的基础和埋伏。事实上，这时候距离他成功，距离他顺利得手已经不远了。他只需再往前走走，在有鸡的地方，将事先带在身上的一把高粱和谷子掏出来，轻轻地撒在地上，不久以后，就看见有鸡趋之若鹜地跑过来了，兴高采烈地啄食那撒成一圈的粮食或秕子。那时候，隐蔽在一旁的陈大褂子就会带着张开的网子，以一种与他的年龄不相称的敏捷的方式和巨大的力量一个箭步扑上去……至少有两次，有两只贪嘴的只顾埋头啄食的鸡，当时就被他的迅速落下来的胸脯给活活地压死了。那些没有被当场压死的还要象征性地半推半就地与他挣扎一会儿，搏斗一番。陈大褂子一边喘息，一边对那些与他抗争的鸡说，他妈的，终于又让老子逮住你了，你这小贱人，还跟我扑腾呢，扑腾什么呀？把我的火煽起来，一会儿我就要将你收拾得光光的，洗得干干净净的，吃你的肉，喝你的血，你到我的肚子里扑腾去吧。……夏天的中午，从河里凫水回来的孩子们经常可以看到陈大褂子一边在过道的暗暗的阴凉里噌噌噌地拔鸡毛，一边愉快地哼着一些难听的歌。他的脸上常有血，但那不是他的血，而是溅出来的鸡血。公鸡的毛被他做成一个个鸡毛掸子，母鸡的毛全都扔了，顺着河水向远处漂走了。

有一天下午，五仗和另外两个孩子追着大愣子傻梅一路跑回她家里，傻梅边跑边哭；在堂屋里的一张桌子上，五仗和另外两个孩子看见陈大褂子守着一盘雪白的加了佐料的鸡肉，正在手舞足蹈、载歌载舞。陈大褂子陶醉在无边无际的幸福里，他没有注意到哭着跑回来的傻梅，他一边手舞足蹈，一边欢快地唱着：

> 哎，是谁帮咱们架桥梁哎，
> 是谁帮咱们……

老队长打了一个响亮的呼噜，突然睁开眼睛。名叫五仗的孩子将自己从前看到过的一些情景一件一件地不分先后次序地讲了出来。后来，孩子说着说着，忽然不说了，他吃惊地看看父亲，又看看那两个人。孩子听见父亲喘得很厉害，像一个卧床不起的老人。

孩子停下来以后，呆呆地坐着。父亲用手推了他一下，对他说：

“再说呀！怎么不说了？好好跟两位大爷说，再细一点。”

“什么大爷？”那个年轻的助手说，“我还没结婚呢。”

“啊，对不起，”孩子的父亲说道，在自己的嘴上打了一下，不无懊恼地说道，“看我这嘴，他妈的越来越不顶用了！正经该说的一点儿也说不清，还尽帮倒忙。”

回头又对孩子说：“说呀！再说。多多地说。”

“没了。”孩子说。

“没了？”

孩子的父亲看看孩子，又看看那两个人。他对那个年轻的助手说：

“不知道他这样说行不行？我觉得还是挺重要的。有些事情我也是今天才头一次听说，不听不知道，一听吓一跳。我和他家的距离挨得这么近，竟甚都不知道。这个老家伙，前前后后一共吃了那么多鸡，还把鸡毛扔得到处都是，满山遍野的劣迹。”

年轻的助手没有说话，他用眼睛瞟着老队长，似在等待老队长的态度。孩子的父亲等了一会儿，对老队长说：“够不够细？再细一点？”

老队长和他的助手都没有说话。孩子的父亲走到孩子面前，对孩子说：

“还是嫌粗，还应该再细一点儿。”

“爹，你还走不走了？”孩子对父亲说，“你的棉大衣呢？”

听孩子这样问，他没有说出话来，只是不住地朝那两个人看。看着看着，终于听到老队长开口了。老队长对他说：“你先不用再去了。”

他高兴得差一点儿跳起来。老队长的话对他来说不啻是一种解放，一个巨大的喜讯。他一下变得异常活跃起来，他想与老队长及其年轻的助手握握手，表达他内心的感激与一种亲密，他几次热情洋溢地走过去，站到他们的面前，但那两个人均没有伸出手的意思。他终于站在一边不动了，再不敢去叨扰他们，麻烦他们，

“先别得意。”果然，老队长对他说，“问题终归还是问题，它们像显眼的牛粪一样摆在你的山路上，绕着走是不行

的，回避也是不可能的，只能正视它，解决它。”

老队长的话像一些刺进他肉里的针，使他刚刚膨胀起来的一腔意志一瞬间又很快瘪了下去，他颓败无力地坐在屋檐下的台阶上，垂头丧气，心灰意冷。那些牛粪一样的问题是什么时候出现在他的路上的？回答真让人失望。当然，他更不知道如何解决它们，有些东西不是想搬掉就能搬掉的，这些他懂。

灰色的光线使这个数年前才落成的院子显得非常陈旧，假如没有那些碧绿的蔬菜和向上攀缘的藤蔓，活动在其中的任何人都势必会看上去老气横秋。大人自不必说，即使一个孩子，也会像是一个活在古代的孩子。

气氛就是如此的重要。

有不少人否认气氛，因为他们是罪人。

……

孩子来到台阶前，对自己的父亲说：“爹，你的棉大衣呢？丢了？”

孩子的父亲慢慢地抬起头，孩子的话像一阵风，刚刚从他的耳边刮过，还剩下一丝余音在他的脸前嗡嗡地越来越微弱地响着。孩子的父亲想：拿一根棍子去敲击一只搪瓷脸盆。不要老敲，没完没了地敲，应该敲几下就住手，那样一来就会出现眼前这样的现象，嗡嗡的声音越来越小。什么东西去了，无影无踪了？什么叫棉大衣？

“说说他的别的事吧。”那个年轻的助手说，“那个方面的。”

“啊，他一贯就是那样，”孩子的父亲说，“老毛病了，不管家里家外的，都忍不住要动一动，谁都要动，谁都敢动。”

“不要夸大，他谁都敢动吗？”老队长说，“张月琴部长就是个很漂亮的女人，他敢动她吗？栾淑英主任也很漂亮，他敢吗？”

“那绝对不敢。”孩子的父亲说，“即便他有那种不良的念头，也不过空闪一下罢了。再说，他哪里能见得着她们？”

“见着了他就敢吗？”老队长说，“面对面也没有用。”

“是的。半点儿用也没有。”孩子的父亲说，“就像是看了一场戏。”

“他的那个孙女叫什么？傻梅？”

“是的，是叫傻梅，也叫大愣子，动不动就尿到裤子里了，裤子经常是湿的。”

“那么，傻梅到底是陈大褂子的女儿，还是他儿子的女儿？”

“很难说呀，老队长！这种事情很难说。人们都说名义上是他的孙女，实际上却是他献给我们这个世界的一粒孽种。其实，有那样一个傻姑娘，就说明老天爷已经对他不客气了，已经给他颜色看了，要不然……”

“好了，住嘴吧！别让我再把你带走。”老队长说，“你这已经不是在提供情况了，而是在直接参加讨论和审理。我看出你对他很有成见，但你目前没有资格直接参加讨论。”

“你恐怕永远也没有资格了。”年轻的助手在一旁补充道。

孩子的父亲立即闭上了嘴，不敢再说话了；同时，他吓出一身冷汗，那个年轻人的话是什么意思？什么叫永远也没有资格了？老队长的话尚有很大的缓和与回旋的余地，不乏人情味，可那个年轻人却仿佛一下子就要将他置于死地，毫无任何条件和机会，毫无任何出路。他偷眼去看那个年轻人，小伙子最多不超过二十岁，唇上的小胡须还软得根本站不起来。真是可怕呀！他想道，这样的一个初出茅庐的孩子，想必没有受过什么罪，没有领教过什么非人的折磨，为什么竟会有那样一些恶狠狠的令人吃惊的念头呢？谁教他的？

十二

孩子的父亲像一个初来乍到的客人一样，拘谨不安地坐在自己的院子里，一切都变得不熟悉起来，他已不再敢大声说话，不再敢说哪怕是仅有一点点刺激意味的过头的话。他暗暗告诫自己，说话一定要留神。老队长刚才对他说“别让我再把你带走”，不完全是一句玩笑，那随时有可能演变为事实。老队长对付过的人多了，绝大多数的人都无一例外地败倒在他手下，没有几个能滑落出去。

昨天晚上，在一间堆放杂物的旧仓库里，孩子的父亲见识了一种令他目瞪口呆的刑法，叫“猴看瓜”，就是一个人坐在椅子上，将两条腿也放在椅子上蜷曲起来，再用自己的两条胳膊紧紧地抱住那两条腿，再将头低下去，将脸贴在两个膝盖上，最后用绳子一圈一圈缠到身上，捆紧，挽成死结，那样一来，整个人就成了一个差不多是圆形的包袱一样的重物，无论扔在哪里，都难以动弹，起初是什么姿势，最后仍然还是什么姿势，想伸展一下，万万不能。“猴看瓜”，尤其让那些身材高大的罪人们感到由衷的恐惧。

“我不可能像一粒小麦一样从老队长的手指缝里漏出去，”孩子的父亲想道，“即便由于老队长一时的疏忽大意，我侥幸漏出去了，那也不过是暂时的，最终又会被那个年轻的助手重新捡起来，再送回老队长的手里。真要到了那个时候，老队长可就该翻脸了，该真正地不客气了。”

“我无论如何不能让自己漏出去，”他想，“漏到地上又有什么意思？未必那就平安无事。遍地是鸡，狼奔豕突的鸡，无所事事的鸡，被它们撞见后就要不可避免地被啄去了，那样一来，还不如就留在老队长的手里不动呢，待着不动，也许就什么事也没有。”

“一个有家有业的人，多么难成为一条漏网之鱼啊！”

孩子的父亲如坐针毡地从台阶上站起来，他的脑子里仿佛在推磨，眼前的人影时而模糊远逸，时而清晰逼真，他的耳边传来刺耳的猪的叫声和母鸡振动翅膀的声音。

不久以后，他走到老队长身边，压低声音说道：“老队长，我再提供一个线索，一个最秘密的消息……”

这天傍晚的时候，人们看见陈大褂子低着头站在一张斑驳陈旧的桌子前面，桌子上有两只青瓷盘子，里面分别码着一些雪白的鸡肉，陈大褂子面对盘子，一遍又一遍地鞠躬、悔过、顶礼膜拜。有人将一只烂土豆砸到他的背上，陈大褂子的身体摇晃了一下，但没有倒下。他不知道是谁在向他扔土豆，腐烂的土豆落在他的背上，像一团冰凉的稀泥。

陈大褂子看着面前的桌子。太阳是在午后才出来的，现在已经落山了，树林上空残留着一线亮色，山岗、田野、街上，微微发红。

五仗的父亲也站在人群里，在他的前面，站着老队长和他的年轻的助手。过了一会儿，五仗看见父亲挤到老队长的身边，低声说：

“何不给那老家伙来个‘猴看瓜’？”

老队长没有说话，斜着一只眼睛看着这个积极建议的人。孩子的父亲不敢看老队长的脸，默默地回到人群里。

老队长脸上的神色是厌恶的，很难说是一些什么东西使他不愉快。孩子觉得老队长没有太多的别的意思，他似乎只想早一点完事，然后一走了之。后来，人群渐渐散开以后，老队长蹲在河边洗手，他捞起水里的洁净且白色的沙子，一遍一遍地搓着自己的手。他的那个助手像一匹年轻气盛的马，在附近走来走去。

十　三

夜里，孩子睡得很死。……金色的向日葵在不远处开着，像车轮一样缓慢地转动着。人均一亩向日葵，使得漫山遍野都浮动着热情而浓郁的香气。

在那明亮的绸缎一样细腻柔软的黄色叶片后面，孩子听到一阵凄凄惨惨的哀鸣。接下来，使他感到吃惊的并不是看到了被捆成一团的陈大褂子，而是陈大褂子的蓝色的脸和黄色的胡须，一切都像是临时画上去的。孩子从旁边经过的时候，陈大褂子叫住了他。

“你咋了？”孩子停下来问道。

“我在‘猴看瓜’。”陈大褂子说。

很难说他的姿势是坐着的还是躺着的，因为他几乎被捆成了一个圆球，他被扔在一道高大阴湿的山墙下面，遍地的潮气使他旧病复发，在他的旁边，蒿草丛生，灰色的、银白的鸟飞来飞去。

“你这个孩子，你干的好事。”陈大褂子憔悴不堪地望着站在他近前的孩子说道，“你为甚要告诉他们，说我把煮熟的鸡肉藏在炕洞里？啊？你要是不说，他们哪里能找得到？你的一句话就毁了我，你知道吗？”

“我不是故意的。”孩子说，“我根本不知道你会把煮熟的鸡肉藏在炕洞里，我是随便对他们说说的，我要是不说，我爹就又要跟他们走了，结果你真的就把肉藏在了炕洞里。你为甚要把煮熟的鸡肉藏在炕洞里？炕洞是一个很脏的地方，烟熏火燎，不时地掉土，你还吃不吃了？你为甚不藏到树上去？”

“我也不愿意往炕洞里藏，我不是找不到更合适的地方么。我更不能照你说的藏到树上去。你以为我是甚？一只鸟？每天飞到树上去吃？我飞不上去，我快七十了。”

“全国人民都在吃玉米，而你却每天要吃一只鸡。吃不了还要藏到炕洞里去，你也太过分了，哪有你这样的人。”

“我是劳动所得。为了捕捉它们，我几乎像老鹰一样，我费了多大的劲。”

“老队长说，现在，全世界有三分之一以上的人都活得不太好，过得很不顺心，想吃吃不上，想穿穿不上，想说的话也说不出口，想干甚都干不成，而你却想干甚就干甚。你也该停下来歇歇了。”

“他们是这么说的？”

“嗯，就是这么说的。”

“他们让我给那些被我杀了的鸡磕一百个头，我磕了，一个没少。”

“我爹说，人要是吃好了，磕头也有劲。”

“你爹是个王八蛋。”

“那是你。”

“明天，他们就要阉割我了。我要是被阉割了，我还活得个甚劲？甚的奔头都没有了。我不能让他们那样做。”

“你说，他们要咋割你？”

“阉割。”

“甚叫阉割？是不是先把你像肉一样用盐腌起来，等过些天入了味以后再开始割你？”

“唉，不是那么回事，不是你说的那样，你还小，你不懂……啊！你说的那个方法更残酷，谁告诉你的？”

天空似阴非阴，灰色的光线使时间变得模糊不清、难以辨认。孩子站在那道阴湿高大的山墙下，不知道现在是一天中的早晨还是傍晚。柳哨在田野里嚯嚯地响着，一些白色的虫子从草丛里钻出来，贴着阴湿高大的山墙缓慢地向上爬行。孩子感到自己的脸上湿漉漉的。

“啊，我要是死了，我的傻梅就没人管了，人人都要欺侮她。”陈大褂子说，“把我家傻梅许给你吧，啊？”

孩子听到这里，一下被吓哭了。

“我不要你的傻梅！”孩子哭着说，“我不要你的傻梅，她是个有名的大愣子，我要她干甚？她连东南西北都分不清。”

“你小子。白吃的葡萄还嫌酸么？”陈大褂子说，“我的傻梅已经发育成熟了，而你——还是一个小毛孩子。过来，让我看看你那个小玩意儿长大了点儿没有，是不是还像小鞭炮一样，还像小拇指一样？过来让我看看，我看看它响不响？”

孩子从阴暗高耸的山墙下离开，沿着青草摇曳的河边奔跑起来。多么可怕呀！孩子边跑边想。有人在河边洗东西，河面上漂着一些泡沫，它们如同无数小型的帐篷一样支在水上，慢慢地浮动，不知不觉地湮灭，消失。不久以后，他看到了四处林立的向日葵，它们的热情洋溢的面孔给了他极大的勇气和鼓舞。他回头看去，耸立在他身后的阴暗的山墙已经不见了。

葵花在寂静的村里村外转动着，发出黄灿灿的光芒和铜盘似的低音。

早上起来，孩子一睁眼便说，陈大褂子要死了，他选中了河边的一棵丁香树，他现在最放心不下的，就是他的傻梅。以前，他还不放心他的大羚羊，几天前，他的大羚羊死了，他从此又少操了一份心。

“这孩子胡说些甚?”他的母亲说，“做梦吧?”

“他真的要死了。”孩子说，“这一回，他下了决心，无论再有多肥的鸡也留不住他了，甚也留不住他了。”

“不可能。”父亲对母亲说，“我不相信他会死，他没有那份羞耻心。”

“有人要腌他，割他的肉。”孩子说，“他害怕得不得了，他不想让别人动手折腾他，他要自己动手。”

“没人稀罕他。”父亲说，“就他那点臭肉，喂狗狗都不吃。”

父亲说完后便转身出去了。孩子看见他们早上一起来就很忙，他们没有工夫和孩子在一起说闲话。他们出来进去，有时皱着眉头，有时满脸喜气。他们在院子的西南角一带种了几畦甜菜。父亲松完土以后，又去挑水。

屋后有一口很深的水井。孩子在院子里独自站着的时候，耳边清晰地听到了辘辘滚动的声音。在一些晴朗的夜晚，趴到井台边，能看到井里的月亮，有时是油汪汪的一个，有时是半个，甚至只是一只黄色的弯钩。

孩子站在院中央，谛听着屋后传来的辘辘滚动的声音。突然，一个不祥的念头使劲推了他一下，他转身向外面跑去。跑出去没多远，就看见父亲挑着水回来了。

孩子停下来，目不转睛地看着父亲。

“是在迎接我吗？”父亲边说边挑着水往家里走。孩子跟在后面，望着父亲的背影。桶里的水不时地溅出来，淅淅沥沥地在地上形成一些洇湿的图案。快到家门口的时候，孩子看到母亲正焦急地站在那里张望着。

“你咋也出来了？”父亲对母亲说，“我挑的是水，不是金子，不需要一家人都出动。”

“我咋能不出来。”母亲指着跟在后边的孩子，对父亲说，“我正在屋里烧水，他突然隔着窗户喊了一声，说你掉到井里去了。我能不着急？你要真掉进去了，我还烧水做甚，给谁喝？”

父亲没有说话，回过头看了孩子一眼，挑着水进去了。

“你咋能那么说？”母亲对孩子说，“那不是在咒他吗？他真要掉到井里淹死了，你我不就成了可怜的孤儿寡母了吗？甚话你也敢说？这不吉利，你知道吗？”

“我没说，我没喊。”孩子说。

“还说没喊？我在屋里听得清清楚楚。”

“我真的没喊。”孩子说，“我听见房后的辘辘一直不停地响着，我忽然觉得很害怕，就跑了出去。我没喊那一声。”

“要不是听见你喊了一声，我能出来吗？”母亲说，“你又在刺激我们。”

“喊就喊了。”父亲说，“喊一声又有甚，反正我又没有掉进去。”

“我真的没喊。”孩子说。

孩子的眼泪快要出来了。他看着自己的父母，他很想再说些什么，说上许许多多，一大堆，但他逐渐发现自己有些张口结舌，很难说出什么来。他的脸红了。

太阳出来了，院里流动着黄白的光线。孩子一个人坐在早晨的门槛上。他听到他的父母一边做饭，一边互相调笑着。

“一个人只有一张嘴是不够用的。”孩子想，“一个人要是有五张嘴，那就厉害了，无论多么不易说清楚的事情也能说清楚了。”

十　四

现在，他们一家人在很从容地吃早饭，初升的太阳透过窗户照射进屋里，给他们每个人都披上了一层透明的霞光。丰盛的早饭使孩子感到吃惊，他还不知道摆放在他面前的许多小盘子都是为他而设的，这样的早饭与以往的任何一次早饭都迥然不同，有些过于复杂了。他多少明白今天的早饭为什么做了那么长时间才终于做好。

孩子握着筷子，仿佛在别人家里做客。“为甚今天要吃这么多的饭？”他望着自己的父母，不解地问道。

“问得好。”父亲大声说道，“以后，我们天天都要像今天这样。只有这样，人活着才多少显得有点意义。”

“每天都要吃这么多菜？每天都要把这些大盘子小盘子端上来，再端下去？”

“是的。怎么，你不信？”

当然不信。孩子在心里笑了一下。那怎么可能呢？父亲像一个精神病人一样眉飞色舞地说着话，不断地指手画脚。孩子想，毛主席的桌子上也不是每天都有这么多的盘子，我们这一家人又算老几，每天大盘子上来，小盘子下去？

父亲拿来瓶酒，还没打开，他的脸先红了。

“早上还要喝酒？”母亲说。

“咋，不合适吗？”父亲说，“我需要。我现在需要一点点酒，镇定一下我的心情。”

“酒咋能让人镇静？只会让人变得更加激动不安，一过了头，就像疯子。”

“我需要激动。我总算解脱了。有陈大褂子在那里顶着，我就没事了。”

孩子听到父亲的话后，吃了一惊，昨天晚上，在睡梦里他就听到这句话了，只是说话的不是父亲，而是另外一个遮着一半脸的人，孩子不认识那个人。在那个人的不远处，陈大褂子的大羚羊躺在一片阴影里，一些雪白的梨花飘落在它的身上。大羚羊是被两只瘟鸡传染死的。此前，它每天在院子里逗着几只鸡玩。陈大褂子从外面捕捉回两只鸡，他轻而易举地就得了手，它们懒洋洋地躺在那里，他朝它们走过去，一伸手就捉住了它们的翅膀。他不知道那是两只生命垂危的瘟鸡。回到家里，他拔掉其中一只鸡的毛，另一只还没来得及杀，他自己养的几只鸡就死去了。紧接着，一向身强力壮的大羚羊也倒下了。大羚羊的死去，仿佛使陈大褂子缺了一条胳膊，失去一只眼睛，他前面的亮光也越来越少了。

“陈大褂子已经死了。”孩子说，“吊在河边的丁香树上。”

“嗯，好好吃，”父亲沉浸在某种情绪里，心不在焉地对孩子说道，“这六小盘菜都是你的。”

父亲没有听到孩子的话。他灌了一口酒，对孩子的母亲说："啊，我总算解脱了，没事了。我今天想到镇上去逛逛。"

孩子的母亲说："我听说去镇上的桥被水冲断了……"

"瞧你，"父亲说，"我又不是一辆汽车，也不是一辆马车，非得从桥上过？我是个自由的人，头脑清醒，身体灵活，上面长着眼，下面长着腿……"

"你去吧。"

"我想好了。我要慢慢地走，直奔目的地，累出一身汗，也没甚意思；我要一边走，一边浏览沿途的一切东西，走着，看着，转眼就到了镇上了。我是顺路去的，不是专门去的。你觉得我这样安排有甚不妥？"

"我不知道，带五仗去吗？"

"他就不要去了吧？他总像一只耗子一样到处乱跑，我没有精力追他，喊他。桂花，我觉得我很虚弱，就像一个刚从医院里出来的病人一样，病是治好了，可身体还需要恢复。"

"你尽管去吧。你甚东西也不要给我买，裤子啊袜子呀鞋啊，我甚也不要，头巾也不要，扎辫子的头绳也不要。"

"啊，对了，你要不说，我差一点忘了。给你买一条裤子吧。"

"我说了，我甚都不要。"

"不，我一定要买。一条裤子。"

"我说了，我不要。"

"我一定要买。你要是不让我买，我就去死，我就再也不回来了。我要站在那座破桥上，等着水来冲我；我要站在镇里的主要街道上，等着汽车来撞我，它要不撞我，我就趴到它的轱辘下面去，用手抓住它的刮泥板和飞轮……"

“汽车好像没有飞轮，自行车上才有。”

“有没有，趴下去就知道了。”

“既然这样，那就买一条裤子吧。”

“买一条蓝色的。”

“我不要蓝的。”

“不要蓝的？……不要蓝的，那么，黄色的咋样？我看不错，周主任的女儿丽丽就穿着那样的一条，很漂亮，连她自己都说‘我有什么？我有曲线’。”

“你知道我的腰围是多少？”

“量一下不就知道了么。”

……

孩子抬起头，看着父母，他说：

“甚叫曲线？”

“问这干甚？”父亲对他说，“曲不曲和你一个小孩子有甚关系。你吃饱了吗？吃饱了就出去耍去吧，我要给你妈量一下腰。”

你的腰围多少？一米？

太阳在天空里照着，满街的长短不齐的土板墙如同镀了金，橙黄，弯曲，绵延不尽。孩子来到街上，走在浓稠的阳光里。不久以后，他看到还有一个人也走在那种浓稠的光线里，那个人心神不定地徘徊着，像是在等什么人。那个人先是慢慢地向前面走，走着走着似乎遇到了迎面而来的风的阻力，于是又退着往回走，但并不转过身来，他的脸融在雾蒙蒙的光照里，模糊的灰色背影在孩子的视线里轻轻地耸动、摇晃。很像是一个与天色赌气，与自己开玩笑的人。孩子这样想着，忽然闻到鼻子下面飘起一阵很大的血腥气，他吃惊地用手去摸。手上竟干干净净，什么都没有。

“哪来的血呢？”孩子向四周打量着，浓稠的光照里，很多东西看上去都微微发黄，有些是陈旧的枯黄，有些是鹅黄。街道如同梦里的街道，熏黄、飘忽，街两边的房屋及其上面的黄色的浮云也不是头一次出现了。

孩子小心翼翼地呼吸着，他闻到周围有很大的血，很旺的血。

……

这时，那个一直在浓稠的黄色光照里倒退着走的人忽然转过身来了，孩子忘记了血，将目光移到他的身上和脸上。那个人一走近，孩子印象中的血就没有了。

那个人朝孩子笑着。孩子对他一点儿印象也没有，只感到背后很热。孩子看看周围，不远处有一只灰蒙蒙的羊。

你知道你们家发生了甚么事吗？我在夜间看见你们的窗户上有红光。

那个人几乎是无声地朝孩子笑着，笑容稀松、柔软、陈旧，虚浮无比。

我们家甚事也没有。孩子站在橙黄的光线里想道。今天早上，我们一家人吃了一顿以前从来没有过的最丰盛最复杂的早饭，我们都吃得很饱，尤其是我，将属于我的六个小盘子里的菜几乎都吃光了。饭后不久，父亲换了一身新衣服后，就到镇上散心去了，他的心需要休息，他的身体和脑子也需要休息，需要一路上慢慢地走，才能渐渐平息下来。父亲是一个做事谨慎的人，当听说通往镇上的那座桥被水冲坏了时，他就决定不从那座坏桥上过了。另外。他还要为他的女人买一条黄色的裤子，那不过是一件顺手的事。可是一开始的时候，他的女人怎么也不同意他买，但他铁了心，执意要买，她的话也不如他的话有说服力。他说，不，我一定要买，你要是不让我买，我就去死，我就再也不回来了，我要站在那座破桥上，等着水来冲我！我要站在镇里的主要街道上，等着汽车来撞我！它要不撞我，我就趴到它的轱辘下面去，用手抓住它的刮泥板和飞轮……这样一来，女人立即就软了。她说，既然这样，那就买一条吧。其实，他今天的心情真可以说很好，不像平时那样急躁、火爆。早上起来他去屋后的井边挑水，孩子听到辘辘转动的声音，转动得很不寻常，像是突然失控了一样。孩子就以为他掉进井里去了。尽管是这样的事情，他后来知道后也没有生气，只是看了孩子一眼，什么多余的话、责备的话，都没有说。再后来就是给女人买裤子的事，两个人争论了一会儿，后来他们两个人的意见终于统一了，他们就决定不要蓝色的，而要黄色的，因为那中间包含着曲线。

孩子直到现在也仍然不知道曲线是什么意思，他从家里出来的时候，他正在量她的腰。一只喜鹊站在对面的墙上，望着里面的情形。

孩子这样想着，慢慢地向路边移动着。他沿着一条潮气不断上升的乡间大道向前走了一段，回头再看那个人时，已经不见了。他隐约看到那个人的背影重重地摇晃了一下。

那只灰蒙蒙的羊还在。

孩子停下来，他现在忽然觉得自己从前在哪里见过那个人。他努力思索，拼命地回忆，想方设法要把那个人放置在一片灰色的天空下，然后捡起一些他所熟悉的又必不可少的东西给他一一地安上，装在他的身上，贴到他的脸上，那样一来，孩子有把握将他变成一个与偶然相遇无关的人，将一张日常生活中最为熟悉的面孔完整而准确地恢复出来，使人人都认识他。

站在乡间的雨后的路上，孩子用自己的目光和心思在做着一种不为人知的不切实际因而徒劳无益的事情；尽管如此，也称得上辛苦，与正式的煞费苦心、绞尽脑汁不差多少，焦虑与期待也在他的稚气的脸上交织着出现，相持滞留。……渐渐地，他发现了一种现象：他想得越是深入，幽远莫测，那个笑容如梦的人就走得越快越远，匆匆忙忙，四处躲闪，他不能完整而熟悉地形成一个真实的轮廓，他东一块西一块，不能合体，无法成形。孩子想重识旧人，直呼其名，并用手去触摸他，但他始终不予配合。他仿佛已被彻底打散，从此再难聚拢。

失败的回忆，加上难以为继的想象，再加上一厢情愿的想象，不久便使这个孜孜不倦的孩子感到了疲倦与无望，他叹息一声后放弃了那一切。橙黄的光线里出现了劳作的人影，黄芥花开了，“鬼辣椒”细密的小麦般的花瓣释放出阵阵令人眩晕的气息，贪长的柳叶桃急不可耐地从人家的墙头上爬出来，意外地腐烂在路边。

十　五

走到几棵黄色的柳树下面时，一个突如其来的声音忽然将孩子吓了一跳：

“你的腰围是多少?”

孩子抱住一个粗糙的树干，向四周张望。周围没有人，黄色的柳树枝叶垂地，柔软地簇拥着他，使附近一带显得更加寂静。旁边的水渠里传来一阵若有若无的流水的声音，不用心听是听不到的。一只牛蜂飞过来，在孩子的脸前嗡嗡地叫着，孩子伸手打了一下，牛蜂飞到树后面躲了一会儿，很快又飞出来了。孩子看着牛蜂那粗笨短小的身体，对它说："你的腰围是多少？"

牛蜂盘旋在他的脸前，不断地画出一些没有痕迹的圆弧。

什么叫曲线？孩子想。是不是出现在水面上的那些一个一个的圆圆的圈圈？名叫华章的客人说，有一种东西叫韵，过去有一种古老的东西也叫韵，将一块石子投入水中，水面上荡起的一层一层的圈圈其实就是韵，它在不了多久，很难捉摸。事实上，那远去的波纹也算不上准确，还有另外一种东西，类似于芬芳馥郁的香气，它最动人的时候总是一闪而逝，比雨前的闪电还要光滑细腻、柔情似水，一个人不管有福无福，都无缘见识。

那样一种详细而罕见的东西。名叫华章的客人难道就见识过吗？孩子不相信那个奇丑无比的人会有那样的福分，他多半是在胡诌，坐在亲戚的家里，东拉西扯，没话找话，消磨时光，他知道没有人会拉着他去亲自验证，因此就什么话都敢说，他随身背着雨伞，随时准备一走了之，像人世间一切稀有的东西一样无影无踪。

孩子从那片黄色的柳树下走出来，过了水渠以后，他看见大愣子傻梅正在河边铲沙子。河边只有傻梅一个人，她手里拿着一把家里炒菜用的铲子，将铲起的沙子堆成几个圆形，看上去如同一些年久荒败的土围子。孩子来到河边后，傻梅被吓了一跳，她紧紧地将铲子抱在怀里，不安的神色使她像一只伺机逃走的松鼠。

“傻梅，你别怕，我不要你的铲子。”

“我不给你。”

“傻梅，你们家的大羚羊哪里去了？”

“大羚羊死了。”

“大羚羊是咋死的？”

“我不告诉你。”傻梅忽然低下头，羞涩无比地说道。

“你爷爷哪里去了？”

“我不告诉你。”傻梅忸怩作态地摇晃着身体，怀里的铲子差一点儿滑落出去。

“你这个大愣子，你说不说？你看我不把你的沙子踩扁，踩烂。”

“我就不告诉你。”

“你敢不听我的话？把铲子给我！”

傻梅听说五仗要她的铲子，忽然哭了，她紧紧地将铲子抱在怀里不松手。五仗说，你给不给？还不听我的话？傻梅愣了一会儿，突然发出一声尖叫，转身向回家的方向跑去，一边跑一边发出呜呜的哭声。五仗在她的后面说，把铲子留下！傻梅在他的声音里跑着跑着突然摔倒了，这个与她同龄的孩子使她感到害怕，感到心慌意乱，她趴在地上哭着，当听到后面的脚步声越来越近的时候，她突然站起来，摇摇晃晃地向家里跑去。

沿河一带的沙子被水冲刷过了，什么痕迹也没有留下。一些鸡爹着翅膀在街上奔跑，不断地将阵阵尖锐的呼声留在沿途。孩子站在玉米地边缘，里面亮得像镜子一样的水上映出几个歪歪斜斜的影子，有些互不关联的话仿佛柔软湿润的缨须，轻轻地拂动在人的脸前，令人手脚发痒。

孩子刚在河东的那些稀稀落落的残垣断壁之间一出现，坐在高处的于氏就看到他了。于氏悄悄地下来，借着树叶和断墙的掩护，一直跟踪到自己的一棵树下。孩子刚要抬起头往树上看，于氏突然出现在他的眼前。

"你这个倒霉的孩子，你咋又来了？"于氏气咻咻地说道。她手里拿着一根枣木棍（不是拐杖），望远镜挂在胸前。"你就不怕我把你的头捏扁？"她说。

"我又没有摘你的，"孩子说，"我是在等我爹。"

"甚？"于氏惊愕地张大嘴，看看眼前的孩子，又抬头向树上望去。"你爹在我的树上？"她说，"他难道是一只鸟吗？他躲在我的树上干甚？"

于氏举起望远镜，向树上仔细观察。看了一阵，又竖起手中的木棒，站在下面往树上最稠密的暗处又戳又捅。

"下来！你给我下来！"她边捅边向树上喊。她一直在高处看着，几乎没看到有人在什么时候藏到了她的树上；而现在，这个别有用心的孩子却大模大样地在这里等他的父亲。那个人是甚时候溜上去的？世事险恶，她感到自己的精力不行了，眼睛睁得再大也没有用，看着看着就让人钻了空子。

仰望与激愤使她很快变得头晕目眩，她低下头，扶住树身，接着又活动了一下酸困的手臂，正要再捅时，一旁的孩子对她说：别再捅了，我爹不在你的树上。他到镇上去了，一会儿回来要从这里路过。

于氏愣愣地看着眼前的孩子，一开始她好像没大听懂他的话，她看见他不住地向东南方向辽阔的河川里张望，还以为他要伺机逃走。后来她终于恍然大悟，她抬起头，看到树上寂静如初，连一只蝴蝶都没有。

“你这个瞎扯的孩子，你为甚要说他在我的树上?”她愠怒地看着那孩子。

“我没说他在树上。”孩子说。

“你没说?”她看着他。她也忘了这个孩子是否说过那样的话，但她清楚地记得，他抬头朝她的枝繁叶茂的树上看过。是的，他抬头看过，不管是在盯着那泛红的李子，还是在找他那个倒霉的并不存在的父亲，他从河那边一过来就仰起脸，眼睛向上，目光像钩子一样。

于氏看了一阵，突然扔掉手里的棍子，趴在地上。她又捅又戳的最终结果是使一些树叶和果实从树上坠落下来。她把它们一一地捡起来，抓在手里，流出了心疼的眼泪。

“多么短命的李子啊！都还年轻，根本不到落的时候，你就甜言蜜语地把它们骗下来了。骗下来就再也回不去了。”

“我没有骗它们，”孩子说，“是你自己拿棍子把它们捅下来的。”

“我还不是受了你的骗，”她突然伸开一只手，上面放着一个红黄的李子，对那孩子说，“来，张开你的嘴，你敢咬它一口吗?你敢吗？你今天要是敢咬它一口，我就也要咬你一口；别以为我没牙，我还咬得动大豆。”

“我就不咬。”孩子说，“你的李子比醋还酸。”

树下是湿润的土，松软的叶子铺在上面。孩子不住地向东南方向一带望着，那里河汊很多，水面像弯曲的绸带一样绕来绕去，一些小树林子有的疏朗透明，有的密集幽黑，河面上泛着银白的亮光。父亲前去的那个镇子就在那些小树林子的后面。镇上有很多黄色的房子，镇子四周的山岗上放牧着无数只黑羊。不是天生的黑山羊、黑绵羊，而是烟尘将它们雪白的毛染得遍体污黑，蓬头垢面。

“你老子到镇上做甚去了？”于氏坐在树下，对孩子说。

“去散散心。”孩子说，“还要给我妈买一条黄色的裤子。”

“是去银行存钱去了吧？”于氏说。

“不是。”孩子说。

“你们家里有的是钱，你为甚还要老跑到这里打我这个孤老婆子的主意，啊？我甚也没有，只有这么几棵树。”

“我没有打你的主意。”

“手里有钱，甚的东西买不到？啊？不仅能买裤子，还能买……”

“我爹没有钱。他一直抽的都是水烟。他要是有钱，咋还会抽水烟？早就不抽了。有钱的人没有人抽水烟。”

“他有。我说有就有。你知道个甚？你只知道过河来祸害我的李子。”

孩子还想说什么，忽然想起今天早上家里吃的那顿有史以来最丰盛最复杂的早饭，不禁有些心虚了。那样的饭，要花很多钱的，不是一个小数目就能办到的。

“抽抽水烟算个甚？”于氏说，“就不能做做样子么。从前，枯树镇有一个地主，叫沙大头，一年四季穿着破裤子，补丁也舍不得打一个，露着肉。里面连裤衩都不穿。出门的时候，背着粗糙的炒面，像一个要饭的……”

“他为甚要那样？”孩子说，“他要那么多钱准备干甚？”

“干甚？”于氏吃惊地看着孩子，“谁知道他要干甚。这事你得回去问问你的爹，他为甚还要天天抽水烟？其实，他现在……”

“能不抽水烟?”

“当然能。”

“他不抽水烟，那让他抽甚?抽晒干的葫芦叶子?”

“抽纸烟呀！机器卷出来的纸烟，商店里有的是，合作社里也有。那些连水烟都抽不起的人，才会抽晒干的葫芦叶子、马粪面子。”

干燥的马粪面子使孩子笑了起来。他用一种有趣的目光看着坐在树下的于氏。以前，他们许多孩子都一直认为她是一个凶狠而诡计多端的老太婆，却从来没想到她竟也会笑，也会开玩笑。她不盼望果实甚时候变红，甚时候完全成熟，却非常在意树上是否繁华，枝条上是否一直沉甸甸的。能将枝头压弯的，只要不是虫子，别的甚都行。

……已经将近午时了，孩子仍然没有望见父亲的影子从那些小树林子后面出来，远处的河湾里现在没有人。父亲也许一高兴买了很多东西，拿不动了吧？孩子想。早上吃饭的时候，他还对孩子的母亲说他感到很虚弱，浑身没有力气，动一动就要出汗，像一个刚从医院里出来的病人，病是治好了，可身体还得需要一段时间才能恢复起来；现在，他却要拼命往回买东西……孩子焦急不安地在树下走来走去，一会儿踮起脚向远处的小树林子前和弯曲闪亮的河湾里看看，一会儿又向身后的村庄里望一下。他很想站到于氏的树上向远处眺望，但又很清楚那是无论如何不可能的；于氏宁可让他站到她自己的肩膀上，也绝不会让他的脚踩住她的任何一根树枝。

孩子一副猴急的样子。

“我从天不亮的时候起就坐在这里了，”于氏对孩子说，

“没看见他从我的眼前过去。他真的去了镇上了吗？”

“他非常想去。”孩子说，“他说他一定要去，一定要去。”

“不去不行？”于氏惊讶地看着孩子，问道，“他咋了，咋这么说话？他有病了吗？”

“他的病已经好了。”孩子又向那边引颈望去。

于氏摇了摇头。她慢慢地从地上站起来，将那些收拢到一起的新树叶和旧树叶全部培集到树下，之后又用土将它们压住。

不久以后，孩子离开河东，一个人过了河，向家里走去。

孩子看见不远处的那几棵黄色的柳树先是一动不动，寂静地垂挂着，后来慢慢地在他的视线里轻轻地摇晃起来，树上似乎驻满了细碎而详尽的微风，树叶一片一片地先后动起来，十分低远地簌簌作响……树下有一个孩子，既不是五仗，也不是大愣子傻梅，仿佛是一个从从前的旧时代里走来的孩子，五仗叫不出他的名字，发不出他的声音。那个孩子像一个哑巴，安安静静地站在那些鹅黄的柳树下。

是谁带他来的？他的匆匆忙忙的伯父？他的行程诡秘的二舅？

不久前的一天，孩子在回家的路上遇到一个穿一身青布衣衫的中年人，如果不是眼前那灿烂的阳光里跑动着活生生的猪羊和女人们的说话声，而是单凭收音机里传来的紧急万分的电闪雷鸣声，孩子很可能就将那个穿对襟青布衫的人与过去年代里的那些日常出没于乡间的武工队员画上了等号，他太像那个时候的人了……孩子在路上迟疑了好一会儿，心跳得非常厉害，仿佛在异地他乡里迷失了方向。

那个人显然不是孩子想象中的那种人，但究竟是干什么的，到底也不知道。后来，那个人很快就再也不见了。

孩子边走边想：水烟其实也是一种很呛人的东西，只不过没有旱烟那么辛辣罢了。父亲不抽旱烟就算不错了，还想抽机器卷的纸烟么？

十　六

孩子的父亲没有到镇上去，他仿佛做了一个无法再继续下去的梦，那样的结果，连半途而废也谈不上；因为，还没有正式开始，一切就全都被忽然打碎了。

吃过那顿丰盛而复杂的早饭以后，他为自己的那个姿色尚未完全衰退的女人认真地量了她的腰围，另外还……不久以后，他从家里出来，心情很好地沿着一条最为熟悉的路往东南方向的镇上走去，心里计划着要买的东西。有人与他打招呼，他热情地回答着，但没看清对方是谁，甚至连是男是女都没有印象。

雨后的乡间，空气湿润清新，到处都能看到那些透明晶莹的、悬而未决的水珠。它们有的挂在草木上，有的摊在宽大的葫芦叶子上，还有一些垂在花瓣上的，令人心悬，眼看就要挂不住了，就要掉下来了，但就是掉不下来，你就是站在旁边守着它，认真地将它盯上一整天，它也不见得就能真的掉下来。

很多类似的时候，耐心与热情显得多余，心诚也未必就灵。

孩子的父亲就这样走马观花地从家里出来，又粗枝大叶地向河边走去。

他也不大清楚一个人应该忽略一些什么，又应该特别地注意一些什么。

明亮的河水随意地弯曲着，在某些地方显得多少有些过分。他注意到河对面的一条土路不算泥泞，虽然昨夜下了雨，但那条路上有沙子。过了河，穿过河东的那些稀稀落落的残垣断壁和一些树木，就正式走上通往镇子的路了。那个镇上有什么？有周围一带人们最为需要的几乎是所有的东西，大的小的，软的硬的。

孩子的父亲没有想到，他刚来到河边，眼前的一种情景就使他惊呆了……十几分钟以后，他像一个醉汉一样摇摇晃晃地回到了他的家里。他的样子使孩子的母亲感到突然而不安。

……

“咋又回来了？”她说，“出甚的事了？”他走后不久，她心血来潮地找出一件从未穿过的新衣服穿在身上，并在镜子前顾影自怜地盘桓了半天——是一件新的衬衣，有许多碎花。

孩子的父亲瘫坐在一只凳子上，他的腰仿佛断了。他吃力地看着自己的女人，他闻到一种气息，痛苦地捂住了脸。

“出甚的事了？”女人放下手里的一个什么东西，向他走过来。

“我完了。”孩子的父亲说。他将一只手从脸上移开，看着她。

“你咋完了？”

“那老家伙真的死了，吊在河边的丁香树上，像一截木炭。”

“你看见了？”

“很多人都看见了。”

“你害怕了?”

“何止是害怕。我刚走到河边，一抬头，就看见他那瘦小的身体像一截木炭一样挂在那里，我突然觉得自己再也不会走路了，我的两条腿像是没了，整个下半身都没了。”

孩子的父亲说到这里，突然软弱无力地从坐着的凳子上滑了下去。女人尖叫了一声，将他的头扶起来，放在自己的腿上。

“他为甚要死呢?”女人说，“你不是说他没有羞耻心吗?”

“我完了，再也藏不住了。”孩子的父亲翻着苍白的眼睛，女人顺着他的眼光看去，却不知道他在看哪里。

“那个死老头子。”女人说。

“他要是不死，还能替我顶一阵子。他死了，说死就死了。”

“没人让他死，他自己不想活了。”

“你要是再让他……，他的眼前一点儿亮光也没了，他甚的盼头也没了，能不去死吗?换了我，也会去死。”

“你不是说要杀他，还要杀我吗?”

早上曾经一度有过的欢乐，现在已烟消云散，荡然无存。屋里有一个地方在滴水，他们竖着耳朵听了一阵，他们听见了，但找不到漏声的出处，仿佛空气里出现了窟窿。

时光在慢慢地过去。街上，有一个人在大声地咒骂一只喜鹊，那可恶的黑鸟一个俯冲下来，弄脏了他正在喝着的一碗水，接着又扶摇而上，将一粒白色胶囊似的鸟粪丢落在他的额头上，使他大惊失色。

很久以后，女人说：“咱们得想个办法。”

“办法只有一个，”孩子的父亲说，“躺下等死。”

“你别吓唬我。”女人说。

“我没有吓唬你，”孩子的父亲说，“有人正在像赶鸟一样吓唬我们。”

女人吃惊地看着他。

“你知道甚叫水落石出吗？”孩子的父亲说，“让我来告诉你。最近一个时期以来，陈大褂子就是水，一池浑水。我是甚？我是一块石头，一块戴罪的石头，一块布满苔藓的石头。现在，水落了，池子干了，我被露出来了。你明白我说的话吗？池子里没水了，我被露出来了，谁走过来都能看到。”

“我不让你露出来。”女人说。

“妇人之见！难道我想露出来吗？难道我想躺在池底供人看吗？”孩子的父亲说，“已经露出来了，再想缩回去也不可能了。”

“早知这样，就该设法保住那池浑水，”女人说，“不让它干了，流了。我没想到他会这么重要，一池浑水……”

“天要灭你，你不得不灭。”

女人和男人离得很近。这时，她忽然闻到他的身上有一种气息，她被吓了一跳，不安地站起来，向屋里环视。转了一圈，最后她又将目光停留在男人的身上。“你哪儿破了？”她说着，伸手想掀起他的衣服，“让我看看。”

“咋了？”孩子的父亲说，“你这是要干甚？”

“我闻到了血。”女人说，“是从你的身上散出来的。”

“我还没死呢，”孩子的父亲说，“这时候哪来的血？”他认真呼吸了一下后说，“我咋没闻到？”

“让我看看，”女人几乎哀求地说，“你身上一定有哪个地方被刮伤了，我不会平白无故地这么说的。”

“我没伤。”

“没伤我也要看看。”

女人说着，又将自己的手伸过来。孩子的父亲突然变了脸色，像一个害羞的女人一样紧紧地护着自己的身体，不让她的手碰到。他的脸越来越红，急促地喘息起来。当她的手越来越逼近，不可避免地要触摸到他的身体时，他忽然站起来闪到一边，像仇人一样看着她。

“别碰我！”他几乎是粗暴地说道。

女人惊讶地停下来。她看到他的那张脸正由红变白，越来越苍白。他的目光让她感到寒冷、陌生、羞愧无颜，于是，女人走到一边，不再去想那件事，不再去想她闻到的血。她不知道他为什么不让她看他的身体。

这时，孩子从外面走了进来。

“爹，你是甚时候从镇上回来的？”孩子说，“你是飞回来的吗？我咋没看见你？我一直在河东的树下等你，于氏也说没看见你。你是从哪条路上回来的？”

父亲没有对他说话，母亲也没有对他说话。孩子在屋里站了一阵，忽然感到眼前一亮，他看见母亲穿着一件他以前从未见过的崭新的衬衫，他知道父亲已经去过那个镇上了，那衬衫就是最好的证明。孩子只是对父亲回来的方式和途径感到神秘、奇怪，迷惑不解，他到底是什么时候从哪条路上回来的？

孩子没听说过从村里到镇上还有其他的多余的路，父亲早已安然地坐在家里了，而他却还在河东的树下傻等着。这样想着，孩子渐渐有些沮丧，觉得自己像个白痴。

孩子忽然感到害怕起来：傻梅是不是一开始的时候也不

傻，后来才慢慢变傻的？

大羚羊正在院子里两棵梨树之间的空地上卧着，两只瘟鸡像两个各怀心事的女人一样，踏着银色的月光轻轻地向它走来。

……

十　七

天快黑的时候，村里的老支书来了。老支书进来带着一身露水。孩子的母亲刚把老支书让进来，自己突然打了一个响亮的喷嚏，她红着脸去看老支书，但那一位根本没有注意到她。

“该咋办就咋办吧。”老支书开门见山地对孩子的父亲说道，“德胜，你知道我也保不住你了。”

“我已经准备好了。”孩子的父亲说，“我不能再和你一起共事了，你重新物色一个大队长吧。”

“我很难受，德胜。”

“听说你的女儿要出嫁了，我想送一份礼，你要不要？”

“今天不说这些。”

“我不是送给你，我是送给姑娘自己的。她小的时候，我没少抱过她。”

“德胜，先别说这些。”

孩子的父亲将水烟推至老支书的面前，老支书看了一眼，有些吃惊地说：“早就听说你已经不抽水烟了，咋又捡起来了？”

“谁说的？”孩子的父亲有些伤感地说，“那是巴不得我死。”

“不能这样想，”老支书说，“这样想事情，事情就会越来越大，就像人身上的粉刺，就像蚊子叮过的痕迹，只是那么小的一个红点儿，你要是忍住别理它，它用不了多久就消了，自己把自己整没了。可是，你要是沉不住气，不断地要用手挠它，它就会越来越起劲，变得越来越大，越来越红，越来越了不起。你再去看它时，连你自己都会感到吃惊：它已经变得让你完全不认识了。它自以为是天底下最大最红的一个东西，尽管它的实质只是一包脓。”

“有酒吗？……”孩子的父亲对孩子的母亲说，“把酒拿来！我们要就着那个不自量力的粉刺喝两杯。”

……干烈而又潮乎乎的酒气在夜晚的空气里悄悄地弥漫着，不知不觉地扩散着，不断地向一些地方渗漏、深入。

这时，孩子突然叫喊起来。

孩子看见黑暗的窗外有一只白色的手，一会儿握紧，一会儿又将五指张开……

“不要惊吓孩子！”老支书看着漆黑的窗外，高声说道，“想伸你就伸进来吧！忸怩个甚？”

老支书端起一杯酒朝漆黑的窗户上泼去……不久以后，孩子睡着了。

夜已经很深了，

孩子的父亲对孩子的母亲说：“你还不回去，还在这里等甚？”

“让我回哪里去？”孩子的母亲说。

“回你的娘家去。”孩子的父亲说，“就像当初那样，你好好在家里等着，二十年后我再去娶你。……看见红布在你娘家的门前飘起，你不要忙着出来。听见鞭炮声在墙外响起，你也不要出来。听见我走进你们的院里，听见我说话的声音后，那时候你再出来……”

女人听着，脸上流满了泪。

“你喝多了，德胜。”老支书说，“桂花，扶他去睡吧。我也该走了。”

十　八

这天夜里，名叫五仗的孩子在睡梦中听到寂静的村庄里传来的叮叮当当的砍树的声音。又有人在河边的丁香树上吊死了……仿佛雨过天晴一样，人们奔走相告。

木匠们模糊的身影出来了，木匠们耳朵上别着多余出来的纸烟，用匠人兼木材商的眼光打量着那些郁郁葱葱的树。一棵开着紫色小花或白色小花，能够散发一个月香气的树木，除去其纷繁庞杂的枝叶及根须，事实上并没有多少赚头。最终真正落到手里的，也许只是一些碗口粗细的货色。尽管如此，砍树声仍然持续不落……

天亮的时候，河边一带的丁香树已经砍尽。

名叫五仗的孩子来到河边，河边没有人，只有一些躺着的树枝。走了一阵，孩子看到前面不远处有个灰色的影子，那是傻梅，手拿着她家炒菜用的铲子，在铲沙子。“一下一下又一下。”她边铲边说。时令已是秋天了，傻梅还像夏天时一样赤着双脚，穿着一件灰色的过膝的旧衣服。五仗过来之前，空荡荡的河边只有她一个人。

“傻梅。”五仗说，“河边的那些丁香树都到哪里去了?”

傻梅听到五仗问她，立即低下头，忸怩不安地摇晃着自己的身体，羞涩无比地说道：

“我不告诉你。”

原载于《大家》一九九六年第五期

我们的谷仓

1950年春天，东周县刘芝山区小学教员云尉的一只手表在一夜之间不翼而飞。时隔不久，与云尉同住一室的另一位小学教员孟繁星突然吊死在学校的伙房内。

那天傍晚，伙夫老赵抱着两只南瓜从地窖里出来，开始准备晚饭。走进伙房之后，老赵的额头被一只莫名其妙的脚踢了一下。老赵抬起头，突然看见了孟繁星垂直的尸体。

小学教员云尉接到妻子刘芝的来信是在一个飞沙走石的中午时分，正值学校里午饭后的休息时间。信是从老家寄来的，云尉看过后随手揣进口袋里，向远在东南方向的宿舍走去。在宿舍外面，云尉又看了一遍信。

有人用木炭在旁边的墙上写了一行字：

每一个电话都传播着失败的消息

几年不见，她的字竟然如此突飞猛进。云尉回想着妻子的字迹和旁边墙上的那一句字迹乌黑的话，一个人呆呆地站在门口。山区的风沙卷着赭色的黄尘，正在呼啸着翻越远处的灰色的山脊和高岗，到处都呈现出一派天昏地暗的景象。旷野里的尘雾层层叠叠，形成一道道巨大的屏障。云尉揉着眼睛里的沙子，忽然发现学校的那个简易的篮球架下面孤零零地坐着一个人，那人仿佛正在苦思冥想，身边放着一个蓝布包袱。云尉刚才出来的时候，看见那边只有两个迟归的学生在练习投球，并没有看见其他人。现在，那两个学生已经不见了，操场上一片寂静，几张废纸像纸鸢一样在风中飞舞。

坐在篮球架下的那个人看见云尉出来后，立即抓起地上的包袱迅速地向云尉走来。云尉其实一直都在向前走着，来人此时表现出的那种狂喜的故人重逢式的状态使云尉感到莫名其妙。云尉开始在自己的记忆中努力打捞那些从前的名字和面孔。不一会儿，云尉看清那个人的脸了，是一个异常陌生的人，一副十分苍白的样子给人一种久病不愈的感觉，两条眉毛又黑又粗，像是用毛笔描过，云尉觉得在刘芝山区生活的这两三年中从来未见过这个人，他迟疑着，逐渐放慢了行走的速度。在他们擦身而过之际，云尉听到那个人低声叫道：

云尉。

云尉转过脸，说，是叫我吗？

那个人说，你是云尉？

是的。云尉说。

你就是四纵队的那个云文书吗？

是的。

你为什么不去西门剿匪，却当上了老师？

你是谁？

小心你的脑袋，云尉。

那个人说完之后，突然夹起那个随身携带的蓝布包袱向远处狂奔而去，他的语调和慌乱的脚步声哆哆嗦嗦地抖成一团。云尉张大嘴，冷风贴着他温热的唇齿呼啸而过，视线内七零八落的房舍、树篱和山墙使云尉在注视他的背影时感到困难重重、力不从心。云尉僵在原地，他有一种五官挪位、分崩离析的破碎之感，他发现自己的目光已无法集中，眼前突如其来的情景使他顿时滋生出一种类似迷路的征兆。在他努力追望那只忽远忽近的蓝布包袱的时候，刘芝区区长康德突然出现在他的身边（康德的猝然降临真像一株破土而出的高寒植物，事隔很久之后，云尉仍这样认为）。

康德说，云老师，吃了吗？

康德笑容可掬，他的一声招呼使云尉如梦方醒。眼前，康德头上戴着的一顶洗得发白的旧军帽令云尉备感亲切。两个人在风中各自伸出手握了一下后又都缩了回去，云尉感到康德的手很烫。康德说，云老师站在这里干什么呢，我从上面一下来就看见你了。云尉摇摇头。云尉对康德说，我在看那个人，他让我小心我的脑袋。云尉说道，又向远处看去。那个人此时仍在他的视线中奔跑，但看上去给人一种支离破碎、垂死挣扎的感觉，一些盘根错节的草木在他迷惘的视线里纷纷渴死，奄奄一息。云尉看到那个人逃跑的姿势酷似一只失明的蝴蝶，又像一只被某种利器击伤后的野狗。

康德顺着云尉手指的方向看了一眼，笑着对云尉说，我还以为是谁呢，别理他，那是个疯子，老婆在他的饭里下了毒药，被他发觉了，他没有被毒死，却在震惊之余把自己给弄疯了，他害怕女人，几乎害怕这一带所有的女人。康德的一番话消除了涌积在云尉目光中的疑虑，云尉伸手在脸上抹了一下，感到自己的脸很干燥。这时，他忽然产生了一种强烈的下坠感，他的笑容变得古怪而可疑。康德说，我得到消息，上面要派人来，我来找马校长，想在学校里腾一间房子。云尉说，王村开会，马校长被借到王村写标语去了，昨天下午就走了。康德说，他的字写得很好看。云尉推了康德一下，说，对不起，康区长，等我一分钟。说过后转身飞快地向公厕那边奔去。康德望着云尉远去的身影，嘴边浮起一丝笑容。一会儿，云尉又重新像箭一样地跑过来，说，来就来吧，还说什么呢。学校里别的没有，空房子多的是。

康德说，是不是闹肚子？云尉说，没有，只是让那个人弄得有点不舒服。康德说，我听人说昨晚你们打了一条狗，是不是狗肉吃多了。云尉一惊，说，你怎么会知道，你的消息比情报站还灵。康德说，连这点事都不知道，还怎么当区长，我趁早回家抱孩子去吧。云尉说，本来要打算好好吃一顿，很秘密地吃一顿，可不知后来怎么走漏了消息，师部宣传队的几个女兵在天黑以后突然跑到学校里来了，分走了一半，我们只吃了一半。

康德说，女的也敢吃狗肉？

云尉说，那有什么，她们也是人，看她们那样子，什么肉都敢吃。

康德咂了一下嘴，说，了不得，我老婆就不行，她一看见狗，就两腿发抖。哎，云老师，以后再有狗肉可别忘了告诉我，我家里有辣椒。狗肉没有辣椒不行。

远处，有三三两两的学生向学校方向走来。康德说，就这样吧。人一来了，我就领过来，我还有事，就不进去了。

云尉说，有空来玩，老康，学校里人少房多，天一黑就十分安静。

康德说，那些房子有些阴森，你是不是很不习惯？

云尉说，我是从死人堆里爬出来的，还能不习惯几间旧房？

康德说，不然，有时候一座空房子比一具尸体更让人不踏实。

云尉点点头，你这话有理。

康德往前走了两步，又回过头来，说，差点忘了告诉你，刘排长牺牲了。

云尉瞪大眼睛，说，谁说的？什么时候？谁告诉你的？

康德说，我也是昨天晚上才得到确切的消息，已经死了好几天了。

云尉说，在什么地方？

康德说，在南门外的公路上。

云尉看着康德，他听到的只是一些断断续续的片言只语，被抢走的两头毛驴……南门外茂密的荒草……粮食……僵硬的皮带……石桥下晃动的人影……附近沉睡的居民与荒芜的城头……康德合上了嘴，脸色铁青。

云尉说，老康，我还想回连部去，我不想在这里教书，我很闷。

康德说，我知道你很难过，我也很伤心。他好像是你的表弟？

云尉说，老康，你不知道，他不单是我表弟，还是我从老家偷偷带出来的，出来那时他刚刚十六七岁，这事一直瞒着我姑姑，我姑姑只他这么一棵独苗，她至今一无所知。

康德说，等我这几天忙完了，我想找几个人到刘排长的坟上看一下，到时你也去。

云尉说，我要去，我要去，

云尉像一个絮絮叨叨的女人，眼泪情不自禁地流了出来。我要是不去，他肯定在梦里骂我，你不知道，老康，他的脾气大着呢，从小就不饶人。有一回……

康德对云尉说，云老师，我要回去了，到时我让人来叫你。

康德走出一截后，云尉突然在后面喊道，老康，刚才那个人叫什么名字？

康德闻声站住，问，谁？

云尉说，就是那个疯子。

伏虎。

康德说完，回头看了一下，他看见云尉一个人站在空荡荡的操场上，四周的风把他的头发吹来吹去，纷纷扬扬，看上去像一位披头散发、失魂落魄的女人。

康德向前走了几步，突然无端地想起了不久前捕获到的一个女人。

东周县粮秣委员姚琪接到县里的派遣任务以后，在一个天气晴朗的上午背着一卷灰褐色的行李来到刘芝山区。一路上姚琪看到田野里的庄稼异常稀疏，一些瘦骨嶙峋的猪羊一声不吭地出没在附近的街道上和低缓的山坡上。天气其实不热，但姚琪感到很热，他不停地用一块白色的手帕在脸前扇着风。眼前的刘芝区要比他想象中的格局整洁得多，规范得多。临街的那些高而窄的窗户被分割成许多小孔。

粮秣委员姚琪在那种春天的景色与源远流长而参差错落的

市井格局中，看到一些步履迅疾、神色匆匆的人。街上有时突然飘来一阵饮食的气味。姚琪在街上涌起一种出世的感觉，仿佛一只没有重量的蝴蝶飞入了一幅锈迹斑驳的画中，画的四周都卷起了毛边，中间的内容上残存着部分褐黄色的雨点，映衬出一些暗红色的血迹和几个乌黑的指痕。姚琪看到陈旧不堪的画布布满了灰尘与蛛网，众多荒废已久的窟窿和钉眼犹如鼠类爬行咬噬过的痕迹。姚琪注视着城头上连绵起伏的荒草，独自在心里默念了一声“萋萋满别情”。几个持枪的士兵在城门口附近跑来跑去，麻底的布鞋敲击着青石街面。有人推开一道临街的门，将一桶污水泼进路边的一条暗沟里。水中漂浮着的几片发黄的东西引起一个行人的注意，那个人戴着一顶灰色的棉帽，两只手抄在袖筒里一声不吭地注视着沟里的流水和杂物。

几条狗跑来，街上突然拥挤起来。

一个正在店铺前丈量洋布的人，突然扔掉手中的木尺和布匹，朝一条巷子里跑去。

远处，树荫下一头牛的哀鸣使粮秣委员姚琪看到了荡起在树丛后面的团团尘雾。教堂的尖顶上歇满了众多早出晚归的白头鸦，它们的灰白两种颜色的粪便使教堂的外表看上去斑驳而滑稽，庄严不足。四五只狗此时正在争夺一块牛骨头，那块牛骨头滚遍了刘芝山区的每一个角落，骨头上的尘土越滚越厚，骨头伤痕累累，牙齿的印痕重叠着，杂乱无比地交错着。姚琪此时忽然听到自己的上牙正在有条不紊地打击自己的下牙，他伸了一下舌头，感到嘴里很咸很热。他拽住一位正在急速奔跑的妇女问道，街上出了什么事？

流氓！那个妇女尖叫一声，奋力从姚琪的手中挣脱出来，向远处跑去。一条桃红色的汗绫从她的腰间滑落出来，长长地拖在后面。一个戴黑帽子的人从一家瓷器铺子里冲出来，一脚踩到了红色的汗绫上。绫子被绷得笔直，正在前面奔跑的妇女突然扑倒在地上。

烧饼！我的烧饼……爹呀……

姚琪循声望去，没有发现呼喊的人，只看见一些人像一只只敏捷的猕猴一样轻轻地从一些薄冰上越过，几个没有越过的人脚下踩着薄冰块一直向街对面的铺檐下滑去，有的滑到了墙边，又向姚琪的身后折去。姚琪回过头，看到一个又黑又瘦的小男孩的手里握着一截吃剩的萝卜，萝卜上挂着一缕鼻涕和一些土，小男孩没有穿鞋，光着两只脚，头上戴着一顶晃晃荡荡的大人的草帽。姚琪举起手里的手帕向小男孩晃了晃，叫道，过来，你过来。

小男孩听到叫声，转身就要跑。姚琪在后面说，站住，你站住不站住？

小男孩站住了。姚琪背着那卷灰褐色的行李走到小男孩面前后，伸出手一把抓住了他黑瘦的胳膊。小男孩的眼里闪烁着惊恐不安、委屈和仇恨。姚琪说，我让你站住，你乱跑什么。这到底是怎么回事，他们为什么跑？

小男孩这时突然哭叫起来，像一只无可奈何的小鸡一样在姚琪的手里来回挣扎、扭动，手里的半截萝卜也掉到了地上。

小男孩奶声奶气的哭声使初来乍到的粮秣委员姚琪突然变得异常慌乱、不知所措，他的一条腿这时平白无故地颤抖起来，无法控制。紧接着，姚琪的脸上出现了汗珠。姚琪害怕各种各样的哭声，男人和女人的哭声，老人和孩子的哭声，都令他惊恐不安、心意惶惶。白日里的哭声对他来说有时候比夜晚里的某种哭声更加可怕，更加阴森凶险。他一边用手帕擦汗，一边耐心而语无伦次地对小男孩说，你不要哭，我又没有骂你，也没有打你，我只是捉了你一下，你就哭成这样。说着，他的手早已松开了小男孩，手掌里一片虚汗。小男孩的胳膊仍然一如既往地举着，他不知道姚琪已经松开了他，仍在不住掉泪。姚琪说，你不哭了，我不是已经放开你了吗？你知道区政府在哪条街上？

小男孩听见姚琪说已经放开他了，趁机一溜烟地跑掉了，转眼之间便像一个又蹦又跳的弹子球一样消失在一片结构凌乱、错综复杂的房屋之间。姚琪叹了一口气。这时，他感到两腿发木。背后的行李又重又热，如一堆乌云，这时，姚琪听到有人在喊他。

老姚，姚委员。

姚琪转过脸，看见康德正站在斜对面的一个铺子前打量着他。姚琪开始向康德走去，康德也迎了过来。铺子里有一个人探出头看了一下，又立即缩了回去。姚琪无意中看到那个人的脸上长满了斑点。康德走过来，用力握住了姚琪的手。姚琪说，街上为什么这样混乱？康德接过姚琪的行李，说，一会儿就不乱了，我没想到上面会派你来，走，先去吃一碗阳春面再说。

康德其实早就看见姚琪了。

早在街上混乱之时，康德就望见了身背行李的姚琪，他没看清姚琪的脸，以为是混进来的一名探子。那时候康德正指挥手下的人包围临街的一处宅院，街上混乱的局面就是由躲进院里的五六个人造成的。那时候康德感到自己没工夫去收拾这个文质彬彬的探子；但他一边让人往院子里冲，一边用另一只尖锐的眼睛远远地注视着姚琪。两桩事情同样牵动着他的心思，当姚琪后来终于东张西望地转过脸以后，康德松了一口气，他认出了是县里的粮秣委员姚琪。不一会儿，那几个人把枪从院子里纷纷扔了出来。他们隔着门洞在里面说，别开枪，我们不打了。康德说，不打就出来吧，都出来。他们一个一个地从高大的影壁后面走出来，院子里传来一阵狗的狂吠声。

街上平静下来了。

姚琪走在康德的后面，康德拎着姚琪的行李。姚琪远远地望见有一根旗杆在一片屋顶上高高地耸立着。康德对姚琪说，看见那根旗杆没有，我平日就在那里。

两人穿过一些破旧的房屋和几棵稀稀落落的槐树，不远处有一口井。姚琪看见井台四周的一些水渍在阳光下闪闪烁烁，仿佛一堆打碎了的玻璃，街上的房子一部分是灰砖的，还有一些森严壁垒的石头屋子。

姚琪对康德说，这里的阳春面很好吃，就是太咸了一点儿。

康德说，我在街口最初望见你的时候，我以为是一只大鸟在练习飞翔。

姚琪说，我是不是很傻很没脑子，一副展翅欲飞的样子？

康德说，你在阳光下徘徊了很久。

姚琪在区政府的西面看见一溜石头砌起来的密封的窑洞，都挂着又黑又大的铁锁，后来的一些日子里，姚琪才知道这是一溜存放粮食的仓库，有一个班的士兵日夜看守着。东边有四五棵年老的榆树，树前是一个露天的磨坊。姚琪到来的时候，看见有两个刘芝山区的妇女正围着那盘青色的石碾在一圈复一圈地推磨，褐黄色的玉米颗粒在青色的石碾下沙啦沙啦地响着，推磨的两个妇女头发上都落满了灰尘，衣服上沾着玉米粉，四只手都是白的。她们弓着腰，磨道里有土，有轻飘飘的会飞的粉尘，有砖头，还有干枯的落叶和不见踪影的汗水。

姚琪的行李上捆着一双洗得一尘不染的雪白的球鞋，康德后来看到那双鞋以后，突然对姚琪感到无比的生疏和遥远，有一种难以言明的忽长忽短的距离一直使他觉得自己无法与姚琪亲密起来，无法打成一片，滚成一团。这种不可名状的感觉时刻困扰着康德，折磨着他的耐性和勇气，使他度过了一些难以诉说的白昼和不眠之夜。那种白颜色令他心绪不安。

几张乌木桌子和一个马棚使区政府看上去更像一个旅途中的驿站。姚琪站在门口，打量着对面屋檐上的几只狰狞的兽头，清晰地闻到了一种浓郁的熟制皮革的气味。屋里的墙上有几张不同式样不同颜色的奖状。姚琪在一张紫褐色的木椅上坐下以后，看到了聚集在门口的苍黄而黏稠的阳光，那种罕见的光芒使他感到十分吃惊。里屋有一个十七八岁的小青年。康德进来后，小青年压低声音对他说话。姚琪没有听到他们的说话声，只听到里屋传来一阵淅淅沥沥的流水声。不久之后，他听到康德在里面大声说道，胡闹，你尽给我捅娄子，他是什么东西？接下来，姚琪听到一阵打翻某种器皿的声音，有水从桌子上流淌到地上，并伴随着一阵慌乱的动作。小青年端着一只杯子出来了，姚琪看见他的手在颤抖。康德对小青年说，这是姚委员。小青年看了姚琪一眼，神色闪闪烁烁、游移不定，像一个害羞的孩子。

康德说，金伯安家的枪支都缴上来了吗？小青年回答说，都缴上来了。一共五十支长枪、六支短枪。康德说，这个老狐狸，我日他妈的。小五子，以后你再敢这样擅自行事，小心我处理你。叫小五子的年轻人站在康德一侧，脸涨得通红。之后，他打算走进里间，收拾桌上的残迹。这时，又听到康德让他出去打一壶开水回来，这个消息使他不禁受宠若惊，他的脸色顿时晴朗起来。

姚琪对康德说，老康，不能这么干，弄不好会捆住我们的手脚。康德说，不这样干不行，对付金伯安那样的人，你要是不厉害，他就不把你当人看，我还得再给他点颜色让他瞧瞧。小时候，我常听我爷爷说，人都是贱骨头，不管男人还是女人，你要是给他个笑容，他就会得寸进尺，蹬着鼻子上脸，往你的眼睛里钻。

姚琪说，最明显的贱骨头，就叫作心甘情愿，任何时候都一样。

离开县城之后，姚琪搭乘了一辆运草的牛车，后来，走了没多远，车轮陷进了路边的一条水沟里，驾车的牛躺在淤泥中一动不动，闭上了眼睛。赶车的是当地的一个农民，在车前团团乱转，一会儿俯下头对牛说几句话，一会儿又看看姚琪。那时候正是早晨，姚琪下了车，远处有细长而笔直的炊烟，状如民间的风水。

姚琪的行李放在一张长长的木椅上，他说话的时候将一只手臂放到了行李上。姚琪感到有些累，脸上疲惫而发烫。屋里有一堆炭，康德坐在一块巨大的炭上，那块炭异常光洁而明亮，几乎一尘不染。姚琪看到那块炭以后，立即对康德产生了一种肃然起敬的良好的感觉。康德用一种异常柔软的目光望着姚琪，轻声说道，我知道你累了，你喝点水吧。

姚琪说，我不渴。

康德说，你渴了，你喝一点吧。

姚琪说，行，我喝一点儿。这以后，康德将杯子冲了一遍，他站在门口将杯里的水向远处泼去，姚琪感到门口的阳光剧烈地晃动起来，看上去雾蒙蒙的一片浑浊。一只乌木的旧条桌下面堆放着一面红色的牛皮鼓和一面铜锣，还有两把唢呐。旁边还有一叠簿子，姚琪看到那是一些地契和账簿。从外面照进来的阳光使屋子里涌动着一种明晃晃的生机。姚琪到处寻找先前的那种清晰的皮革气味，但始终一无所获。他不知道是什么东西散发出了那样一种怪味，徒劳无益的识别使他渐渐产生了一种昏昏沉沉的睡意。

当姚琪后来重新在椅子上坐定以后，他看到门口的阳光又像浑浊的泥汤一样动荡不安起来，紧接着，康德从外面进来了。在姚琪的注视下，康德身披着阳光，神采奕奕。姚琪听到康德的话语犹如梦中的某种言辞，清晰而飘忽，姚琪的手触到水壶后被烫了一下，抬起头后，他闻到了从康德身上传来的一种气息。康德倒了满满一杯水放到姚琪面前，对姚琪说，喝吧，你们下来辛苦了，我没有一天不在盼着。

姚琪把水放到椅子另一端。他低着头，不好意思地对康德说，看你说的，你们才是最辛苦的。下面的事情那么多，情况那么复杂，没有你们，谁也不行。他让康德坐到椅子上，但康德又在先前的那块炭上坐了下来。

姚琪说，你也喝一点吧。

康德说，你喝吧，我不喝。

姚琪说，你渴了，我喝一点儿吧。

康德说，行，我也喝一点。

康德从一只抽屉里找出一只淡黄色的葫芦瓢盛水喝。他对姚琪说，我已经和学校里的老师说好了，你来了，就住到他们那里，那儿房子多，又是全区最干净的地方。

姚琪说，我无所谓，哪里都行。

窗外风和日丽，这是刘芝山区一年中难得的好天气，天空像草原上的天空，湛蓝无比，白云如雪。康德向姚琪谈起了不久前发生过的一场严重的骚乱事件，几乎所有的参与者都无一生还，地点在北门的先贤祠内。

姚琪充满歉意地睁开眼睛，阳光和开水使他的眼帘变得极为沉重，康德的话他几乎一个字都没有听进去，他内疚地看着康德。康德对他说，喝，喝水。毫不介意。

他们两个人吸吸溜溜地喝着水，深重的皮革气味笼罩着姚琪。水很烫，两个人都满头大汗，脸颊潮湿。姚琪越过杯子偷偷看了康德一眼，那一位把脸埋在葫芦瓢中，正在吱吱地汲水。姚琪一边喝水，一边浏览着屋内的结构和陈设。他后来抬起头，发现屋里的房梁上住着几只燕子。房梁上筑着一个碗大的巢，羽毛漆黑的燕子飞进飞出。姚琪望着衔黍而归的燕子，听到外面传来拍打灰尘的声音。两个推磨的妇女各自为对方拍打着衣服和头发。不一会儿，她们就背着碾好的粮食走了。

老赵曾经告诉过云尉很多事情。

在三月的一个雨夜里，老赵和云尉两个人在云尉的宿舍里相对而坐。有很长一段时间，他们都在望着百叶窗外的那道高大的灰色宅墙。刘芝山区的风雨使一根貌似枯萎的青藤在高墙上飘扬起来。雨水洗刷着宅院中的部分回廊和小门，一株冬青树上的几张叶片看上去光亮发冷，像几张洗染过的发绿的舌头，悄无声息地垂落着。部分阶梯和门窗仿佛悬崖峭壁。

远处的雨地里有一盏昏黄的灯。

云尉和老赵断断续续地说着话，那种近似于自言自语的谈话方式，使云尉产生了一种强烈的睡意，他们谈起了一位双目失明的老陶工，他在青烟缭绕的瓷窑边如何精确而传神地挂釉，耐心而持久地等待着焙制的过程，脸上的笑容慈祥而永恒，经久不变。他们谈起了一位漂亮而安分守己的良家妇女，因奸情谋杀了自己的丈夫后隐姓埋名，开了一家远近闻名的“青衣”绸缎庄。还有一个寸草不生的种植小麦和烟土的村庄，居住在那里的男人们都患有严重的大骨节病和佝偻病，女人们则都健壮而妖娆，皮肤雪白，柔情似水。

他们还谈到了吊死在学校伙房内的本校教员孟繁星——他的死因像一个结存多年的谜环，又像某些古怪而寻常的民间习俗，至今无人能够识破。不久前的一天，他们埋葬了年仅二十三岁的孟繁星，并给他的老家的亲人发去一份言简意赅的电报。但时至今日，那边却始终没有传来任何一丝有关的消息。孟繁星被葬在刘芝山区的娘娘坟一带，学校里的三十六名学生采集了许多束白树枝。正是春天，地处塞外的刘芝山区没有野花，也见不到青草，到处都荒芜而萧瑟，看上去毫无春天的迹象。如果没有人告诉你，你只会觉得这是一个天数众多的十分漫长的冬天。每当回忆起孟繁星下葬那天的狂风时，云尉都会感到自己的牙齿和耳朵里塞满了无数磣牙的尘土，一种来自身体内部的切肤之痛常使他坐卧不安、两眼无神。

雨夜使他们的谈话成为一种潮湿而秘密的低语。整个晚上，云尉看见伙夫老赵一直都在用一只手慢慢地千篇一律地摩挲着自己的头皮，情形有如受戒的僧人。数十年的繁重的和清淡的庖厨生涯使伙夫老赵的一双手变得发青而透红。云尉看着老赵的一双被油烟浸出来的手，想起了自己每天所吃的一日三餐。老赵为本地财主荣继先烧菜多年。自从解放军进驻刘芝山区，荣继先携家眷潜逃之后，学校迁进了荣家大院，伙夫老赵没动窝，成了学校里的伙夫及杂役。老赵经常感到自己的头瘙痒得异常厉害，他总是忍不住要用手去挠，只有那样轻轻地长久地搔着，他才觉得好受一些，舒服一些。一年前，云尉来到学校以后曾听人说老赵的这颗头在已逝的岁月里曾经被人砍过九刀，刀刀见血，留下了一系列各种各样的纪念性的伤疤。那些疤痕形状各异，颜色也深浅不一，每逢天阴下雨的时候便潮湿不堪，奇痒难耐。这种来自气候方面的温柔而粉碎性的打击常常使老赵失去所有的耐心和勇气。

真是不好意思，云老师，我这样没礼节。老赵愧疚不安地对云尉说道。

云尉说，老赵，这有什么呢，这没有什么，我不会在意的。

老赵说，我总是忍不住，我要是能忍住，我就不挠了。

云尉说，这是气候的毛病，不能怪你。许多有病疾的人都逃不过阴天、下雨天。

老赵说，我知道我是个没出息的人，我最怕痒了，我就是忍不住。

老赵的眼睛望着窗外漆黑的雨夜，屋里昏暗的灯光使他眉心处的一条柳叶状的疤痕发出了一种幽暗的光晕，那是一条纤细的粉红色的痕迹，老赵说话的时候，它就会像皮筋一样立即缩短。老赵不说话的时候，它又恢复原形。现在，它又缩短了。老赵说，都说怕痒的人心软，胆小如鼠，做事不成，还怕女人，我恐怕就是那样的一种人。一个男人要是怕女人，那就什么也甭干了。

老赵的目光在漆黑的雨夜面前渐渐地退缩着，回到了灯光下，停留在云尉的身上。云尉感到老赵的目光像一只年老而软弱无力的绵羊的，经不起任何一种碰撞和遭遇。老赵到后来只把自己的一只冰凉苍白的耳朵和一个侧影对着窗户，对着那道高大而潮湿的宅墙。

云尉说，不用说人，就是动物也还怕痒呢。小时候，我跟一位本家表叔去屠宰场卖猪，我不小心碰了一下猪的胯下，它就冲我咧着嘴哼哼叽叽地笑了一路，一直笑到屠宰的地方。这事真让人想不到。

老赵听云尉这样说，便忍不住笑出了声。老赵笑着对云尉说，你这话勾得我真痒，我觉得我浑身一点儿力气也没有了。

说话之间，云尉看见老赵手中的一杯茶无力地滑落了出去，橙黄色的茶水流淌在老赵与云尉之间，水汪汪亮晶晶的，像一面潮湿而漆黑幽深的镜子。老赵一边慌慌张张地用手往后推云尉，一边急促地说道，我真该死，弄湿你的裤子了，云老师。云尉说，你又多心了，好像我是你的客人。老赵拂水的过程中，他们的谈话暂时中断了，空寂而昏暗的屋子里只有他们两个人一起一伏的喘息声和老赵拂水的声音。这以后，老赵和云尉两个人便一起转过脸去，共同望着窗外的那道高大的灰墙和远处雨地里的那盏昏黄的灯。那盏灯不知亮在什么地方，雨雾和夜色使它的距离和位置变得飘摇莫测。灯的四周是密不透风的夜色，淅淅沥沥的雨声反复地回响在其中，回响在一种宁静的时光之中。

老赵忽然对云尉说，说实话，云老师，我常感到我像一堆快要着完了的火。

云尉吃惊地望着老赵。晚饭之前，他饮用了一点本地产的高粱白酒，没想到他的脸被涨得通红，心跳的速度明显加快。

正在他呼吸困难、神志模糊之时，在王村写标语的马校长托人捎来一张字条。马校长在字条上告诉云尉说，你的手表就不用再找了，孟繁星的突然吊死就是最好的回答，你再找下去纯属徒劳无益。晚饭之后，伙夫老赵收拾完炊具，来找他说话。不久前，在他们埋葬孟繁星的旷野里，云尉看到老赵的手因悲伤而变得颤抖不止。

云尉说，老赵，不管怎么说，我绝不认为孟繁星会干出那样的事，他不是那种人，我和他一起住了一年多，我是知道他的。

老赵说，我最后一次见到孟繁星的时候，他正一个人朝一块种玉米的空地走去，当时，有许多乌鸦正在那里寻食。

云尉说，是的，他有散步的习惯。

云尉说话的时候，一张恍惚而苍白的脸出现在他的眼前，那是孟繁星。由于连年的奔波和漂泊，孟繁星在二十岁那年患上了疝气，行走，包括日常的散步都变得困难起来，严重的疝气和胃病常常使他烦躁不安，彻夜难眠。那时候，云尉总是与他一起在刘芝山区的一些安全地带散步。云尉说，那时候我总是摆脱不了过去的一些东西，成天都沉浸在那种往事的烟雨之中，许多早已逝去了的脸和声音总是像一些显眼的招牌和幌子一样悬挂在你的视线里，无论你走到任何一个地方，无论这个地方有多么生疏，只要你一停下来，一抬头便会看到那种东西仍在你面前的视线里高高地悬挂着，它有点儿像太阳，你走到哪里，它就会如期地出现在哪里，就像某些记忆一样。

老赵说，我明白你说的那种东西了，它其实比太阳还要可怕，太阳在夜晚或阴天的时候就不出来了，可那种东西连夜晚和白天也毫不放过。我见过它。

云尉吃惊地说，你见过它？

老赵说，我活了六十多年了，我经常能看见它，就是你说的那种东西。

我不知道那是一种什么。云尉说。

我觉得像一条狗。老赵说。

一条狗？云尉说。

对，一条你永远都围着它转的狗。你以为它一直跟着你，其实是你永远都跟着它。不是它离不开你，而是你离不开它。老赵说。

一只无时无刻、永远都活着的狗？像时光那样？云尉说。

老赵说话的时候，手里一直都在漫不经心地摆弄着一只表壳早已泛黄的旧式怀表，那上面轻轻地流动着老赵的一种体温。怀表是主人荣继先送给老赵作为酬劳的。有一次，区长康德不无讥讽地对老赵说，你戴着那么一只肮脏的臭表不觉得可耻吗？老赵当时无言以答，事后对云尉说，云老师，我真没觉得有多可耻，也许是我已年老脸皮太厚的缘故。那时云尉对老赵的这种表白既反感又可怜。现在云尉在谛听屋檐下滴答不休的雨水时，曾无意中看了怀表几次。云尉发现老赵的那只旧式怀表上的时针一直固定在晚上九点钟，整整一个晚上，表上的时间既没有向前延伸，也没有向后返回。九点钟成了一个一成不变的数字，一个仿佛死去了的数目。云尉感到老赵的一切似乎都停留在这个恒定的时间上，时间以外的两头深不可测，一切有关的东西早已烟消云散，全都不复存在了。对于老赵来说。晚上九点钟似乎是他一生的全部经历和体验，他所有的回忆都由此开始，又至此结束，晚上九点钟像一束昔日的黄花，多年来一直长盛不衰地栽种在老赵幽暗而无边的生涯里。

你的手真凉。云尉对老赵说。

老赵没有说话，云尉看见老赵的目光里此时正游动着一种软得可以随意流动的东西，类似丝绸或水，这种异常柔软的东西竟然弄疼了云尉的眼睛。云尉伸手揉着自己的眼睛，老赵吃惊地问道，你流泪了？这里每年春天风沙很凶，你得小心，我听说陈助理员眼睛里刮进一颗沙子，至今没有取出来，我想可能是方法不对头，沙子不能揉，越揉越出不来。面对老赵慈祥永恒的笑容，云尉感到老赵像一只善良而年迈的公羊，那笑容中闪烁着一种紫茵茵的东西，仿佛是对于青草与阳光的深切的缅怀。

夜晚的风雨吹开窗户的时候，悬挂在正面墙上的一只黑色的相框突然摇晃起来。那是一只空荡荡的相框，云尉几次想把自己的一幅照片装进去，但一直未装。学校刚迁进荣家大院之时，镜框里装着荣家二小姐的一张半身肖像，不久之后，那张肖像就不见了，里面只剩下一张极其模糊的印有风景的衬纸。在三月的雨夜里，在昏暗的灯光下，破窗而入的风雨使那幅风景变得更加隐晦，以致无法辨认。它像是隐藏在云雾深处的一种东西——一种声音或一种颜色。云尉几次看过去，结果都是失望。虚泛的徒劳无益的眺望使云尉感到自己的身上湿漉漉的，衣服里面仿佛贮满了冒泡的雨水，如同夏日夜晚里长短不齐的蛙鼓之声。有一次。云尉翻过那个镜框，发现背面写有几行诗句：

多年来我一直盼你
破窗而入
涂染我的夜晚

诗句令云尉激动而汗颜。

老赵年老的手指在那只怀表上面缓缓地滑过，留下了一些安详而清晰的指纹。那种寂静如初的情形，覆盖了无数喧嚣的时光和不安的灵魂。追忆那些远逝的背景，他听见时光犹如一只木制的鸽哨，时远时近，忽明忽暗，在无人的云彩下久久飞翔，在村庄与城郭之间低回盘旋。哨声所过之处，犹如绽开的石榴。

高墙西南角的那小洼地里这时已积满了一汪幽亮的水，成千上万的雨点落下来以后，洼地里荡起了无以数计的圆环，大大小小的圆环转瞬即逝，如同人的某些念头。远处雨地里的那盏灯依然一如既往地亮着，它的光亮既没有增强，也没有被削弱，此种情形使云尉突然想起了几年前遇到过的一位驻颜有术的女人。

云尉和老赵两个人都在无言地倾听着外面的缓慢而冗长的雨声，老赵淡黄色的脸上静悄悄的，看不到丝毫其他的东西。在三月的这个雨夜里，云尉感到自己如同坐在一只僻静而清苦的草蒲团上，有一瞬间,他忘记了有关的年代和位置，他第一次发现时光是如此的陌生和冰冷，有如遥远的铁器。他感到时光的硬度时，曾几次将自己的目光停留在那只老式怀表上，但时间仍是晚上九点钟，老赵脸上的安详的色彩使他对此深信不疑。眺望三月里漆黑而冗长的雨夜，从老赵的锈迹斑驳的身体上散发出来的一种铜钱或铁锈的气息使云尉的记忆突然变得混沌而模糊，毫无任何顺序可言。他一点儿也不知道在晚上九点钟以前和九点钟以后的那些时间里发生了些什么事情。有一段时间，他真的怀疑老赵已经控制住了一段时光，这使他对老赵肃然起敬。他只知道现在的时间是晚上九点钟，在这个时候，没有发生任何的事情，没有任何的生人或熟人出现，只有漆黑而冗长的雨夜中的一些细节。

这只表真好。

云尉情不自禁地说道。

它坏了，早就不走了。老赵说。

云尉没有听见老赵这句话，多疑的性情使他此时正陷于一种激动不安之中，一种想入非非的情绪排斥了他所有的记忆。他看见老赵苍老的眼睛里此时正无声无息地游动着一种生生不息的东西，几十年的经验使他很清楚那种游丝般的东西绝不是一种倦怠和睡意。他感到那种东西像一种可以燎原的火星，像一种经久不散的余音或气韵，像一种岛屿状的浮云，在三月的雨夜里冷淡而松散地四处游荡、徘徊、无以存身、走投无路。

这时候，云尉听到从那道高大的灰墙外面传来一声狗叫。

我听见狗叫了。云尉说。

云尉说话的时候，一直望着正襟危坐的老赵。云尉看见老赵的两只苍白而瘦削的耳朵此时正十分优雅地竖着，传达出一种挺拔的意味和一种警觉的效果。老赵的一张黄脸在灯光下看上去浮肿而虚幻。

老赵，我听见狗叫了。云尉说。

老赵的五个手指在头顶上轻轻地摩挲着，其情形像一种无声而细致的关照或回顾，像一种骨质疏松的轻描淡写。云尉在观望的同时，体验到一种漫不经心而又别有用心的意味。淫雨和风寒使他饱受了侵袭，他有些力不从心了。云尉这样想的时候，听见老赵说，那些狗每天都叫，无论雨天还是晴天，每天晚上八九点钟的时候就要乱咬一通。它们好像看到了什么。

你的手真凉。云尉说。

你已经说过两遍了。老赵说。

我说过了吗？我不记得了。云尉茫然若失地说道，他忽然感到舌头很苦。

老赵，我好像把谁的苦胆咬破了。云尉说。

什么？

老赵将手中的那只旧怀表递到云尉的手里时，云尉感到那只表遍体一片温热。这情形让云尉立即想起了自己生命中的某一个场景，一件令人难以忘怀的往事。

老赵缓缓地说道，我把热量传给它了，我的手就凉了。任何东西都是有限的，一个地方凉了，另一个地方就必然会热起来；一个人走了，另一个就很快会来的，来替他。

云尉说，孟繁星死了，县里的粮秣委员姚琪来了，我让他与我住在一起，睡在孟繁星留下的那张床上，他不睡，一个人住到西厢房去了，那里不是有很多蟑螂吗。

老赵说，西厢房的角度好，打开窗户，外面的风景就能尽收眼底……你们明天想吃什么？镇里的孙掌柜答应给送一些干豆荚来，我想用油煎一下，可是没有油。

云尉说，没有就算了，还煎它干什么，怎么吃都是吃，最终还不都一样么。

老赵说，巧妇难为无米之炊。

云尉想起从前，每次出门的时候，母亲总是站在他身后的某一个地方望着他，目送着他的影子从路的尽头完全消失，这种想法是不真实的——母亲已去世多年。但除了时间和人物之外，其余的一切又都是绝对真实的，包括完好如初的夕阳，包括沿途的那些风物标志也仍像当初那样原样不动地遗留了下来，只有最初的人和最初的时间都不存在了。

现在，一阵雨水正贴着窗外的那道高大的灰墙齐整无比地往下流淌，冰凉的雨水划过陈旧的砖墙，造成一种一厢情愿的局面，那种难堪的情形使云尉感到有些不寒而栗。老赵在这个过程中喃喃地说了一些往事如烟之类的话，老赵的语言低远而霉湿，一片泥泞。

云尉和老赵两个人相对而坐，都在默默无声地望着对方。雨夜和灯光的作用使他们两个人的脸色一半灰暗，另一半熠熠生辉，发出一种拒人于千里之外的寒冷光芒，灰暗的是靠近窗户的那一侧，闪光发亮的是临近灯光的这一面。他们的鼻梁和额头都时明时暗，忽阴忽晴，淡黄色的皮肤像做工细腻的木器。老赵的那张浮肿而虚幻的脸使那种温良的程度更为深重。云尉将怀表递还给老赵，他看到老赵脸上的浮肿的笑容扑朔迷离、如火如荼。

夜晚霉湿的阴风穿堂而过。

这间正屋的门楣上方，在距离屋顶不远的一张护墙板上贴着一张杏黄色的符纸，平整而持久的效果使人想到当初布置时的精心和劳神。许多年过去了，那张黄纸毫无半点儿卷边或泛毛的劣痕，只是时间使纸张日趋陈旧，越加褐黄了。纸上印着一只清晰而精巧玲珑的红绣鞋，鞋底下踩着一束饱满而妖娆的玫瑰花，花瓣瑰艳妩媚。老赵告诉云尉说这是一种鸡犬升天的象征，云尉感到自己的身体在雨夜的风中摇晃起来。先后有荣继先的两房姨太太在这里居住，其中的一位姓梅，漂亮而患有疾病，是肺病和肾上的毛病，终年闭门不出，总在家里绣花、裁衣。那些呢喃如初的日子，时常伴随着姓梅的女人手捂胸膛吐血的声音。她吐得非常宁静，迅速而优雅。整个过程有如梅花悄然绽开又寂寞凋零的过程。

她死的时候，好像也是晚上九点钟。那时，城外的先头部队已开进了刘芝山区，在街口和大街小巷都布置了岗哨……云尉望着护壁上面的那只红绣鞋，对老赵说道。

你说谁？老赵如梦初醒地问道。

那个姓梅的女人。云尉说。

云尉这时看见老赵的脸似乎比先前又浮肿了许多，眼睛里出现了一种若有若无的睡意。老赵的一只大拇指久久地停留在那只表壳上，大拇指的颜色与那只发黄的表壳浑然难辨。云尉说，她以前不就是住在这座房子里吗？西墙上有一道暗门。我们进来的时候，迎面碰上几个被遣散回家的工匠，那几个工匠是她雇来修理甬道和花坛的。

老赵说，你搞错了。她从没在这里住过，她的那座房子在西边，两座房子的构造和形制都出自同一群工匠之手，相隔不过几十步远。这里是二小姐的闺房。

云尉说，那些窗户……

老赵说，是的，很多人都在这上面出过差错，包括我，包括家里的其他人，两处宅院像是互相仿造的，里里外外，包括天窗的数目和回廊的尺寸与颜色，都完全相同。

云尉说，康区长那时候在荣家干什么差使？是马夫吗？

是的。老赵说。

云尉说，仿佛是一个炎热的夏天，姓梅的女人正在高墙下的玫瑰花丛旁闭目养神。丫鬟在窗户下睡着了。这时候有一个人突然出现在花丛旁。没有风，天太热了，姓梅的女人突然打了一个冷战，睁开眼睛之后，她看见她的脱在一旁的真丝旗袍和软缎绣鞋被吹成一团。丫鬟被惊醒后，急忙向花丛这边跑来……

那个人是谁？老赵说。

没人知道他是谁，只发现他受了伤，他的血把墙头染红了一片。云尉说。

老赵长长地打了一个哈欠，睡意渐渐地向他逼来。

云尉和老赵都面窗而坐。雨夜中的一切仿佛都一尘未变，一切都还是晚上九点钟的那种状态和情形。那只高悬在门楣上方的精巧玲珑的红绣鞋此时在屋里昏昏沉沉的灯光下像一叶漂泊已久的小舟，静静地停靠在夜晚的木壁上，苍老的黄纸是它唯一的背景和活动场面。屋顶上层叠的木板露出了木头的最初本色，木头的气息已不再如当初那样浓郁，只有木纹和有关的脉络仍一如既往，但脉络已不再如当初那样跳跃蜿蜒，它现在状如旧日的伤痕，如一条条荒芜的久无人迹的车辙。灰色的雨水从对面那道高大的院墙上徐徐地流下来，像有人正在上面放下一道永远也垂落不完的无穷无尽的帘子。阵容整齐的雨水一声不吭地贴着高墙向泥泞的雨地里垂落下去，到处都潮湿而阴冷。这个春天的雨夜里，天地间混沌而漆黑，幽闭而无边，远处偶尔有枪声和地雷爆炸的声音传来。有一瞬间，云尉恍惚看见一匹白马嘶叫着像转瞬即逝的流星一样滑进山里。那只黄色的怀表这时已从老赵的一只手中到了另一只手中，静静地躺卧在老赵纹路纵横交错的手掌内，像一个熟睡的老人。

老赵坐在晚上九点钟这个固定时间之上，云尉也坐在这个两头茫茫的钟点上，云尉还坐在老赵的对面，与老赵促膝相望。云尉在晚上九点钟的这个时候，望见老赵的充满传奇、盘根错节的经历向四面八方蔓延得无边无际。

有一天午后，区长康德来学校里看望住在西厢房里的粮秣委员姚琪。

康德穿过学校里的简易篮球场，走进荣家大院的二门之后，迎面碰上了伙夫老赵。老赵刚从地窖里出来，老赵的头发上和衣服上带着地窖里的土，手里拿着几根葱和一把晒干的香菜。老赵看见康德之后，脸上立即涌起一种急躁不安的神色。在他低头向伙房走去的时候，康德在后面对他说，给老师们做什么东西吃？老赵说，炖萝卜条。老赵说话的时候，康德已走到了老赵的面前。

康德说，你的手艺不是很好吗？

老赵说，不好。

康德说，我记得从前荣继先常常隔三岔五地给你小钱花。

我不记得了。老赵说。

康德目光炯炯地注视着老赵，说，你还记得从前栽种在高墙下的那些玫瑰吗？

我只看见一包晒干的花籽。老赵说。

花籽在哪里？康德说。

在教室外面的窗台上。老赵说。

康德从老赵手里要过一根葱，三下五除二地将干枯的哗哗作响的葱皮剥尽，在嘴里大嚼起来。老赵抬起头望了康德一眼，老赵发现那根粗壮、辛辣的大葱迫使康德流出了眼泪。

康德对老赵说，我希望你能认清形势，不要再和荣继先那伙人瞎联系了，那样对你没有什么好结果的，如果……好辣，怎么这么辣呢。是的。老赵说，我早就和他们没关系了，大家都知道的。老赵踩响了脚下的葱叶，望着康德。康德的嘴里发出一阵吸吸溜溜的声音。康德说，如果你知道他的消息和下落，就要立即报告，你要是不报告，小心我查出来。我要是弄得水落石出以后，就够你喝一壶的。老赵说，我真的不知道他们在哪里，这种事情他们能告诉我吗？说不定都已经死光了。天网恢恢，疏而不漏，我看他插翅难飞。胡扯！康德说着将手里的半截葱扔掉，指着老赵的脸说，你想麻痹我吗？休想。

天空中此时积累着一部分云，远远看去像一堆堆黄色的沙子或绸缎。

从灰色的屋瓦上刮下来的风突然卷走了晾晒在院子里铁丝上的一条白色的被单，云尉从屋里冲出来追赶远去的被单。康德说，云老师，姚委员在吗？我来看看他。云尉边跑边说，在，在。说着已跑出了二门。康德对站在一旁发愣的老赵说，还愣着干什么，帮云老师把被单追回来。老赵立即拿着手里的葱和香菜朝二门外跑去。接着，有人推翻了一垛砖头。

康德走到姚琪居住的西厢房前面时，忽然感到有一个人影从自己的身后一闪而过。康德回过头时，正好看到那个人的清晰的身影投映在影壁上，康德情不自禁地叫道：

二小姐。

午后的一阵狂风将西厢房的几扇百叶窗全部吹开之后，粮秣委员姚琪的手脚突然变得慌乱无比，他的一整套动作看上去都费力而荒诞不经，带有一种明显的徒劳无益的色彩。狂风吹散了桌上的大部分资料，包括一些来之不易的情报和几项初拟的计划，纸片在屋里飞舞，犹如北部山区冬日里纷纷扬扬的鹅毛大雪，一些二指宽的字条上天入地、飘飘扬扬，几本厚度不一的小册子散落在他的脚下。他在捡起一叠新造的地契之时，又会忽略掉牲畜与农具的数目。每一页资料的滑落，都会使他感到有一股奸淫掳掠的残匪正在向刘芝山区的边缘地区溃逃。他把一张印有逃亡地主名单的薄纸用一把水壶压好，又急忙捡起一张简易的粮食仓库示意图。几扇无可奈何的窗户在风中啪啪乱响，他看到刘芝山区大批的牲畜和家禽在狂奔，土地的面积越来越小，到处都是蛛网一样的水渠和阡陌，到处都是滚落的包袱和脚印。

姚琪关上窗户，西北风从窗外呼啸而过。他在一把椅子上坐下来以后，突然发现自己够得上愚蠢。我真傻。他想。他担心自己完不成任务。

如今，每到暮色四伏的黄昏时分，他都会长久地注视着这个人烟隐绰而背景萧疏的农业山区，并亲眼看见种种鸡鸣狗盗的民间事物及其活动的方式和每一个场景。在那种空旷而荒芜的农业背景里，在那些山墙重叠，门户和屋檐错落相望的稀稀落落的村庄里，一朵伞状的云彩、一个影子，甚至一声咳嗽，都能成为一种地方色彩鲜明的符号或标志，在相当长的一段时期内，兀立在人们的心中。

他时常看到山区里的佃农们躬耕于田野里时的种种情景，他们的弯曲而粗糙的影子如同那些长久地固守在他们身体四周的高寒植物，他们的肤色看上去犹如某些成色表里如一的粮食颗粒。在农具与院落构成的短暂视线里，屋顶上平行的炊烟总是像村庄内外的浅显明澄的流水一样，像年久而永恒的笑容一样。无数个白昼和夜晚，粗疏的木篱和铜制的门环在风中时启时合，发出呱嗒呱嗒的声响。

而记忆中的家园几乎天天都大雪封门。

日常的农具和物品一触即烂。

区长康德走进西厢房之后，看到姚琪正坐在椅子上发愣。康德说，姚委员，好大的风呀。

那时候粮秣委员姚琪早已将地上零散的纸页一一归位，他还意外地捡到了一张纸条，纸条上写着一行字：每一个电话都传播着失败的消息。那是一张莫名其妙而来历不明的纸条。姚琪很想让康德也看一下，但他一直没拿出来。他看见狂风使康德看上去土眉土眼的，一种恻隐之情油然升起，卷了一支烟递给康德。

康德说，你知道吗，姚委员？云老师的被子让风给刮跑了。

姚琪说，是吗？追回来没有？

康德说，我进来时看见他跑出去了，能追回来，一床被子能跑多远。

姚琪从桌下拿出一个小口袋，对康德说，老康，我昨天买了三斤莜面，我想到你家去吃，让你老婆给做一下，行不行？

这有什么不行，女人天生就是做饭的。康德边说边走过来，抓过口袋说，我看看，我看看你是不是上了人家的当，前些天我发现有的人往面里掺石灰，有的还掺白土，我看看。说着打开口袋，从里面抓出一把。康德说，太黑了一点儿，刘芝山区有好面，你买的不是最好的，最好的应该像白面一样。

姚琪说，这里面不掺石灰吧？

康德说，没有，看上去不像有，这么黑的面，掺了石灰不就变成白的了么。

姚琪高兴地说，那就好，黑白都无所谓。能吃就行，没问题就行。

康德说，我家的酸菜不多了，我得想办法去哪儿借一点去。

姚琪说，我们就吃一顿，用不了多少。

康德说，问题是一点儿都没有了，不过，这不是件难事。

云尉进来的时候，康德正在对姚琪阐述有关的几种吃法。云尉站在一边，像一个小学生一样注意倾听着。康德的话听起来很诱人。

狂风过后的天气阴晦而昏暗，整个刘芝山区看上去如同进入了傍晚时分。

康德带着姚琪和云尉向他家里走去。出门时，姚琪的肩上扛着那只面袋子。走了没多久，康德就把面袋子从姚琪的肩上夺下来，背到了自己的身上。即将到来的食物的诱惑使他们三个人都变得兴致勃勃，像过节一样。

云尉咚咚咚的脚步声像鼓声一样敲击着尚未完全解冻的山区的土地，冷风吹拂着他的偏分头，使他看上去如同一名卖国投敌、认贼作父的叛徒，又像一位生活潦倒的落魄文人。

康德边走边说，说来不怕你们笑话，我已经有两年多没尝过莜面是什么味道了。每当我在街上闻到从别人家里飘出莜面的气息时，我就想，我要是土匪，我一定会闯进去把他们的莜面抢过来；可我不能，我不是土匪，我是区长，我的工作就是要使所有的穷人都能吃上莜面，都能天天吃上莜面。

一位目光痴呆、披头散发的女人坐在学校外面的那道高墙下，女人穿着一身崭新然而污秽不堪的衣服，她的怀里抱着一个婴儿。婴儿的头很大，很光秃，眼睛深陷。婴儿的相貌使姚琪想起了在一些资料上看到过的德国党卫队军官。

那女人坐在那道高大的灰色砖墙下面，无声无息，一动不动，脸上古怪的笑容经久不散。霉湿的山墙上布满了苍老的苔迹和风雨的印痕，重重叠叠、密密麻麻。女人枯黄的头发状如铜丝。姚琪问康德，这女人是谁?

康德说，是荣继先的小妾，疯了。

康德的话使云尉想起了从前居住在荣家大院里的那位终年吐血不止的姓梅的女人，但眼前这个女人显然不是那早已去世了的女人。她很瘦。云尉一边往前走，一边回头看。

那个不哭不闹的婴儿在女人的怀里一会儿将光秃秃的头探出来，一会儿又重新缩回到女人的怀里，像某种简易的机械。

小学教员云尉在这个阴暗如铅的午后，还看到了那个名叫伏虎的疯子。伏虎唱着二人台小调，像一片没人要的废纸一样在刘芝山区飘来飘去。他在飘舞之时，常常会抑制不住地笑着。

康德的简易的家庭布局和生活状况使姚琪和云尉两个人备感亲切。他们到达之时，康德的两个孩子正在门前的一棵榆树下鼓捣什么。两个男孩都八九岁，一个在树下仰头朝上看，另一个顺着树干往上爬。云尉看见树上有一个很大的乌黑的鸟巢。

在门口，云尉看见康德的女人坐在炕上，腿上扣着一只簸箕。康德说，两位先等一下，我先进去，我老婆没穿裤子。康德说着先进去了。云尉与姚琪惊异地对视了一下，站在门口等着。不一会儿，康德打开门，说，好了，进来吧，没问题了。

康德的女人这时已下了地，她穿着康德的裤子，康德现在穿着一条破旧的短裤。康德说，真不好意思，我们两口子只有一条裤子，我出门的时候，她就不穿裤子。我在家的时候，裤子就轮她穿。

康德的女人没有说话，红着脸，在地下走来走去，为他们做饭。康德把那个盛着莜面的口袋递给女人。云尉说，老康，我那里还有多余的一条裤子，你要不嫌弃就给你。你们这样总不是个办法。康德说，云老师，哪能要你的裤子。云尉说，这有什么。我放在那里也没用。姚琪说，给你就拿上吧，我那里还有一条，只是旧一点。康德光着两条腿，腿上黑森森的汗毛非常扎眼。云尉说，老康，你这会儿冷不冷？康德说，不冷。姚琪说，别胡说了，看看你的腿。康德说，我其实最爱穿短裤了，我从小就爱穿短裤，无拘无束。我常常想，什么时候全世界的男人女人、老人和孩子都不穿衣服，都光着身体在街上走来走去，那就好了。三个人大笑起来，

这时，康德的一个孩子在外屋忽然大哭起来。接着，康德的女人举着两只沾满面的手走进来对康德说，你去管管他们。康德说，怎么啦？女人说，他们两个人抢吃生莜面，我怎么拦都拦不住。康德走到外屋，在一个孩子的身上踢了一脚，说道，妈的，你们这两个讨吃的东西。骂着，将孩子手中紧握着的一块生莜面夺过来，扔给女人。那个孩子看到手中的莜面被夺走，又哭了起来。云尉对他说，生莜面不能吃，吃了要拉肚子的，等一会儿做好以后都给你们吃。康德说，出去，都出去。两个孩子都不走，一起守在女人的身边，盯着女人的手和手中的莜面。姚琪说，老康，别难为他们了。康德叹口气说，妈的，气死我了。

云尉走到门前的榆树下，对面一个院子里突然开了一扇窗户。一个留着黄胡子的人探出头看了云尉一眼，立即又把窗户关上了。

昏暗的大地上有一种阴沉沉的雨前的气氛，一条耕牛在远处奔跑。

康德的女人在那个阴晦的午后一共蒸好三笼屉莜面，云尉和姚琪把其中的两笼放在两个孩子的面前。两个孩子既不用菜，也不喝水，几分钟之后，两只笼屉里的莜面便荡然无存了。云尉看着他们，感到自己的皮肤越绷越紧，他有一种不断缩小的感觉。云尉对康德说，老康，不能再让他们吃了，再吃会出问题的，你领他们到外面走一走，活动活动，千万不要让他们坐着或躺着，不要闹出麻烦来。康德听了，也感到事情有些不妙——两个八九岁的孩子一口气吃掉二斤多莜面。康德对两个孩子说，走，到外面溜溜，每人走一千步，谁也不许停下来，要是不想活了，就不要走。

康德坐在榆树下看两个孩子走路。这时，一个人从坡下跑上来，对康德说，康区长，不好了，我放的一群羊让土匪赶跑了。

康德说，几个人？

五六个。

他妈的，反啦，走。康德说着就要走，发现自己还穿着短裤时，便奔回屋里对女人说，快点，赶快把裤子给我脱下来。

女人迟疑不决地看着姚琪和云尉。姚琪说，发生了什么事？我们一起走。两人走出门外，站在那里望着刘芝山区灰蒙蒙的天空。不一会儿，康德穿着裤子出来了。

转过一个街角后，他们看见一只白猪正在街上狂奔。

有一天晚上，姚琪正在灯下翻看一份有关“一贯道”活动情况的报告，西厢房的门突然开了，姚琪抬起头看见云尉不声不响地走进来。云尉的一张表情冷漠的脸使姚琪感到异常吃惊，姚琪张了一下嘴，但没说出什么话来，他只用手指了一下椅子，但云尉没有坐。

云尉声音冰凉地对姚琪说，你为什么偷我的手表？还我手表。

姚琪呆若木鸡，一丝古怪的笑容使他的脸看上去荒唐而虚幻，有如梦游时的表情。姚琪看见云尉站在灯光下，在背后微微发亮的百叶窗的映衬下，云尉像一个纸扎的假人。姚琪在这个过程中听见自己的声音哆哆嗦嗦地抖成一团，像一个哑巴一样在脸前挥舞着手臂：

云老师，你怎么了？

你为什么要偷我的手表？还我手表，把它还给我。云尉说。

云尉，你在说什么？姚琪说。

给我，那是我的。云尉说。

姚琪急促的呼吸声将桌上的油灯扑灭之后，云尉开始向外走。姚琪听见云尉的脚下唰唰的，似乎穿着一双纸糊的鞋子，这个发现使姚琪突然感到自己的头发正在破土而出，茁壮成长，头顶上欣欣向荣的景象又使他发现自己的脸很硬，像墙壁，像出窑不久的瓷器。

云尉窸窸窣窣地走到门口之时，姚琪还没有将灯点亮——不知是姚琪忘记了点灯，还是压根儿就没去点。云尉的一只软弱无力的手扶在西厢房疏松的窗骨上，他在黑暗中絮絮叨叨地说，你一定要把它还给我，我等着你，我在高墙下的那些玫瑰花丛旁等你。

这以后，云尉就走了。

远处的山里有零星的枪声传来。

很久以后，姚琪才将灯点亮。

姚琪将桌上的一部分资料放进抽屉里，锁好。接着，他又重新将抽屉打开。他没有枪，只有从县里带来的两颗手榴弹。姚琪拿起其中的一颗手榴弹看了一下，撩起衣襟掖到了裤腰上。他突然感到自己很渴，喝了一大杯凉水，抬起头，他猛然发现屋里的某个角落里散发出一股十分强烈的皮革的气息。他站起身，在屋里搜寻了半天，结果一无所获。皮革的气息使他烦躁，他带上门，向云尉住的北屋走去。越过院里的几块方砖之后，他突然看到东厢房外的那根朱红色的圆柱下面有两个人影，其中一个影子正在对另一个影子说话，两个影子像一幅剪纸。姚琪停下脚步，他听到有一个声音是云尉的，另一个很陌生。

我跟你说了半天，你还不明白吗？云尉对那个影子说。

姚琪看见那个影子向云尉的身边靠近了一下，接着又听到了云尉的声音：

别这样。

那个影子在云尉的身边推推搡搡的，一只手臂抬起后，手臂上的一只镯子碰响了那根高大的朱红色圆柱，声音清脆而短暂。

云尉背靠着圆柱说，刘素娥，我真的不能娶你，不光因为我是你的老师，主要是我已经结过婚了，就算我没结婚，那也是两回事。

那个叫刘素娥的影子又扑上来。姚琪在黑暗中看到刘素娥的身影像一根柔韧的青藤，云尉在刘素娥缠绕上来的时候，突然离开了身后的圆柱。不一会儿，姚琪看见那个叫刘素娥的影子又绕到了云尉的前面。黑暗中，姚琪闻到了一阵香粉的气息。他吸了两下鼻子，脑子清醒了许多。

云尉说，我的妻子叫双芝。她的字写得很漂亮，很好看。

刘素娥嘤嘤咽咽地说，我不听，我不听。我不想听。

云尉说，刘素娥，你真让我活得走投无路，难道你非得把我逼死才算吗？我没想到在新社会里还会发生这种悲惨的情况。你想想我能娶你吗？我娶了你，我成了什么了？一个小学教员居然闹着两个老婆，政府不把我毙了才是怪事呢。

刘素娥不哭了，她突然对云尉说道，哎，你的手表找到了吗？

云尉说，没有。不找了。

刘素娥说，我知道是谁偷的。

云尉说，谁？

刘素娥说，老赵。

云尉说，别胡说八道，老赵怎么会干那种事，我是了解他的，你别乱说。

刘素娥说，信不信由你。

姚琪站在黑暗中，寒气袭人的夜风使他浑身发抖。他把手伸进衣服里想暖和一下，突然发现那颗手榴弹已被他的身体捂得很温热。这个发现把他吓了一跳，因为他早就把它忘记了。

第二天天亮之后，姚琪去找云尉。那时候云尉已领着学生们做完了早操，学生们都回家吃早饭去了，云尉蹲在院里的台阶上刷牙。姚琪走到云尉面前时，看到云尉的脚下浮动着一堆雪白的泡沫，初升的太阳使灰蓝色的屋瓦闪闪烁烁，瓦楞上的枯草棵棵直立。

云尉将最后一口水喷出去，对姚琪说，老姚，早上好。他看见姚琪脸上的表情愠怒而急躁。

姚琪说，我琢磨了一夜，我不知道这是怎么回事，我什么时候拿了你的手表？请你告诉我。

云尉惊异地说，谁说的？怎么会有这种事情？

姚琪说，不是你昨天晚上亲自对我说的吗？你让我把你的手表还给你，可是我怎么会拿你的手表呢？你把我看成什么人了？这真莫名其妙。

云尉说，老姚，绝对没有的事。你怎么会这么想呢。你才来了几天，你没来之前我的手表就不见了。我是很尊重你的，我把你看作兄长。

姚琪说，可你为什么非跟我要表不可？昨天晚上在我屋里，你说得那样肯定，把我都搞懵了。

云尉说，老姚，昨天晚上我去过你那里吗？本来我想去你那里坐坐，可是后来来了一个学生，没去成。老姚，你怎么了？我真没去你那里。

姚琪说，你没去过我那里？是我看花了眼？你还记得我的灯不是灭了吗？你的眼里满是讥讽。

云尉说，我不知道。我拿性命和人格做保证，你是县里派来的干部，我就是怀疑谁也绝不能怀疑到你头上。老姚，请你相信我。我发誓。

姚琪说，怪事。

云尉说，真的有一个人到了你屋里吗？那个人真的是我吗？

姚琪说，我也不相信你会那样做，但当时站在我对面的那个人绝对是你，我感到非常奇怪，你的表情和声音像是大病之后一样。

云尉说，这件事的确奇怪。

云尉说着，与姚琪一起走进自己的屋里。这时，姚琪忽然看到窗户玻璃的外面贴着一张脸，那张脸由于与玻璃贴得太紧而挤压得有些扭曲变形，云尉看到那是老赵。

云尉说，老赵。

老赵隔着窗户说，云老师，开水烧好了，我已经提到教室里去了。

云尉说，知道了。

姚琪从里面走出来。他闻到刘芝山区早晨的空气像生铁一样清冷而腥甜。

六个支队的两百余名散兵游勇在七人村一带吃完炖羊肉之后，在匪首"铁豌豆"的带领下，向刘芝区政府发动了一次疯狂的进攻。他们的队伍像进城赶集的农民一样，许多人都穿着土布的黑色棉衣，少数人穿着日本人侵占时期的黄呢子大衣和马靴。他们越过一条没水的季节河流，终年活动在刘芝山区的黄羊和野兔从他们的中间纷纷逃过。他们一边打枪，一边注意观察天气的变化，刚刚逝去的寒冬使他们这支队伍的人数锐减，由前年秋季的一千人马减少到二三百人，在通往深山里的路途上，哀鸿遍野，倒毙的尸体随处可见。一些有家室的人纷纷骑着马各自逃去，使这支原来日行千里的骑兵部队在一夜之间沦为缺吃少穿的步兵队伍。

不久之后，他们看见了炊烟袅袅的村镇。

古老的乡村格局和城镇轮廓使跑在最前面的几个土匪像久

别家园的孩子一样欢呼雀跃起来，他们嗷嗷地叫着、蹦着，一个长着两颗虎牙的土匪突然像口袋一样栽倒在地上。

轻轻地流动在乡镇之间的阵阵暖意和浓郁的人间气息使他们变得情不自禁，他们激动不安地随意打枪。刘芝山区红色的公鸡在他们的充满渴望的视线里展翅飞翔，橙红色的羽毛飞过一道墙头又一道墙头，附近各处的牛羊的哀鸣声使他们浑身发软，跑起来跌跌撞撞、东倒西歪，看上去像一群从酒宴上溃退下来的醉鬼。他们没有足够的布匹来装饰自己，每个人的腿上都用颜料画着类似绑腿一样的一圈一圈的东西，远远看去与正规部队的绑腿并无两样。这种以假乱真的装束在一段时期内的确起到过一定的威慑作用，常常使别的小股武装望风而逃，溃不成军。

背景中的事物越来越近。

他们这时已望见了乡村温暖的谷仓和市井内蒸发着团团白气的饮食店铺，紫褐色的燕子在谷仓上的风孔中飞进飞出，身上残留着收获时期的曙光和粮食的气息。他们望见了横躺竖卧的金黄的谷穗和饱满的粉红色麦粒，肥猪们打着鼾声躺在太阳下像一群群心满意足的寡妇，对于飞舞的树叶和纷至沓来的脚步，她们完全忽略不计。

这群明火执仗的土匪现在看上去像一支悲痛欲绝的出殡的队伍，他们边打枪边揣测严密而松散的市井格局。在许多高矮不等的房屋内，一些被称为秘密的活动正在有条不紊地进行着，有关的人和动作在重重叠叠的门户和窗扉的掩护下显得安然无恙，平静如水。

区小队的十几名战士翻穿着白羊皮袄，在土匪们望眼欲穿的视线里慢慢蠕动。在逼近城门附近之前，他们一直以为那是一群放牧在城外的羔羊。他们觉得无伤大雅。

那时候正值黄昏时分，残阳如血，颜色瑰丽的云彩在天空中堆积得层次分明，星罗棋布，仿佛江南一带的秦楼楚馆。

那天夜里，粮秣委员姚琪召集大家在西边僻静而平坦的打谷场上开会，他们隐隐约约地望见了南山上星星点点的灯火。起伏绵延的山脉走向和萋萋的荒草使那些灯火的距离忽长忽短，无限延伸，看上去如同提线的木偶，如同遥不可及的星辰和转瞬即逝的风光。

一部分温热而粗糙的农具那时候就堆放在他们的身体四周。

跑进大院内的土匪们打死了区政府的一名会计和两名通讯员。会计那时候正在仔细核对账目，重新登记一部分漏掉了的农具和牲畜。当听到有人跑进来后，会计在慌乱中急忙随手抓起桌上的一只算盘，挡在自己的脸前。会计的这种荒唐而紊乱的动作，使一个土匪笑得咳嗽起来。

正值春耕时节，区政府院内空空荡荡，几乎无人可杀。

这时候，他们看见了刚从厕所里走出来的一个人。那个人刚提好裤子，就被一阵突如其来的枪声打倒在外面的墙下。

院子里的砖地上晾晒着收缴上来的粮食，东边的一部分是玉米，西边是小麦，玉米和小麦都发了芽，空气中流动着阵阵霉味。

……傍晚，他们拼命找着几头骡子，驮着发霉的粮食和布匹，还有几只死猪，开始向城外撤退。积累在天边的一堆堆红色的云彩，被他们看作是一种带有警戒色彩的不祥之兆。在这样的时候，那些云彩红得有些过于夸张。

很久以后，街上传来哭声。有人在一些狭窄的深巷里疾走如飞，夜晚的炊烟笼罩着众多平静的屋顶。极少数走夜路的人提着昏暗的灯笼，远看像飘忽不定的鬼火。

从早晨到晚上，康德下落不明。有人以为厕所墙下的那具模糊的尸体是康德，但那两条腿太长，显然不是康德。康德是五短身材，他在平日睡觉的时候，总爱把身体摆成一个大字。

草垛上看不见一根草了，只望见一个一个的浑圆而黑暗的隆起遍布在打谷场的四周，白日里的那种疏松而空隙重重的结构在夜晚里全部消失了，这个时候的草垛宁静而集中，光洁的草垛上看不到一丝破绽、一个漏洞。草与草之间的距离和空白在夜晚的背景中悄然无声地弥合起来，使草垛的状态和情形看上去如一座座古旧的地堡一样，坚实而安详。没有人能够发现并指出它的入口和出处，它像一个完整的壳，像一种密封着的网或某种坚不可摧的记忆，像一个无头无尾的故事，任何地方都可以是一种开始，同时也可以是一种终结。你可以围绕着它徘徊许久，谋划许久，但你始终无从下手，始终对它一筹莫展、无计可施。

云尉坐到一只筛糠用的棕红色的筛子里，白日里的一些温热的阳光的气息还滞留在一根一根的荆条上面，此时仍然清晰可触。他的身后是一个状如谷堆的草垛。夜空中的风轻轻流过，被夹带在风中的一种甜甜的甘草的气味一一地流散在沿途的每一个角落里，释放到每一寸草木之上，每一段时光之中。

一个基干民兵说，老康这家伙会不会突然变节，引狼入室后又逃之夭夭？

姚琪说，别胡说八道，康德同志苦大仇深，早年深受大地主荣继先的剥削和压迫，我们应该相信他，不要胡乱猜疑。

寻找康德，成为那个夜晚的唯一话题。

云尉回到学校以后，夜已经很深了。没有头绪的推测和想象使他感到极度疲惫。他无法断定一个活在别人想象中的人是否轻松。他洗完脸以后，外面有人用手指叩响了他的窗棂。

云尉说，谁？谁在外面？门没关。

窗外传来一个女人的声音：

云尉，你为什么不去西门剿匪，却当上了老师？为什么？

云尉拉开门，来到外面。这时，他看见伙夫老赵手里提着一壶开水走来，老赵的脖子上搭着一条毛巾。老赵看见云尉出来，说，云老师，还没休息吗？云尉向四周看了一遍，对老赵说，老赵，你刚才看见这里有人吗，是一个女人？老赵说，没有，我想洗个澡，我刚从伙房那边过来，就看见你的门开了。怎么，发生了什么事？云尉说，没事，我刚才听见有个人隔着窗子与我说话，我想看看是谁。老赵说，说不定是树的影子，我就经常看见风把树枝刮到窗外，那影子看上去和人差不多，怪瘆人的……不过，夜里睡觉还是多提防点为好。

云尉目送着老赵渐渐走远。他突然在后面说道，老赵，用不用我给你搓澡？

云尉的话显然使老赵吃了一惊，云尉看见老赵的背影摇晃了一下。老赵回过头，朝云尉笑了一下，说，我只是身上略感闷热，我随便冲冲就行了，以后少不了叫你。

一阵风从瓦楞上刮下来。老赵的那种笑容，使云尉情不自禁地打了一个冷战。

第二天醒来，云尉感到浑身发烫，脸部和脖颈烧得灼热。老赵和姚琪进来看了一次，姚琪找来几片药，云尉服了下去。

不一会儿，老赵又来了，拿来一壶开水，还有一碗面条。云尉看到碗里花花绿绿的，冒着热气，心里不禁感到一片温暖，并涌起某种深深的内疚和自责。他说，老赵，麻烦你了，我真过意不去。老赵说，这是什么话？你这样说，我还不如不来呢。说着，伸出一只手放到云尉的额头上，试了试，说，我给你放了姜丝和辣椒，你趁热喝下去，就没事了。

老赵坐在云尉的对面，云尉看到老赵的一只手此刻正无所事事地垂放到两腿中间。云尉喝了一口汤，很辣。

老赵说，云老师，有空把媳妇儿接来住几天，我给你们做饭。

云尉说，她来过几次信，都说要来，我让她别来。我不想让她来。

老赵说，夫妻哪能长时间不见面呢，那样不好，你就不想她吗？

云尉说，眼下形势这么复杂，再等等吧。

老赵说，你说得也对。

云尉说，老赵，你结过婚吗？

老赵说，没有。

老赵离去之后，云尉重新躺下，拉过一条毯子盖在身上。现在，他身上略感轻松，从教室那边传来的学生们琅琅的读书声使他感到无比安心。他微笑着闭上了眼睛。

他睡了一会儿。后来，他看见一个女人站在窗外，女人的牙齿雪白，脸也很白。女人后来走进屋里。

云尉说，你是谁？你是怎么进来的？

女人说，我从前就住在这里。

云尉说，你是荣家的二小姐？

女人在屋里四处看着，边看边对云尉说，你把我的书架弄到哪里去了？还有我的粉盒、我的照片？我什么都没有了……你这个臭男人，还盖着我的毯子……

女人说着，一把将云尉身上的那块毯子掀掉。云尉生气地坐起来。

云尉说，这是你的毯子吗？这是我的毯子，你看清楚没有？

云尉说着，将毯子重新抢过来。女人松开了手，说，你把它弄得这么脏，让我恶心，我不要了，送给你了。

云尉说，什么你的，这本来就是我的。

女人的嘴角边挂着一缕冰冷而忧伤的讪笑，这笑容出现在一个漂亮女人的脸上，使云尉感到愤怒而沮丧。

女人说，男人没一个好东西，你为什么不去西门剿匪，却当上了老师？

云尉说，老一套，你。

……女人后来听到学校里下课的钟声敲响以后，突然向门口走去。这个无家可归的女人，临别之时告诉云尉说她住在西边的杨树院里。

中午吃饭的时候，云尉告诉老赵说，今天见到荣家的二小姐了。

你说谁？老赵的手颤抖起来，碗里的汤流到了地上。云尉看见一丝疑惧停顿在老赵的脸上，如雨前阴暗沉闷的天空。

我见到荣家的二小姐了。云尉说。

云老师，你不是烧糊涂了吧？老赵说着，伸出一只颤抖的手想抚摸云尉，但难以真正触及云尉。

云尉说，谁烧糊涂了，我说的是真的，我正在屋里躺着，她就进来了。

老赵说出一连串语无伦次的话。云尉这时看见老赵疲倦而麻木的脸上涌动着一种急躁不安的东西，那种色彩使云尉想到了老赵的模糊的往事和日常境况。云尉站在老赵的对面，他听到老赵的身体里发出一阵灰暗而嘶哑的声音，这声音使云尉吃了一惊。

云尉说，老赵。

老赵看了云尉一眼，他的目光充满了哀怨与感伤。老赵说，二小姐早在几年前的一天夜里就死了，她好像得了一种什么病。

……那年春天的一个晚上，二小姐在整理她的书架的时候，突然咽了气。那时候我正在厨房里削木头片，东家让我做一道菜，“炸飞龙”，招待一位远道而来的客人。我自始至终没有见过那位尊贵的客人，我只看见他的一顶帽子。两名女佣轮流上菜，这中间要穿过那道回廊，后来，一个女佣偷偷告诉我说，那位客人目光散乱、心不在焉，既不吃菜，也不饮酒，客厅里的灯光像水一样。老赵说。

云尉说，二小姐在晚上九点钟的时候，突然咽了气？

老赵说，那时候好像是晚上八九点钟的样子，好多的人都还没有吃晚饭。

云尉喃喃自语道，那年春天的一个晚上，天上下着雨，晚上九点钟的时候，荣家的二小姐死了，她在整理书架的时候突然咽了气。

老赵眼睛一亮，说道，你是怎么知道的？那天晚上的确下了雨，一场小雨。

云尉说，老赵，你跟我去西边的杨树院里看看，我知道你愿意去。

老赵说，东家不知在她的棺材里放了什么，出殡的那天，六个人都抬不动。

云尉说，老赵，你跟我去看看。云尉说着拉起老赵的手向外走。老赵没说什么，但被云尉的手一拉，他的身体却猛地晃动了一下。

他们走出学校。篮球架下，有几个学生正在练习投球。在学校外面的那道高大的灰墙下面，云尉又看见了那个头发枯黄如铜丝的女人，脸上依然挂着那种经久不变的笑容。那个脑袋光秃秃的婴儿躲在她的怀里，一会儿将头探出来，一会儿又重新缩回去，像某种简易的机械。那个女人的面孔，渐渐地充满了云尉的视线，一阵急促如雨的脚步声正在由远而近地逼来。

杨树院坐落在学校的西边，是一座空洞而荒败的庭院，所有房屋的门窗全都敞开着。云尉走进院里之后，一只鸟突然从他的脚下飞起，接着，云尉看到一只旧鞋，那只鸟刚才就藏身于这只鞋中。云尉抬腿踢了一下，几把生锈的钥匙发出哗啦的一声。院内回旋着一种低远而微弱的乐声，仿佛来源于那些芜杂的草茎之上。老赵让云尉先进去，他自己去一趟厕所以后就立即出来。云尉走近门口后，看到屋檐下的一道镂空的花墙上丢弃着一副残缺不齐的骨牌，一只风铃缓慢地摇摆，但没有任何声音。墙上贴着几张灰黑相间的猫皮，仿佛几只猫正在向上攀登。云尉大步流星地走入堂内，一只耳环被他的脚带出老远。空荡荡的房子里面只有一个人。那个人闭着一双眼睛，两只手分别插在两只袖筒里。那个人的脸很白，戴着一顶黑帽子，像是在打盹。身边的一张小方桌上放着一只小型的陶罐。云尉向前朝罐内看了一眼，罐子里面盛着一汪清水，云尉在平静的水面上看到了自己的脸的倒影和两只不安的耳朵。之后，云尉在空荡荡的房子里走了一遍，他不知道那种细微的低弱的乐曲声来自何处。在这个过程中，那个人始终闭着眼睛，袖着手，坐在那里一动不动，无声无息。

屋里的木壁上贴满了过时的旧报纸。屋里几乎什么都没有，云尉只在一只棕色的木橱上看到半张黑色的唱片和一副手套。

一种深长的檀香味像鞭子一样驱赶着云尉魂不守舍的影子，云尉转身走出门外。那时候，老赵正好从厕所里出来，正一边系裤子，一边穿过甬道，向屋里走。

云尉走到老赵面前，挡住了他的去路。云尉对老赵说，走吧，老赵，咱们回去吧。

老赵说，不进去看了？

云尉说，算了。

老赵说，你看到什么了？

云尉说，那个人的脸很狭窄，那个人不是二小姐。

老赵说，我想起来了，那是一个专治妇女病的郎中，还会当接生婆，清明前才住进来的……你在里面没闻到他煎煮草药的味道吗？

云尉说，没有。

云尉和刘素娥爬到那座荒草飘摇的炮台遗址上后，云尉看见了身后重叠起伏的幽蓝的群山，山下是塞外稀稀落落的高寒植物和一些星星点点的村庄，有依稀可辨的狗叫声从那些村庄的豁口处传出来。

田野里耕作的人像短小的黑纸剪影。

他们坐在这个高高的炮台遗址上，俯视着下面的一个用水泥筑成的灰色陵园。台巅上茂密的青草簇拥着他们的身体。远处的陈旧的瓦房和窑洞层层叠叠，许多错综杂乱的长短不一的道路布置在其中，如蛛网，如血管。

云尉对刘素娥说，为什么又来这里？好像是第三次来这里了。事不过三，那两次都下着雨，这次没下雨。

刘素娥说，你厌倦了？

她靠在云尉的身上，两条腿在颤抖。云尉放弃了眺望，低下头问道，你怎么了？

没什么。刘素娥说。她的手感到他的胸膛像她记忆中的某一道墙壁，看到他疑惑的目光之后，她立即将手重新贴在了他的胸前。她蜷缩在他的怀里，目光在他的青色的下巴上来回浏览。她发现了一根白色的胡楂，像她父亲的那样。她伸出一只手要拔掉那银白色的胡楂时，忽然又停住了手，她的手现在僵直在他的胸前，像云尉身上的一件装饰物。云尉此时又在向远处眺望，刘素娥闻到一种熟悉的气息。

刘素娥说，你在看什么？

云尉说，我想起三年前我第一次随大军开进刘芝山区的时候，一路上狂风大作、尘土飞扬，那风真让我开了眼。

刘素娥的目光离开了云尉的脸，在下面寂静的陵园里游荡着。刘素娥要云尉也一同看。她对云尉说，你看。

什么？

你看那些墓碑。

云尉顺着刘素娥的视线看见了园子里的那些一动不动的石碑群落，上面用红色和白色刻着有关的姓氏和生卒年月，云尉的许多战友都被埋葬在这里。云尉看了一会儿，感到远处的房屋突然凭空密集起来。

云尉说，真整齐。

刘素娥说，你抱抱我。

刘素娥向云尉扬起脸，云尉迟疑了一下，却把头转向一边。这时，一群黑白相间的羔羊突然从一个山坳里钻出来，向一面山坡上爬去。云尉抬起头后，看见放牧的人穿着一件过膝的山羊皮坎肩，走在羊群后面。山坡上的草很稀疏，只有一棵树。黑白分明的羊群像呼啸而来的风尘一样漫向山坡，随意出没。云尉的视线沿着山脉的走向朝远处望去，但眺望到的内容和距离使他的脸色变得十分难看，阴郁而无奈。他第一次发现人的目光竟如此短浅。

刘素娥推了云尉一下，云尉回过神来，有些吃惊地看着刘素娥的脸，说，什么？

刘素娥说，你不想看我？

云尉说，又在胡说。

刘素娥说，我能看出来。

云尉说，你信不过我了？

刘素娥说，你的样子很让我怀疑。刘素娥有些不高兴，但眼神中又充满了渴望和期待。

云尉说，我的那些战友们都在那下面睡着呢。

云尉说着，从贴身的上衣口袋里掏出一个子弹壳，拿在手里看着。云尉感到自己的动作迟缓而庄重万分，这使他从此以后总有一种被抽掉元气的感觉。他总觉得浑身没劲，只要一出门，眼里就会刮进沙子。

他的眼前经常是模糊的。

云尉抬起头，看见那个放牧的人在山坡上举起了手中的长长的羊铲，铲子里的一团土块向远处的一只羔羊身边飞去。受惊的头羊停住了，后面的羊陆陆续续地涌了上去。牧羊人敞开衣襟，像一只羽毛凌乱的大鸟一样，摇摇晃晃地走进无声无息的羊群中间。云尉在这个时候突然感到自己的手上有了力量。

刘素娥说，给我看看。

云尉说，行了，别看了。

刘素娥说，我还没看够呢。

刘素娥看着那上面的一些黄色的光晕，说，你一个教书的，老带着这个干什么？这上面有你的温度呢。

云尉说，我想带。

刘素娥说，你还想干什么？

她将手中的那个子弹壳还给他，说道，哎，你给我说说她，我还不知道她是怎样的人呢。

云尉说，她是什么人，和你有什么关系？对你毫无意义。我不想说这些。

刘素娥说，你还护着她，我就要听。

云尉说，我最怕别人逼我。

刘素娥说，我就要你说她。

云尉说，好，你想知道她什么？

刘素娥说，她漂亮吗？

云尉说，不难看。

刘素娥说，她也经常生气吗？

云尉说，从来不。

刘素娥伸出手慢慢抚摸了一下云尉的脸，低声说，她的手也像我这样吗？

云尉说，不像。

刘素娥说，你不是说她的字写得很好看吗？

云尉说，当然。

刘素娥在云尉的脸上掐了一下，说，你好像又想起她了。

云尉说，你不是要我说么，我只是如实相告，我说错了吗？

刘素娥推了云尉一下，说，看你，生什么气，我只是随便说说。我不是故意的。

背后不时有冷风刮来。他们的身体时分时合，疏松而毫无黏性的泥土、腐烂的草茎，时光的流逝使昔日所有的痕迹弥合起来，变得天衣无缝。荒草在风中起舞的时候，草丛中会露出一些零星的生锈的金属碎片。

云尉这时发现那个穿山羊皮坎肩的放牧人突然不见了，山坡下只剩下了羊群。云尉望了几次，依然没有发现牧羊人的影子。

刘素娥说，我早已经准备好了。

云尉说，准备什么？

刘素娥说，什么都准备好了。

刘素娥纤细灵巧的手指上起下落，将一张暗红色的纸叠成一个三角形。台巅上茂密的荒草不断地骚扰着她的动作，一朵云彩在他们头顶上面的天空里飘移而过，在刘素娥的脸上画过了一线转瞬即逝的阴影。

真不可思议。云尉说。

什么？

明天不知又会发生什么。

云尉说着，一面又抬起头，在山坡上寻找那个突然消失了的牧羊人。那个人到哪里去了呢？云尉一边看一边想。一只羊从一丛乱草棵子里走出来，落在羊背上的一只黑鸟正在引颈眺望。

刘素娥的嘴碰了一下云尉的脸。刘素娥对云尉说，你在想什么？

云尉感到身体下面有些滑，似乎有一只轮子正在暗中悄悄地转动。

刘素娥说，问你话呢。

云尉说，你说什么？

刘素娥一脸的不高兴。她说，真是的，我说什么你都不听。

云尉说，我听着呢。

刘素娥说，我说什么来？

云尉说，……你说……你冷。

呸。她说，知道你就没听，还蒙我呢。你怎么了，是不是很冷？

我不冷。云尉说。

你冷，你的脸都白了。刘素娥说。

灰色的陵园里积满了众多枯黄的落叶。那些黑色的墓碑看上去如同一些漂浮的岛屿。一位头戴草帽的驼背老人正在缓慢地清扫落叶，老人的腰间悬挂着一只杏黄色的酒葫芦。

他们的脸分开了，两个人都感到有些累，喘了一口气。刘素娥说，要是我忽然死了，你还会想我吗？她说完望着云尉，等他的回答。云尉没有说话，刘素娥摇着他的肩膀，逼他说下去，你说么。你为什么不说？

云尉说，我要是说想，你也不会相信；我说不想，你又不愿听到。

刘素娥说，你说你说。

云尉说，我说什么？

刘素娥不让云尉继续说了，她的那只挎包这时掉在她脚下。她看见了下面陵园里的那些冰冷的水泥建筑和防洪设施，她看见那个清扫园中落叶的老人，正在艰难地转动着苍老的身躯，脊背躬起老高。

刘素娥说，他在咳嗽，还在喘息。

云尉向下面望了一下，说，你听见了？

刘素娥说，我没听见，但我知道他这会儿准在咳嗽，准在喘息。

云尉说，那只是你的一种猜测，他的样子可能使人觉得他是在咳嗽是在喘息；但实际上他咳嗽没有还很难说，也许他毫不费事。

你说他没咳嗽？刘素娥说。

我没说。

你说了，你就是说了。

云尉说，我没说，我没说他不咳嗽，也没说他咳嗽了，我只是说可能，不一定。他可能咳嗽了，也可能根本没咳嗽，其实，咱们谁都没听见，是不是……我们争论这干什么呢？

我觉得我听见了。刘素娥说。

也许你是对的。云尉说。

没有也许，我就对。刘素娥说。

是的，你对。云尉说。

刘素娥说，哎，你知道吗，我听人说学校里那个老赵是女的，不是男人。

云尉说，胡说八道。老赵怎么会是女人，这是谁说的？我刚来那时，还和老赵在一个屋里睡过，我能不知道吗？他要是个女人，他敢和我在一个屋里睡吗？孟繁星和老赵还在一起住过一个多月呢。

刘素娥说，我也是听别人说的。

云尉说，你怎么老和他过不去？上一次你不是说他拿了我的手表吗？

刘素娥说，不知怎么回事，我一看见老赵就怕他，就觉得浑身发冷。

云尉说，他又没招你，你发什么冷。女人们毛病最多了。老赵其实是个好人，对我好，对孟繁星也好。

刘素娥说，哎，你知道吗，几年前，我们现在坐的这个地方发生过一起事情。

什么事情？

一个男的把一个女的从这上面推下去了。

女的呢？

死了，下面是石头。

为什么要推？

因为一只绿鼓，别人都这样说。

绿鼓？什么绿鼓？

不知道。

一只绿颜色的鼓？

好像是。

真没想到，我们两人竟然会坐在一件案子上海阔天空。

你是外地人，当然不会知道。

刘素娥雪白的牙齿紧紧地咬着云尉的衣服，脸颊绯红。云尉看见刘素娥把她的一些长长的头发拨下来，慢慢地一根一根地缠绕到他胸前的一只纽扣上。

云尉说，这是干什么？

刘素娥说，能把男人拴住。我妈说的。

云尉说，你看我会跑掉吗？我能跑到哪里去？我插翅难飞。

刘素娥说，你会把我推下去吗？

云尉说，推你？推到哪里去？

刘素娥说，下面的地上。

云尉说，你疯了。

刘素娥说，我没疯。

刘素娥的两只眼睛里都含着泪，她推开云尉伸过来的一只手，说，你老实说，你会不会那样，我想知道。

云尉说，你怎么了，疯了吗？为什么非要说那种事？任何事情只要一重复，就都是很可怕的。你刚才说的那个绿鼓的故事真可怕，你是从哪里听来的？

刘素娥说，你怕了？

云尉说，幸好我们没有那只绿鼓。

刘素娥笑起来，她的表情看上去妩媚而灿烂。云尉说，女人都爱异想天开。

刘素娥说，我就是想吓你一跳，我就知道你不敢。

云尉的目光在那个寂静的陵园里停了一阵，好半天以后才转过脸来。

云尉说，你说我不敢？

刘素娥说，不敢。

云尉说，我敢。

刘素娥说，你就不敢。

云尉朝刘素娥笑着，抓住她的两臂往前面送，云尉说，你看我敢不敢？

刘素娥说，你敢？她嘻嘻哈哈地笑着，她的两条腿这时已离开了他的怀抱，垂直下去了。刘素娥抓着云尉的手，妩媚的笑容使云尉为之心动。那只棕黄色的挎包滑下去的时候，刘素娥看见了，她尖声尖气地叫着，她说，我的包，你把我的包弄下去了。你赔我。

云尉说，你快上来，我撑不住了。

刘素娥的脸这时完全暴露在无遮无拦的风中，她的脸因荒草的骚扰而变形。她说，快拉我上去，你真的要把我推下去？多年以后我们也会成为别人嘴里的故事。

云尉在身边寻找一种什么东西，绳子或木桩。云尉对刘素娥说，你别怕，我就来。他说完话以后，就发现刘素娥那张脸已经不见了，他只感到有一种柔软而滚烫的东西迅速地流遍了全身，他看见那团黑色的长发在风中飘扬了一下后，就再也看不见了。

一支巡逻的小分队从下面经过时，看到了正在坠落的刘素娥。

远处的耕地边缘，一只黑色的水罐里传出一只蟋蟀的叫声。

这年秋天，粮秣委员姚琪被任命为刘芝区特委书记兼区长。

小学教员云尉与另外三名匪首，分别被押往刑场，执行枪决。

那天夜里，民兵们逮捕了正在秘密潜逃的伙夫老赵。当他们挑开他的衣服进行例行公事的搜查时，老赵胸前的一对饱满松软的乳房突然裸露在民兵们惊愕的视线里。

原载于《大家》一九九四年第三期

白杨木的春天

一

用手电筒一照，看见至少有六七只附近一带的狗在疏松的白杨木栅栏外面排成十分整齐的一排，黑夜的辽阔的锋刃仿佛截去了它们的后半截的身体，只将剩下的六七个毛茸茸的正朝着院子里的半开的门窗出神的头颅安安静静地摆放在白杨木栅栏的最上面的一道横挡上。有一只小狗，看起来可能是其中最小的一个，成天跟在大狗们后面到处乱跑的那种，细细的鼻梁上有一抹白，像是戏里的一个跑腿打杂的孩子，当手电筒的光亮从它那要多幼稚就有多幼稚的脸上扫过时，曾怀林注意到它的那双眼睛竟然害怕地闭上了。黑暗中，曾怀林笑了一下。烟山南麓下的水库那边似乎有马达的声音正在响着，但听上去不是太真切，反倒是雀山煤矿的鼓风机的嗡嗡声更近一些，几十台分别安装在不同位置上的鼓风机年复一年地这么响着，久远而熟悉，早已成为人们生活中的一部分。某一天要是它突然不响了，周围听惯了的人们都会不由得愣一下，会明显地感到少了点什么，有一种熟悉的热乎乎的东西不见了，从日常的生活里消失了。同时，那又好像预示着有什么新的东西要出现吧？

曾怀林熄灭了手电筒，摸着黑回到屋里。回自己的家是用不着有光亮照路的。

十几块小学生的橡皮那么大的肥肉正在冒着轻烟的油锅里慢慢地动荡着，泪花闪闪地游走着，灼热的高温使它们无法停留在一个地方不动，它们不时地相互交换着位置，都以为别人那里清凉宜居。屋里的油烟的气息好似一场盛宴的前夕或筹备的过程，白杨木栅栏外面的那几只狗就是在闻到这种气味后才从四面八方赶过来，聚拢在一起的。没有谁指挥，都自觉地排列在栅栏外面，身体的大部分留在黑暗中，只把各自的头探进来，有礼貌有信心地等待着，深深地无限悠长地呼吸着。那些难以抗拒的用一道又一道的锁子也锁不住的香气从那几道亮着一些微弱灯火的黑洞洞的门窗里又像暗流又像薄雾似的漫泻出来，又大步流星地朝着栅栏边的它们奔涌过来，使它们忘记了周围的一切，变得无比的温驯和乖顺，身上的野性也不复存在了，似乎从出生到成长以来它们一直就是这样。

曾怀林很想从热油锅里捞几块正在由纯白色逐渐向浅黄色和棕黄色过渡的油渣让它们惊喜一下，这么半天它们规规矩矩地排列在白杨木栅栏外面的全部心思和目的也就是这个；但是不行，东西太少了。冬冬还指望着等它们的油被熬榨干净以后用来给他们三个人包饺子呢，这样的话她说过不止一次，晚上临出门去医院前还又说了一次。更何况，它们是那么多的一群，无论给多少都不够它们分的，零星的几块扔过去，只会在它们中间引发一场不顾一切的撕咬，上演一段景象惨烈的血泪史。眼前的平静只是一种暂时的假象，只要有一个油渣到来，它们就会迅速地乱起来，不再礼貌和规矩。他不是没有见过它们在街上为争夺一块裹满尘土的早已完全没有任何油水的枯木般的骨头而进行的残酷的仿佛一场没有尽头的接力赛似的争抢。拉锯战从东打到西，被撕咬下来的同伴的毛和血从南飘到北。在那个过程中，骨头频繁地易手，在任何一只手里都待不上一分钟。在那个过程中，总会有几只受伤的力不从心的最先退出角逐，以一种软弱的、失意的旁观者的身份远远地观看一会儿，然后哀叫着逃走，或者黯然地离去。那块骨头最终将归属于谁，已无顺它们再挂记了，因为已不再与它们有任何的瓜葛和一丝一毫的关联。事情已从最初的那种平等的自然状态一步步地完全演变为强者们之间的争夺和游戏。

夜色中的白杨木栅栏前，那六七个温驯乖顺的脑袋还在静静地有耐心地等待着，等待着奇迹的出现。曾怀林回头望了一眼，心里不禁涌上一股热辣辣的东西。它们以为这样就能得到想要得到的东西，收敛野性，释放恭顺，把自己身上最不讨人喜欢的东西一宗一件地深埋起来，接下来就应该能够换来一些什么了吧？

许多人不也是这样的么，包括他本人。

他选择在晚上炼油，是经过了认真的慎重的考虑的。一来是白天没有时间，但最让他顾忌的还是自己的身份。别说像他这样的身份，即使是一个没有任何问题的人，叮叮当当地光天化日地在家里炼油，也是会引起周围的邻居们的反感的，不仅仅是因为饱含营养的油脂是一个相当敏感的东西，你在兴致勃勃、得意忘形地炼油的时候，对别的那些没有油可炼的人们来说，就是一种再真实不过的折磨和欺凌，等于是把人家的已经结痂的伤口再重新撕开。

二

一年前，在这个举目无亲的小城里，曾怀林忽然凭空有了一位不是兄弟的兄弟——在食品公司工作的杜加禄。对方执意要与他以兄弟相称，曾怀林觉得自己难以拒绝。以他目前的情况，对方不避嫌，不怕连累，换作别的人会非常高兴的。

那天，曾怀林从宣传队里出来，在一条有着橘黄色围墙的街上，他遇到了正要下班回家的杜加禄。杜加禄随身携带的用彩色塑料编织的篮子里横躺竖卧着几只已褪洗干净的猪脚和一大块还没有经过炼制的原生的猪油，那是食品公司内部的福利，除了临时工，每一个正式在册的人员都有份。杜加禄是曾怀林来到这座小城后最早认识的一批人中间的一个，当初是怎么认识的，曾怀林已经想不起来了。直到现在，曾怀林偶然想起来的时候，还常常觉得奇怪，食品公司又不是专案组，审干办，自己怎么会认识那个部门的人呢。自来到这座小城后，真正的肉也没有吃过几顿，怎么竟会一上来就认识了一个食品公司的人？人生充满奇遇。

一年前的夏天，在影剧院台阶下面的一个雨水坑旁边，从那里路过的曾怀林被正站在台阶下面等待电影开场的杜加禄大声叫住，在众多熙攘吵闹的等着看电影的人流中，两个人居然不受周围环境干扰地说了好长时间的话，为他们认识以来最多的一次。杜加禄有一位做大官的远房亲戚，尽管从未见过面，但那也仍然让杜加禄和他的其他亲戚们无论任何时候一说起来就引以为荣。当杜加禄在那个雨后的夏天一不小心又说出那个光荣的名字时，轮到曾怀林吃惊了，因为那个令杜加禄倍感骄傲的人正是曾怀林的岳父。就是那一句话，让杜加禄抓住了，抓住后就再不撒手了，你这个兄弟我是认定了。一个令曾怀林感到惊异和做梦也没有想到的事实就这样突然的以一种同样惊异的方式呈现在他的面前，犹如一条亮闪闪的鲤鱼从幽深平静的水面猝不及防地凌空跃起，把两个人同时都吓了一跳。茫茫人海，有多少人能称得上是兄弟姐妹？

杜加禄不像曾怀林，他的兴奋大于惊吓。站在雨后的影剧院的台阶下面的那个清凌凌的能看到人影的雨水坑旁，杜加禄挥动着他那双让所有的猪都感到惊恐和害怕的钢铁般的大手，面孔通红。世界太大了，大到让本应常来常往的亲戚朋友们之间相互都没有了音讯！世界又太小了，一招手叫住一个人，竟然就是自己失散多年的兄弟姐妹。要说当时的惊讶，应该说曾怀林惊讶的程度要更胜于一直在当地土生土长的杜加禄，在这样的一个完全陌生的偏远的小城，在他的发配之地——也许还是最终的老死之地——竟然还能生出这样一层关系，事情本身除不乏离奇之外，更兼有着岁月般的模糊性。

但是，有一个事实却是杜加禄和他的众多的亲戚们至今都不知道的：那个徒具象征性的，甚至比海市蜃楼还要遥远和虚幻的远房亲戚，那个多年来他们一说起来就引以为荣，却从未得到过他一丝一毫的荫庇和惠泽的人，已于一年前的一个雨夜里倒毙在一个农场里。

从此，在这座陌生而偏远的小城里，凭空多出了一对萍水相逢的兄弟。当然，对于杜加禄来说，这里的一切都是不陌生的，更不偏远，也不小。以并不算太慢的速度，从城南走到城北的末端，至少也需要一个小时，那还能叫小么？杜加禄给曾怀林位于城北原野上的家里送过两次猪下水，曾怀林让自己的两个孩子冬冬和多多管杜加禄叫叔叔。杜加禄带着多多参观过食品公司的屠宰车间和坐落于城北末端的冷库。正是炎热的盛夏七月，冷库的大铁门一拉开，多多顿时觉得自己进入了一个神奇的冰雪世界，巨大的猪肉从中间一分为二，丛林般地悬挂着，上面布满雪白的冰霜。杜加禄对多多说，这些都是战备肉，不是给一般老百姓吃的。当天晚上，回到家里以后，多多对曾怀林说：

“怪不得菜店里没有肉，原来都在冷库里挂着呢。”

“以后不许再去给杜叔叔添麻烦了。”曾怀林对多多说，“你去得多了，会让他犯错误。他要是犯了错误，他们一家人谁养活呢?”

多多不解地看着曾怀林，一直到临睡前，还在想着那个冰冷的世界。年少无知的多多，连自己一家人为什么来到这个地方都不知道。曾怀林熄了灯。黑暗中，他说：

“睡吧。”

作为回报，曾怀林有什么可送给杜加禄的呢？他带着杜加禄去宣传队看过一次彩排。由于杜加禄的表现，那也成为仅有的一次——看到高兴之处，坐在下面的杜加禄突然情不自禁地哈哈大笑起来，声音响亮而又没有遮拦，让台上的几位演员都愣住了。筹备了一个多星期的彩排以一种意想不到的方式被打断了。

“那是个什么人?”宣传队的负责人魏团长恼怒地问道，“谁让他进来的?”

“对不起!”曾怀林说，“是我的一个远房兄弟。”

“亲兄弟也不行！这里是一个文化阵地，不是茶馆。”魏团长说，“以后没有我的允许，谁也不准随便把什么乱七八糟的人带进来。”

三

几天以后，曾怀林正在院子里晾衣服，刚从冷库那边送货回来的杜加禄突然出现在那道疏松的白杨木栅栏外面，大声地对曾怀林说：

“你们那些节目——真是笑死人了！”

听到杜加禄旧事重提，且说出的又是这样的话，曾怀林的一双手僵在胸前。不应该呀？他想，怎么会是这样的一种“笑死人”的效果呢？三分之二以上的节目都是相当严肃正经的革命题材，中间是穿插着几个欢快热烈的小节目，但也绝非是喜剧甚至闹剧，怎么就会笑死人呢？这与筹划这台节目的初衷是完全不符乃至背道而驰的。那天看彩排的时候他突然哈哈大笑，曾怀林就感到自己像一只惊弓之鸟。杜加禄到底是用一种什么样的眼光和心情去看待并理解那一切的呢，以至于从庄严肃穆中情不自禁地笑出声来？一半以上的节目都是由曾怀林执笔的，当然主意是大家出的，精神来自于上级，他更像是一个抄写员。四个老汉学《毛选》，四个老汉本不识字，都是货真价实的睁眼瞎，却硬是凭着他们的热情和坚定的信念把几本书都学完了，大部分人还学了不止一次，学完后还要互相交流探讨，事情本身极富传奇色彩和教育意义。节目的内容不断地被修改，三天前被砍掉的东西，三天后又重新回来，且不知怎么就一下身价百倍，像贵宾一样受到重视，又如同还乡团一样不饶人。在那整个反反复复的过程中，有谁像杜加禄那样响亮而又放肆地笑过么？印象中好像没有。望着杜加禄乘坐着卸完货以后显得空荡荡的三轮脚踏车渐渐远去，望着城北一带细瘦的街道和一到夏天便有野花摇曳的原野，曾怀林站在院子前面那道象征性的实则根本无力抵挡任何一种凶险事物入侵的如同一道虚线一样的白杨木栅栏，手上滴着水，他忽然感到身上的某一个地方十分刺眼地亮亮地闪了一下……他终于想起来了，在整个执笔过程中，他本人不也数次笑过么，只不过不在脸上，也不在声音上，更不像杜加禄那样暴露和没有遮拦，而是在心里笑得泪光闪闪……以他目前的身份和处境，那只能是他唯一的方式。

现在再想起来，杜加禄并不是在无缘无故地傻笑，也不是对文艺完全不懂。

锅里现在炼制的这些油就是杜加禄送来的。

除了正在炼制的这些，另外一块雪白的质量上乘的板油也得益于杜加禄的帮忙，不过，那块板油他是付了钱的。在得知杜加禄把钱交到公司财务科后，他的心里得到一些安宁。

要不是因为冬冬和多多，他是断然不会接受杜加禄的馈赠的，那种如同缝衣服一样努力连缀起来的关系，无论从哪个方面来看，也许更像是一种戏剧关系。他不知道它什么时候会变得更加结实，或者突然绷断，任何一种结果都在情理之中，他都能够理解。目前他只能像看着一个他完全不了解其性能和使用方法的带有一定甚至相当危险性的装置一样小心地看着它，看着它成天荡来荡去，有时忽然不见了，但过些天就又出现了，没有人能看得见它，只有他本人能感觉到它如同一根悠起来的跳绳一样，有时绳子的一端从手里脱落，会打酸他的眼睛，酸痛得让他掉泪。

两个孩子明显的营养不良，尤其是冬冬，十七八岁的大姑娘，按说正是蓬勃向上，如同早晨的朝阳一样青春明艳的时候，可冬冬却是那么的瘦弱和单薄，脸色也时常呈现出苍白之势。根据曾怀林的细心观察，如果不出所料的话，冬冬的那羞于启齿的月经也应该是极不正常的，不规律的。每个月总有一段时间，做父亲的会注意到女儿的眉头是紧锁着的，本来就瘦削的脸也比平时更加难看，没有光泽，黯淡甚至灰暗。所有那一切的麻烦和不顺利，都是冬冬一个人在无声地承受和解决着，不到大难临头，她是不会告诉曾怀林的，因为他是一个父亲，还是一个男人。哪有女孩子和自己的父亲谈论那种事的？尽管那不是什么不能谈的。

要是明训在就好了……曾怀林经常这样想。尤其是每个月里当冬冬最痛苦的那几天，他会更加思念明训。女儿看上去像个遭了灾的灾民，要是她的母亲还在，一定不会是现在这样。

冬冬使用的那种粗疏的黄纸丝毫不具有柔韧性，更谈不上绵软和舒适，上面还残留着造纸过程中未能得到转化的草秸，冬冬把它们放在一个抽屉里。东汉的时候就开始造纸了，距今一千八九百年过去了，没想到它们还是像树皮一样砺手，甚至远没有某些树皮的光洁与细腻，如果用它们为婴儿擦拭眼泪，一定会在拭去泪珠的同时又划出血痕。

在国营第二副食店出售饼干的糕点组副组长冀有为告诉曾怀林说，在所有的草纸里，莎草纸是相对来说最软和的一种纸，不像别的纸那么硌手，摸上去如同摸在沙子上一样。在冀有为的帮助和协调下，他们谈话后的第三个星期天，曾怀林买到了两刀莎草纸。回到家里后，他按相同的尺寸裁好，然后把它们放到一个公用的抽屉里。

一个月以后，他看到他裁好的那摞莎草纸被小心地用去了一些。

站在那道疏松的白杨木栅栏前，望着东边的树林和内城里隐约可见的街道，曾怀林在心里说道：“明训，我终于替你为咱们的女儿做了一件事情。”

多多的脸上出现了一小片一小片的白，按当地人的说法，那正是一个孩子健康成长的证明和标志，证明他正在一天天地长大，与营养没有任何关系，每一个孩子都会有那样的一个时期，有的甚至会持续到二十多岁。住在距离他们不远处的许大姐对曾怀林说，多多的脸上要是没有那些现象，那倒要你操心了。

曾怀林大部分地接受了许大姐的说法。

那块像雪一样白的质量上乘的板油，曾怀林实在不忍心把它们炼成油，像那样的板油，一头猪的身上也没有多少。曾怀林决定把它们当作肉来吃。

自从有了那个决定以后，他却时时担心，怕自己会突然反悔、变卦。终于，冬冬的生日到了，他不用再担心了。冬冬生日的那天中午，他向魏团长请了一会儿假，破例提前一个小时回到家里，在木板和塑料搭成的小厨房里心情愉快地奋战着。把板油切成细丝或者黄豆大小的丁，然后裹到一个个面团里，烙成一张一张的饼。一张又一张的香气袭人的油光铓亮的饼烙出来，让他忘记了多年来的许多事情。与此同时，他还惊讶地发现，只有板油，才会有如此的效果，要是把板油换成精赤的瘦肉，或者其他别的什么油，很难说会是一种什么样子，他完全没有把握。

中午，当两个孩子回来，一推开那道疏松的白杨木栅栏走进来以后，立即就都闻到了。

他们惊讶得不敢相信。这是他们来到这个偏远的小城以来吃过的最好的一顿饭么？两个孩子都认为是。曾怀林让他们回忆一下三年前的一个秋天的中午，但他们却怎么也想不起来了。也许他们想起来了，但时光早已把一切都冲淡了，当初的浓烈烟消云散，变成了一种似有似无的极不真实的印象，若没有人再提起，恐怕永远不会再想起来。

“糟了！”吃了一会儿，冬冬突然站起来说，“只顾咱们吃，把我妈忘了。”

“你吃吧。”曾怀林对冬冬说，“她已经有了。”

在母亲的一幅照片前摆放着和他们一样的饭，早在他们姐弟回来之前就已经有了。那张照片是她生命中最后的几个月里由城南照相馆的王东京为她拍摄的，当时没有任何征兆，谁也不知道那竟会是她的最后一幅影像。经验老到的王东京从她一进来就在逐步调整她的表情，有分寸地诱导她微笑，不时地说出一些出其不意的词和短句，绝大多数的人都会在那个时候忍不住微笑，甚至放声大笑起来，但她却始终没能笑起来。她的漠然和不为所动，使得王东京那个没有什么事能够难住他的老江湖也极为少有地对自己的经验和手段产生了怀疑，使他不再像一开始他们刚从外面进来时看到的那么志得意满，而开始变得有些沮丧甚至无精打采；后来干脆把自己的那张因遭受意外的打击和挫败而变得异常委顿的脸隐藏在那块陪伴他见识了无数的人和事物的黑布后面，只把一只捏着橡皮球的手露在外面，在那块黑布的衬托下，像是一只苍白无血的死人的手。

多多所在的学校的班级里有一个很厉害的大胖子同学叫二和尚——比一般的同学高出整整一个肩膀，两条胳膊像别的同学的腿，没有一个人不怕他。但自从吃过多多送给他的一块板油饼以后，二和尚如同脱胎换骨似的变了一个人，不仅不再欺侮多多，还把多多作为了他的朋友和兄弟，多多有事时，他会挺身而出，用胖大的身躯把多多罩在后面。二和尚的目光像他的身躯一样不短小，他坚信多多他们家不可能就只吃一次板油饼。有一个星期天，二和尚竟笑眯眯地出现在他们的院子里，还蹲在那道疏松的白杨木栅栏前，帮助曾怀林劈柴。边塞小城金色的阳光洒在他那佛一样的身躯上。力大无穷的二和尚，一个比水桶还要粗的树墩子，几下就被他劈开了。曾怀林发现，二和尚原来是个憨厚热心的孩子，并不是传说中的凶神恶煞、恶和尚。下一次，一旦再烙板油饼的时候，是不是把这个佛一样的孩子也一并请来？

四

鼓声又响起来了，没有任何过渡地把先前一直响着的胡琴声压了下去，仿佛压进了深深的地里，让它永世不得出头。两位琴师见怪不怪，早已习惯了这种声势上的压迫，不再把那当回事。他们手里的弓弦还像一开始那样梦游般地来回扯动着，目光如同飞累了的蝴蝶一样，先停留在那只红彤彤的鼓上，不久又落到打鼓的人的手上和脸上。隆隆的鼓声从宣传队临时占据着的那个至少有一二百年时间的青砖青瓦的院子里出来，从那些严重剥蚀得像铁一样黑的木头和砖瓦之间出来，然后在门外那条有着很大坡度的街上奔跑起来。在从育红幼儿园的门前经过时，让里面的数十张小脸一瞬间一齐转了过来，集体望着他们那个每天几次进出的大白天也实在应该点灯的黑洞洞的门廊，有的已经从自己的小板凳上站起来了，但很快又被老师的呐喊声按了下去。老师说，谁站起来谁就不是好孩子，将来想成为革命的接班人，门儿都没有！有的人，闹不好还要变成人民的敌人。

在从国营理发馆的大玻璃窗户外面经过时，一个在理发师的手指和剃刀下面像地球一样转来转去的脑袋想把他的好奇的目光投向窗外。理发师腾出一只手按住那个不安分的圆球，低声说道，别动，小心刮破了！刮过一刀后，又说，没有什么，是宣传队在排练。

隆隆的鼓声穿过光秃秃的十字路口，穿过蔬菜公司的一片病歪歪的几近荒芜的试验田，往飘扬着彩旗的兽医院和人民医院那边去了。

初到这座偏远的小城时，至少有几个月的时间，或者更长一些，曾怀林难以适应那咚咚作响的鼓声，每当它突然响起来的时候，他都会受到不同程度的惊吓，有时在睡梦中猛然坐起来，茫然失神地环视着黑暗的房间和尚未有曙光浮现的窗户。掀起窗帘向外面观看，大地一片漆黑，黑暗像人间的桩桩罪孽一般深重；又看见那道不具有防贼功能而只徒有象征色彩的白杨木栅栏静静地横亘在院子的前面。从那个一两百岁的院子里传出来的鼓声之所以这样让他惊恐不安，只是由于他总是把它与战备和战事联系起来，从而完全忘记了它的真正的作用和意图，忘记它只是在宣传，在教化，以及附带而来的娱乐作用。鼓是宣传队的鼓，锣也是宣传队的锣，他本人更是宣传队的人，鼓声响起来的时候，就像自己家里的锅被勺子敲了一下一样，就像自行车胎突然爆了一样，真不知道他有什么好怕的。

就算是那鼓声真的与战备战事有关，那也完全不需要他这样的人半夜坐起来，一个人苦思冥想。城北四十里以外的树林子里满是灰绿色的军用帐篷，战马嘶鸣，披着绿色伪装的坦克在原地发动，在原地做梦。那一切难道与他有关么？

直到一年以后，他才终于习惯了。

每个月的最后一个星期二，他都要撰写一份关于他本人的思想汇报，重点写清已逝的这一个月内的思想轨迹，新出现的（包括好的和坏的）苗头，对国际国内形势的认识与理解，在最后一个星期六之前上交。这一点也是他区别于宣传队其他人的地方。别人不需要一月一次地写这种汇报，只要能把唱词记住，保证声音不太跑调就行啦。

也是在一年多以后，原来一个月一次的思想汇报忽然被改为一个季度一次，他骤然觉得身心两方面都轻松了不少，这是否意味着他的问题从此变轻了呢？不然在这件事情上又怎么能解释得通？得到通知的当天晚上，他用素馅给两个孩子包了馄饨。整个过程中，一种久违了的喜悦之情一直都在他的眉目之间驻留不去。在那道疏松的白杨木栅栏的下面和周围，春天已悄然来临，浅绿色的小草已钻出地面，羞怯地打量着这个陌生而无限未知的世界。

然而事情却并不像他想的那样。真实的原因是文教办公室由于人手不够而不得不削减甚至放弃一些原本应该由审干办公室负责的事情，其中就包括类似曾怀林这样的按期按时从社会的各个角落里汇集上来的思想汇报一类的东西。文教办公室的大部分人都被抽调出去，只剩下一个处理日常事务的眼睛严重近视的却又一向自以为心明眼亮的仝干事，实在看不过更多的东西。即使是改为一个季度收集一次，到时候仍然能聚拢来相当多的内容。

也许是稍显轻松的原因，改为一个季度汇报一次后，曾怀林渐渐地喜欢上了这个大多数的时候显得有些冷清的小城。晚上七点钟以后，街上就基本再看不到人了。要是冬天的晚上，五点以后就没什么人了，因为那个时候天已经完全黑了，但是街上的灯还不到亮的时候。按照规定，七点钟以后才会亮起街上的灯。几条主要的街上，各有几盏颜色青灰而又模糊的路灯。宣传队所在的东街上由于街道不够长，整条街上只有一盏路灯，形状如同地质勘探队员所戴的那种帽子，挂在体育运动委员会山墙后面的一根松木杆子上，所发出的光也像别的街上的那些灯一样青灰而又模糊，连偶然路过的行人穿着什么颜色的衣服都看不太清楚，只能看见有一个人在青灰的街景里走着。两个人在路上偶然相遇，彼此看到对方的脸都是青灰色的，各自都是一副死相，就像舞台上的那些血债累累的敌特和逃亡的地主。你看别人是那样的，你在对方的眼里也是一样的，甚至会比对方更加可怖。荒草在颓败的城墙上不由自主地摇晃着，干枯的腰被迫弯下去以后，好半天才能再直起来，有的却再也直不起来了，因为在弯下去的同时就已完全断了。无数次的偶遇和默默的注视，使曾怀林对“折腰”一词有了更深一层的认识和理解。何为折腰？去颓败的城墙下看一会儿就会明白，顺势倒下，然后再想办法起来。大风来临，暴风雨骤至，鲜有能保持独立者。

沿街的一些店铺和住户都上上了深绿或者褐红色的护板，有的护板后面传来人的说话声和咳嗽声。每次在这样的时分回家，曾怀林都会在无边的平静中感到一丝暖意，尽管街道是那样的狭窄而凄清，尽管他完全不熟悉那些护板后面的说话声，更不清楚所说的内容，尽管这座偏远的夜幕落下后的小城有时看上去更像是一座荒凉的鬼城，尽管这样说未免有失尖刻，但他的心却是出奇的平静。命运的马车把他卸到这座此前从未到过的小城后，并未放松对他的驾驭，他仍然处在被掌握之中。好在他能够明白，并不是只有他一个人是这样的，从某种意义上来说，其实所有的人都活在一种枷锁或布局之中，所不同的只是形态上的明暗之差。有的人因此就自以为无羁无绊，天地之间一狂人，那只是由于他未曾注意到那种伪装成自然色的巧妙布局，形态分明的利器也不曾向他迎面打来，这直接导致他浮华、轻佻、狂妄无礼。当地有一句谚语，大意是说，没有被马踢伤过的人，永远也不会知道童溺的宝贵和神奇。曾怀林曾经也是这样认为的，就以为只是一股简单的七岁以前小孩子的尿，直到见识了那件事以后。

五

那还是他们刚来到这座小城后不久，由于内城里没有他们的住处，他们一家人被安排到城北一带开阔的原野上。有两间六成新的房子，房前屋后交错叠印着好几条发白的羊肠小路，那就是他们的新家。一家人第一次在那里生火做饭的时候，门口突然来了好几条野狗，伸着舌头，摇着尾巴，看着他们锅里的饭。在不远处的紫色和黄色的灌木丛旁边，毛色灰黄的野兔将身子直立起来，也在观察着他们的一举一动。

周围一带还有一些身份含糊的人家，好像都没有明显的职业。大声说话的男人，声音清脆的女人，时常拄着拐杖，手搭凉棚朝远处的路上久久眺望的老人，鼻子下挂着鼻涕的孩子。有马，有手推车，有自行改造过多少次的外表已经很不像自行车的自行车。有一户姓胡的人家居然还养着鸡和羊，鸡不是用来吃的，主要是依靠它们下蛋，公鸡则用来报时，周围的老人们都以它的叫声为指南。羊叫苏联羊，身高体壮，身上的毛像外国人的头发一样卷曲得很厉害，看上去又浓又密地翻滚着，一对角弯曲得如同两张坚硬无比的弓，那也是它们用来自卫和进攻的主要的武器，叫起来的时候粗犷有力。

养马的那个人叫老宋，马当然不是他的马，是公家的马，据说他还没有马高的时候，就已经能骑着马到处跑了。可是有一天，自以为了解马比了解他的亲戚朋友们还要更深一层的老宋却忽然被一匹马踢伤了，昏迷不醒。那时候，曾怀林正在学习用当地的材料和方法生火，烟雾中看见老宋家里的两个女人披头散发地朝这边跑过来，其中一个女人的手里还端着一个空碗。曾怀林从烟雾中站起来，两个女人向他说明了她们的来意：老宋被一匹马踢坏了，已经人事不省，急需灌下一碗七岁以下的男孩子的尿。她们从家里一出来就往这边跑，是因为她们知道曾怀林的家里正好有一个那个年龄的孩子。

有这样的事？曾怀林惊讶地问道：“小孩子的尿也能治病？”

“能！”两个女人异口同声地说道，“别的还不行呢。”

“可是，”曾怀林用手指了一下正在房子的一侧用一把小铲子铲土的多多，对她们说，“他已经八岁了。”

听到曾怀林这样说，两个女人愁眉苦脸地互相看了一眼，相视的结果是没有结果。很快，她们又把她们的那种哀愁焦急的目光落到了正在房子的一侧铲土的那个孩子的身上。

“八岁也行！”年龄稍微老一点的那个女人忽然语气坚定地对曾怀林说道，“八岁和七岁有啥不一样呢？都是一样的。”

“行，那就让他给你们尿一点吧。”

曾怀林把多多叫过来。看见两个女人像传说中的夜叉一样在家门口站着，她们一个手里端着一个碗，另一个手里虽然什么也没有，却也像端着一个东西似的，多多感到紧张而又神秘，他有些害怕地看着她们。

一个女人蹲在多多的面前，把端着碗的手臂伸出去，等待着。另一个女人弯下腰，帮助多多解裤子。不久以后，她们拿来的那只碗里便有了清澈的大半碗。还有亮晶晶的一滴没有滴下来，老宋的女人先是用碗的边沿，后来又用另一只手轻轻地碰了一下，终于把最后的一滴也都收到了碗里。

“老宋有救了！”

两个女人保护着那只碗，急急忙忙地走了。她们离去的时候，西边的夕阳正在坠落，城北一带开阔的原野上像是镀了金，抹了红。一匹马静静地站在一个石头槽子前，既不吃草，也没有饮水，脸朝着往东去的一条路。正是它不久前几乎把它的主人踢到另一个世界里去。

第二天，老宋就已经能出来走动了，披着衣服，和昨天踢过他的那匹马站在一起。

“真是个傻货！无论踢谁，还能踢我？……我对你多好呢。”

在草地上走了一会儿，可能是觉得刚才的话说得有些不妥，于是就又说：

“谁也不能踢。踢坏了别人，比踢坏我还要麻烦呢，还不如就踢我算了。”

一个月以后，在老宋的帮助下，三道散发着树木清香的白杨木栅栏从东、南、西三个方向把曾怀林的那两间从前不知是什么人住过的房子围了起来。活儿主要是老宋在干，从四处收集木头，到锯、砍、削、钉，曾怀林只能做个助手，协助老宋丈量尺寸，把锯子换成斧子，像手术室里的一名递剪刀、拿纱布的护士一样。做那些事情，老宋熟练极了，一看就是内行，对每一步都烂熟于心。

栅栏全部钉好以后，门前的那片荒草萋萋的旷野突然就变成了他们的院子，而不再是一块无主的任人践踏的荒地，这样的变化让他们一家人都不禁有些心潮起伏，都在刚刚诞生的白杨木栅栏前不住地走来走去，感觉就像在做梦。昨天还有牛羊或零散的背着包袱的行人从他们的窗外经过，今天却再也不能够了！只能隔着那道白杨木栅栏，远远地望一眼那几扇已有了相当距离和秘密的门窗：那里面的人在做什么，在说什么，外人再不大能够看见；如果再把门窗紧闭，拉上窗帘，那就更像是一个永久而真正的秘密了。

这就是家呀，这就是传说中的家园呀！这就是世人时常挂在嘴上，写在笔下，映在梦里的家园呀！站在推开的窗前，望着外面那片由白杨木栅栏围起来的似乎一瞬间便私有化了的小块的荒地，曾怀林一遍一遍地这样想道，一家人也都这样想。世人所指的家园无非也就是这样的吧？只不过有的场面更宏大一些，其间的门户更幽深更复杂一些，年头更久远一些，除此以外还有什么不同呢？相当长一个时期以来，他们谁也不记得那个词，也没有与那个词有关的一切概念，反复无常的血淋淋的斗争让许多活生生的东西都像沉渣一样退到了无边的黑暗中，有的永不再泛起。现在，疏松的白杨木栅栏象征性地将他们这一家人与外界隔开，使他们清晰地觉得他们的这个家也已经有了点儿家园的模样了。

尤其是两个孩子，已经很晚了还沿着木头味十分浓郁的栅栏跑来跑去，他们觉得是在自己家的庭院里生活，而不是在没有遮拦的旷野里像野孩子一样奔跑。野狗也不再在他们的窗户下翘起一条腿撒尿了，这个现象是多多最先发现的。此外，也再没有形迹可疑的陌生人蹲在他们的山墙下面深一口浅一口地吃干粮了，一边费力地嚼咽着，一边向四周惊恐万状地张望着……星星浮现在深蓝色的天幕上，有的独自躲到一边，有的连缀成一片。

一年以后，在东西两边的栅栏前又各出现了两棵树，两棵夹竹桃树，两棵无花果树，都是老宋不知从什么地方移回来的。这四棵树给曾怀林带来了许多意想不到的乐趣和慰藉。每天从内城里走出来，来到城北一带的原野上，尽管有那么多的树丛和灌木，但他还是一眼就能看到自己院子里的那几棵树，白杨木栅栏浅浅地拦着它们，证明它们不是旷野里的无人照看的植物，而是属于那个院子里的几株年轻的生命。两个孩子没回来的时候，曾怀林先把饭做好，然后坐在树下，一边等他们回来，一边在树荫下想一些事情。有时会有一两只鸟飞来，落在夹竹桃的树枝上。他从下面仰起脸，小心地看着，看到它们身上的那些嫩绿或鹅黄的地方，像是在预报着春天的到来。每次看到时，他的心跳都会加快，心头不禁一热。

"春天好!"他觉得它们在这样对他说。

六

从城北的原野上往城里走，有很长一段路没有路灯，一直到过了三义店以后，才能看见三十米以外的一盏灯。在没有月亮的晚上，这一段路黑得令人窒息，仿佛是人间以外的另一个幽深未知的世界。冬冬在人民医院做实习护士，每天去医院都必须要经过那一段黑暗的路。在那些漆黑的夜晚或黎明，曾怀林送冬冬去值夜班，陪她走过那一段最黑暗最荒芜的路，然后在三义店一带分手，因为再往前就开始有路灯了。过了十字路口，一直到西大街上的人民医院，街上再没有太黑的地方。看着冬冬的单薄的身影穿行在灰白的街上，直到她从十字路口那里往西去了，曾怀林才开始回家。越往城北走越黑，但黑暗只让他感到平静和幸福，因为冬冬现在正走在一条有光亮的路上，尽管那光亮灰白、黢青，非自然的光。

有时他会提前几分钟甚至几十分钟来到三义店的那道锈得已看不出任何字迹的铸铁拱门下，站在那里等着冬冬回来。七十多年前，三位意气和志趣相投的朋友共同建起了这座专为苦力、牵骡子的脚夫、怀揣着诉状和冤屈的上天无路入地无门的人、马车夫、帮人打墓的、砌烟囱的，甚至皮匠、毡匠或当天赶不回去的小商小贩提供食宿和草料的店，花一两角钱，住一夜。经过无数的战乱和政权的交替动荡，竟然奇迹般地一直开到了现在。大店内比一个篮球场还要大的通铺和院子四周的马厩以及草料槽还是几十年前的样子，水井也还是七十年前的那口水井，只是铸铁拱门上的那三个凌空嵌着的用铁皮刻就的字已看不清模样了。到夜里，店内炉火熊熊，十几个灶台，每一个灶台上都摞着十几层高的蒸汽弥漫的笼屉。马厩里的骡马也像它们各自的主人一样慢慢地嚼着，此前，它们已在井台边喝足了水。

一盏盏晕黄的马灯在黑暗而辽阔的院子里游动着。

从三义店往南，路灯依次亮着，街上笼罩着灰白的青光。

从三义店往北，一路漆黑。曾怀林就是从那条漆黑的路上来的，像是明显的阴阳分割的两个世界，曾怀林时常觉得自己就站在那两个世界的分界线上，左手为阳，右手为阴。他在这里等待冬冬，等待自己的女儿，每一回都觉得这是命运赐予他的一种福气，而不是一个父亲的责任和义务，茫茫历史，大千世界，并不是谁都会有这样的福气的。就在那种半明半暗的寂静中，冬冬从光线晦暗的十字路口上出现了，然后一路走下来，隔着老远就看见有着昏暗灯火和隐约人声的三义店的附近有一个模糊的身影伫立在那里。“爸爸！”她叫道。很快便以比她的声音略迟一些的速度来到他的身边，一只手挽起他的胳膊。他闻到她身上还有医院的气息，是酒精和来苏水交相混合的气息，有时候，连漆黑强硬的夜风也不能将它们从她的身上全部清除。父女俩离开有亮光的街道，朝着黑暗中的矮小的时常在它的一侧张贴着打了红勾的判决布告的北门走去。

出了城，便是草木森森的原野，蒲公英和矢车菊的苦味，猫头鹰的悠扬的与生俱来的叫声，从针叶松和水曲柳的领地上穿过。冬冬告诉父亲，以后不要来得这么早，因为她每一次都不一定能够按时出来。曾怀林说，他也并没有闲着，他在看住在三义店里的那些人和车马。那里面热闹极了，那是又一个社会——一个基本平等的社会：很少有人认为自己比骡马更高明或更高贵，而骡马们所受到的招待也不比它们的主人差，金黄的干草，清亮的水，打扫得很干净的马厩。人又能吃什么，能睡在什么上面呢？有相当一些人不吃店里给他们准备的热饭，而是找一个角落，悄悄地吃自己的那点冷硬的干粮。为什么要躲到一个角落里去吃呢？因为有些干粮实在拿不出手，冷硬还在其次，最主要的是不太像人吃的东西，或黑红的一块，或灰色的一坨，或乌紫的一团，或黄沙般的一捧。有些胆大的，脸皮厚的，还会借用店里的火烤一烤。要是一个脸面薄的，连烤也不敢烤，还觉得也不值得烤。

原野上的那一扇透出微弱的昏黄亮光的窗户就是他们的家，白杨木栅栏深深地扎在土里，远看却像是浮在半空中的，泛着一种青幽幽的暗白的光，它们让一家人不再有最初的那种裸露在外的感觉。夜里关好栅栏上的门，悄然进入梦乡，真的就像是栖息在古老而熟悉的家园里，而不是睡在一个陌生的原野上。

事实上，冬冬和多多两个孩子很快就把这个白杨木栅栏围起来的院子当成了他们的家，每天从外面回来，一走进那道白杨木的栅栏，就知道到家了。冬冬的手帕晾在栅栏上，多多的石板石笔立在夹竹桃树下，反倒是他们这两个大人迟迟对这里的一切还保持着相当的距离和警惕。每一个成年人的内心里都筑有一个顽固而冷漠的堡垒，而筑成每个人的那个堡垒的材料和动因又各不相同，这是曾怀林在以往漫长的岁月里从未意识到，而有一天在送走一个形迹可疑的上门讨水喝的，火枪枪尖上挂着一只灰黄色野兔的人后，他独自一人站在白杨木栅栏前眺望着那个人的踪影时突然发现的！发现自己的内心里有那么一个东西，不知是何时筑起的，看样子并非是短时间内才有了的，一定是经过了漫长的堆砌和构筑，才形成了现在这副模样的：像龟又不像龟，似碉楼又不太像碉楼，它的铜墙铁壁和牛皮般的围堰首先就让他本人也惊讶不已！更为重要的是，曾怀林觉得自己在此之前已经通过某种肉眼看不到的通道，比较有把握地窥到了那个火枪上挑着一只灰黄色野兔的渴得要死的人，像是从门缝里窥探一样，清楚地看见那个人的心里也盘踞着那么一个类似的东西，尽管不是青龙白虎一类的……惊讶之情还没有过去，紧接着就看见了蹲伏在自己心里的那个东西，上面的历久弥新的苔藓和风雨剥蚀的痕迹，证明它并非是初出茅庐，而是已有相当的年头了。此外，它的外围好像还涂着厚厚的护壁油，滑腻而光绝。

这样的一种发现或不期而遇让他感到羞愧而又沮丧，身体外面的政治账尚在漫漫无期地年复一年地清算着，内心深处却又不声不响地出现了那样的一尊东西，是上天所降还是土生土长，他完全说不清它的来历。一个更为重要的无法否认的事实是，它牢牢地盘踞在他的心里。它不是一只野猫野狗，大喝一声就可以把它赶跑，它更像是空气般的政治，凡是活着的人，无一不在它的云彩之下。

这件事发生在明训一周年之后，因此，注定他永远不再能与她交流，长谈，交换各自的看法，注定只能由他一个人背负起那些别人看不见，而他本人又时常能感觉到的重量，它们不分昼夜地压在他的身上，没有人知道他背得有多么的吃力！也没有一个地方可以让他把身上的那些东西暂时地放下来喘息一会儿。

七

与此同时，宣传队却有壮大兴旺之势，证据之一就是不断地接到新的任务，排练新的节目。宣传队也差一点变得像粮油店一样让人离不开，有些人一个月看不到宣传队的演出，就会觉得受不了，就会觉得日子平淡，窒息而无聊，觉得这个社会也没什么意思。有的生产队甚至派人来问，宣传队何日能到他们那里去演出。一时间，宣传队的人成为小城里最骄傲的一群人，许多人原先只是模模糊糊地觉得自己只不过是一个靠嗓音和身段以及演奏技巧混饭吃的人，然而时代忽然改变了那一切。到处受到邀请，固然有口腹之乐的享受，但更重要的是，证明了自身的价值和作用，证明他们不是一群普通的人，对国家，对社会，对民众充满意义，起着别的人不可替代的作用。事实胜于雄辩，与宣传队仅一墙之隔的体育运动委员会，坐落在另一条街上的第二轻工业局，以及紧挨着他们的人民银行，这些部门，为什么从来没有人邀请过他们呢？他们的门口都悬挂着各自的醒目的牌子，宣传队连一块牌子都没有。宣传队的人们终于明白了，人要找你，别说没牌子，你即使藏在地下，藏在深海里，他们也要想办法找到你，把你打捞上来；要是不想找你，你在门口挂一万块牌子都没有用。第二轻工业局和体育运动委员会不是都换了新牌子了么，那又怎么样？

不过，这一切都与曾怀林无关，一俟离开烟雾缭绕的有着损坏严重的深红色橡木地板的排练大厅，从纷乱的锣鼓和管弦声中走出来，所有的节目又都会暂时地不复存在，像散场后回家的人流一样各自远去。城头上冒出的青草和城外原野上的杨柳成为他很长时间以来自我休憩和治疗的一剂秘密的良方。经过长时间的观察，他也欣慰地注意到没有人来与他争抢这个只要愿意谁都可以得到手的秘方。燕子在城外的原野和河流上低飞，飞进城里，也从不在宣传队的屋檐下筑巢，战争一样的锣鼓声和嘈杂的管弦声使它们望而却步，早在空中的时候便已领教。它们越过宣传队的那片不断地涂抹着油彩，不断地更换着行头和面部表情的咿咿呀呀的歌舞之地，到相对十分安静的直属粮库的成排成排的屋檐下安家落户，早出晚归，生儿育女。在那里，它们最常听到的声音是粮库保管员手中的钥匙声和发生在黄昏时分的一种奇怪的空中击掌声，还有就是老鼠们集体出动时吹响的号角声和单独行动时的吱吱声。猫是粮库豢养的编外职工，它们不参与翻晒粮食和每周三次的政治学习，也不需要定期悔罪，汇报思想，它们只负责蹑手蹑脚地巡逻和守候，屏声静气地抓捕老鼠。把抓到的俘虏咬死后丢弃在值班室的门外，或者郑重其事地带有一定彰显意味地摆放在通往直属库办公室的青砖的人行甬道上。每到黄昏时分，奇怪而单调的击掌声在空廖寂静的直属库大院内啪啪地回响着，仿佛那样一来便能避免粮食受潮或发霉。

八

出东门，穿过一条沙土路和一条水沟，是东门生产队的卷心菜地，能看到远处烈士陵园里的松柏。车耀吉就住在卷心菜地旁边的一间矮小的只有一孔小窗户的房子里，周围一带有零散的杨柳、粪堆，一条石头砌的水渠和一个安置在半空中的时刻都嗡嗡作响的变压器。曾怀林是在一次避雨的时候偶然认识了住在那间小屋里的车耀吉的。铜钱大的雨点一瞬间从天上泼下来，曾怀林先是在一棵柳树下面躲了一会儿，后来忽然看到了雨雾中的那间孤零零的小房子。事实上，那间房子的下面根本不能避雨，它的仅有的一点点眉毛似的屋檐只有几寸宽，躲在那里避雨与站在露天里直接接受雨水的敲打和洗礼并没有什么两样。曾怀林也是在冒着雨跑过去以后才发现的，还不如就站在那棵柳树下不动呢。雨越下越大，由一开始的轻薄的带有土腥气的铜钱变成了密集的雨线或珠帘，头顶上的那道两三寸宽的屋檐就在那个时候又做出了一件在他看来是病态的更使他感到不可思议的事情——趁火打劫地把那些它不愿意承载的雨水倾斜着泼洒到曾怀林的身上。他被它的做法惊呆了！就在他决定立即离开它，重新回到不久前的那棵柳树下的时候，旁边的门忽然开了，雨雾中露出一个头，对他说了一句什么。

曾怀林并没有听清那是一句什么话，只是凭直觉感到那好像是邀请或允许他到里面去避雨的……是的，一定是的，不然那个头平白无故地从里面探出来干什么呢，总不会是担心屋檐下的这个人把他的这间荒野小庙般的房子靠塌吧？毫无疑问，是雨声阻隔了他的话音。于是，曾怀林推开那扇矮小的门走了进去。

屋里的情形简陋得让披着雨水的曾怀林一时有些透不过气来，以至于他来不及看清主人的模样，目光首先就被那两只靠墙放在泥地上的碗吸引了过去——其中一个还是豁边儿的。没有灶台，唯一的一口比一顶安全帽大不了多少的锅架在几块早已被烟火熏黑的砖头之间，锅上的盖子是用筷子粗细的高粱秸编成的，为了方便揭开，上面用细绳做成环状。曾怀林能够想象到在蒸汽升浮、弥漫的时候，那个细小的不起眼的绳环是何等的有用。连灶台都没有，当然也就更不会有桌椅柜子一类的东西，仅有的一只板凳也是自制的，上面还带着树皮。墙是坑洼不平的泥墙，在人的手能够得着的地方有几个钉子，一些看不清颜色和形状的东西就挂在那些钉子上。曾怀林感到自己的某个地方似乎在燃烧，在他的有生之年，这是他见过的最不像家的一个家了。如果与眼前的这个所谓的家相比，这世上的任何一个家都能够称得上殷实甚至富足。

没有镜子，没有梳子，没有天花板，这就是车耀吉的家。曾怀林觉得他至少有六十岁了。没有炕，也没有床，在整个保外就医期间，他长期睡在一张不知从哪里找来的门板上。

在当地有一个习俗，当有人死后，家里的人会摘下一扇门，将那个逐渐冷却僵硬的躯体停放在上面，等棺材做好以后，再进行入殓。这个连曾怀林都知道的习俗，在当地工作和生活了很多年的车耀吉难道会不知道么？

几天以后，还是在东门外那片人迹稀少的地方，在布谷鸟明亮的叫声里，曾怀林又一次见到了车耀吉。其时，车耀吉正在屋门前的那一小块空地上劈柴，在距离木柴不远的他时常当作椅子坐的一块石头上，放着一只灰暗斑驳的搪瓷缸子，旁边有几粒白色的药片。车耀吉拿着斧子，喘得很厉害。对于几天前的那场促使他们相识的大雨，两个人似乎都已不记得了，尤其是车耀吉，这从他那浑浊而疲惫的目光里便可看出，在那双眼睛里，间或还有阴霾飘过。

对于保外就医，曾怀林也并不陌生。有人说那是自由的前夜甚至开始，是一次人道的松绑，但曾怀林对此持保留态度。那更像是一个伤口，表面包了一下，却并未消毒和治疗，也许在它的背后和深处正酝酿着更大更深的溃烂。因为即使是松绑，那也是一种小范围内的松动，真正的那根绳子并未从你的身上解除，只不过比原来放长了一些，活动的半径也相对增大了一些。比如现在的车耀吉，看上去简直就像一个自由人，一个正常的公民，没有被捆绑，也没有人在附近暗中监视他，与周围的人好像也没有什么不一样的。但是只有他本人最清楚，他和别人是不一样的。曾怀林推己及人，从自身的处境出发，很容易就弄明白了眼前这位头发斑白的车耀吉每天过的是一种什么样的日子。

既然没有人看守，也没有人在暗中监视，家属又不在这里，孤身一人的车耀吉为什么像是在这里生了根一样，难道就没有想到过逃跑么？跑到一个谁也找不到他的地方去，森林里，草原上，一条人迹罕至的河边，甚至回到当初送他出发去投身革命的故乡。在他们第二次见面的时候，曾怀林想到了这个问题。正在把劈好的木柴码到一起的车耀吉听到曾怀林的话，像是被一根刺扎了一下。

“跑？往哪儿跑呢？”

他用一块油毡将码放到门口的木柴苫好，又在上面和下面各压了两块砖头。这以后，他对曾怀林说：

“阁下难道曾经有过那种打算和计划？”

“我不行，我不能跑。”曾怀林说，“我有家，还有两个孩子没有长大。更何况，逃跑不能解决问题，只会使问题越来越糟。”

刚说完，曾怀林就猛然意识到自己幼稚得像个孩子。好在车耀吉只是看了他一眼，没再说什么。这位昔日的县委书记端起那个奇脏无比的搪瓷缸子，坐在那块石头上开始吃药，把那几粒白色的药片在手掌心摊开，确认无误后，才放进嘴里，用水顺下。

九

谁想做什么，那是他们的事，他再也无权过问。对于他车耀吉来说，这个世上再没有哪一个地方能比眼前这座好像坐落在天边的小城更令他魂牵梦绕的了！就算是他的故乡，他的出生地，那又如何呢？留存在记忆里的仅仅是一些模糊而遥远的印象，甚至极其的陌生，远不能与眼前的这座小城相比。说这是一座被时间和世人遗忘了的甚至从来没有想到过的小城，怕是非常的离谱和不准确，车耀吉第一个就会表示不赞同。许多年来，外面的哪一场运动没有在这座偏远的貌似总在打瞌睡的小城留下或深或浅的印记？半个多世纪以前的饥饿与贫困，剿匪时的一路滴答的鲜血，镇压反革命时的荒草弥漫的旧刑场，合作化时期的圆头圆脑的房子，距今十几年前的小型的钢铁厂、粮食加工厂，十数名基层干部在上面悬梁自尽的至今依然苍劲的老树和寂静的仓房，分布在全县各处的数百辆用于演习和爆破的纸糊的坦克，八名除了只会打枪，别的事情都不会干的英雄无用武之地的神枪手……除其中的两名分别在两个公社的武装部任职外，另外的六名神枪手难以归类，只能在各个民兵队里充任专职民兵，有时陪同下乡视察的武装部长打个野鸡什么的。其中的一名神枪手董二旦因为饥饿还差一点毙命。“凭自己的百步穿杨的枪法和武艺，董二旦同志会搞不到吃的么？但是他没有。”在全县的干部大会上，县委书记车耀吉曾这样说。几年以后，这也成为他的罪状之一，罪名就是对革命同志进行用心险恶的暗示和鼓动，怂恿他们去犯罪，去抢，去劫。可贵的是，可喜的是，董二旦同志并没有上当，他心明眼亮，因而也就避免了沦为社会和人民的敌人。

碧波荡漾的水库，骑自行车或骑马走起来声音怪好听的沙土路，黄沙子像养活了革命的小米，淡粉红色的沙子如同绵延在天边的彩霞。八座分布于不同方向的水库和质朴的沙土路寄托着他后半生的理想，没有人知道他走在那些彩霞般的沙土路上时是一种什么样的心情。当然，也就更没有人知道当他囿于眼前这间低矮的小屋而不能够再在那些彩霞般的小路上行走时心里又在想些什么。

因此，无论从哪一个方面来说，跑肯定是不对的，而找一个山高水深的地方把自己藏起来更是可笑的。或许，只有等待才是最应该做的，也是仅能够做的。

“就像坐在一列没有灯光没有明确行驶方向的夜车上。”车耀吉对曾怀林说。

“等待什么呢?”曾怀林说，“等待天亮?等待到站?”

“当然是形势的变化。”

“形势会有变化?”在曾怀林的眼前出现了路两旁的灰色的树木、坟墓、吃草的牛马。

“按照唯物主义的观点，世界首先是物质的，那也就是说，世界是时刻都在运动着的。既然在运动，怎么可能会没有变化?运动有时会以一种极其缓慢的方式进行，那也只是我们用肉眼观察到的一种现象，从另一个方面来看，也许并不缓慢。

“根据物质不灭定律，现有的很多东西也并不会因此消亡。

“但它们极有可能会转化为别的事物。我们寄希望于什么呢，不就是这个么?”

他在砖垒之间的那些灼热的灰烬中埋了两个土豆和一把黑豆，在他与曾怀林说话的过程中，受热的黑豆不时地崩响，仿佛过去年代里暗夜里的零星而寥落的枪声。

现在再看起来，整个事情就像是一场运筹宏大的苦肉计，只是他们这些身处计中的人，这些身份和背景都各不相同的棋子们事先并不知道，不知道会有这样的一出由诸多不确定因素和多场次的多幕剧组成的集体大戏，更不知晓自己就是其中的一个材料……如果能被事先告知，相信大多数的材料们都是有相当的觉悟的，都能够领会、理解，并积极地配合全计的实施与完成。那样一来，所有的疑问也就都没有了，甚至从一开始就不会产生。黄盖之所以踌躇满志，是因为从一开始他就明晓其中的秘密，还由于他自告奋勇，因而他没有疑惑，不存在茫然，更不会有愤懑和痛苦，有的只是坚定的信念和大功告成前的激荡与喜悦……从这个意义上来看，事情又不像是一个苦肉计。

苦肉计首先是要做给人看的，那么，我们的这个苦肉计又是做给谁看的呢？国内外的敌人？我们自己？

与车耀吉的相识，使曾怀林乘坐夜车的那种感觉逐渐变得清晰起来了。没有灯光，空气稀薄，饥饿，寒冷，更重要的是，不知道将要驶向哪里。沿途看不到明确的停靠点，却又不断地有人上来，也不断地有人消失。他长时间地枯坐着，不知道何时能被告知下车。总听见有哒啦哒啦的铃声传来，但每一次铃响都与自己无关，只看见别人在上上下下地忙碌，有的意气风发，眉目之间收获着喜讯，有的跌跌撞撞，失魂落魄。

无数人为之牺牲和奋斗的那个理想的世界究竟应该是一幅怎样的情景呢？

车耀吉的黑豆熟了，阵阵香气从灰烬中游走出来，但他好像没有闻到。曾怀林提醒他，应该赶快把那些豆子从灰烬里扒出来，不然再过几分钟以后就都煳了。

如果不把脸贴近灰烬，是不大能够看清那些只闻其香不见其踪的豆子的，因为它们本身也已变得如同灰烬一般。车耀吉一手撑在地上，用一根柏树枝仔细地搜寻着。直到解放初期，这座小城里还有暗藏在各处的敌人，还有的竟然就在他的身边，每天与他见面，在一起开会、用餐，甚至接触机密，发布命令。也正是他，在一个不算太长的时期内，把他们一个个地都挖了出来，并最终消灭。他要为这个新生的制度把每一个角落都清扫干净，不留一点残渣余孽。相当长一个时期内，他认为自己做到了，当然不是百分之百的圆满，但也应该是十分的洁净了，初升的朝阳照耀着每一个曾经是封闭、阴暗和罪恶的角落，世上从此不再有秘密和隐匿的东西，只有信念、歌声和阳光。

可是，某一天，他被突然告知：他与那些曾经被他消灭了的人竟也是一路货色。

真令人寒心，又让人糊涂不解，死不瞑目。谁这么看问题呢？

从此这座偏远的小城把另一种面貌呈现给他：那些比自己的故乡还要熟悉的排列着众多矮小房屋的街道不再张开双臂欢迎他，接纳他，而是改用一副蓬头垢面的模样和叵测难料的窃窃私语来目送他；街上的黑暗也不再躲避他，而是狰狞挑衅地面对他，动辄就将他吞噬；城南城北的呼喊声不再具有政治和生活上的意义，而只剩下一种本能的呻吟或号叫，叫声划过百货公司的上面写有斜体字标语的巨幅的玻璃，在人民医院的幽暗的有着青蓝色灯光和躺卧着病人的水泥走廊里回荡着；红旗运输社不再买他的账，面向人民大众的人民饭店也不再为他提供服务，哪怕他拿着足够一顿饭的粮票和钱。是的，什么也不为，原因也极其简单，只因为他不再是人民中的一分子。

只有他当年亲自带领人们修建的那八座水库有时还会悄悄地向他招手，它们那波光粼粼的表情证明着它们并没有把他忘了。

入夜，当整座小城完全被黑暗笼罩了的时候，他内心深处的那盏灯却一直亮着，他本人也是醒着的。他在思索关于社会主义的含义和实质，空洞的胃如同六十多年前欧洲社会民主党关于社会主义的理想。谁能想到青年墨索里尼也曾是社会主义理想的探索者和积极的行动者呢。一切都不切实际，没有什么可以填充的，因而一切也都不过只是一种设想，一种无论看上去或说起来都畅通无阻的美景，从一开始就只停留在想象和争论的基础上。从巴黎到日内瓦，从维也纳到柏林，从布鲁塞尔到米兰，从罗马到莫斯科，一些怀揣着社会主义理想的人们像秘密的欧洲田鼠一样穿梭往来。其中一些人还患有时髦的肺病和结核病，但丝毫不影响他们的思想和行动。他们用左手捂着隐隐作痛的胸口，言辞激烈地抨击一切的错误认识和奇谈怪论，畅想着未来。他们以为他们的热情和卓有成效的斗争能够撬动那个庞大而根系错综的沉重无比的世界，不需要通过暴力，并最终使之沉没、改变，用社会主义取代资本主义，重新升起一个崭新的世界。那些目光灼亮的年轻人们对此深信不疑。

说起来，曾怀林、车耀吉，他们曾经并至今也还是一些深信不疑的人，认准一个东西以后就会竭力地去维护它，并永不再怀疑。

这座小城对车耀吉来说意味着什么，曾怀林无法知道得更多，尽管他们之间的讨论在车耀吉的那间矮小的连一个正经的坐的地方都没有的房子里，在东门外的菜地里已进行过多次。曾经以为不是问题的问题仿佛一部突然有了深度和困难的书，被他们一再翻阅，不少地方被他们画上了重重的代表疑问的粗线。这样的一部多少年一直自以为再清楚不过的书，原来却充满了玄机和疑难，就像一场弥天大雾，大雾中又不时地有坚硬或瘦骨嶙峋的障碍凸现出来，挡住你的去路。没有路标，沿途的参照物也是一些看上去似懂非懂的事物。有人抱着流血的头坐在路边，有的缺胳膊少腿地朝前面走着，没有人知道路上发生了什么……车耀吉、曾怀林，像两只被剪去下肢的蝼蚁一样坐在路边的土里，从那些不像路标又不是参照物的上面，他们参照到一些让他们感到瞠目结舌的东西，如同一件突然发生的不像是人力所为却又明显的神经质的事情，像是一群孩子闯出的大于他们身体和年龄无数倍的祸。

孩子们闯祸是因为他们还不懂事。一个幅员辽阔的庞大的集体也会不懂事么，也会尘土飞扬地在地上打滚、号哭么？

有好些年了，曾怀林时常会惊讶地发现自己的一双眼睛也会像一个偶然相遇的陌生的路人那样不可信赖，它们从外面世界带回来的图景如同一堆掺杂着大量秕糠的谷子，有时甚至连那些秕糠也没有，完全就是一堆伪装成谷子成色的沙子。即使这样，还不能够被及时地发现和甄别出来，相当长时间内它们会以谷物的名义和形象继续存在下去，只要你和你的家人不被饥馑所威胁，它们就不会暴露，就会一直堂而皇之地代表着富足与安宁，甚至繁荣强盛。这样的事情一多了，眼见也就不再为实，不再敢相信自己所见到的。

从此，他的眼里渐渐地开始有了怀疑的阴霾。看到一件事情，会设法越过那件事情，希望能看到事情的反面，或许那才是它的真实面目。一部分高出地面的世界以极其繁复琐碎或寻常简陋的模样倒映在水中，有时候，一只手轻轻地动一下，也会使它受到扭曲，发生改变。

曾怀林、车耀吉，他们像两个遇到了难题的小学生一样，苦思冥想，从一个黄昏到另一个黎明，没有老师，没有教材，更可怕的是，永远没有答案。他们在各自的位置上过着接近于窒息的日子，呼吸越来越不畅通。这样的一道难题，注定他们永远做不出来，即使勉强做出一个答案，也极有可能是错的。没有人能让他们这两个处于困境中的学生看到一线亮色和希望，唯一能参照的就是另辟他途，像大多数人一样不管春夏秋冬地过下去。

他们想起他们各自的一些朋友，有的在农场，有的在监狱，有的下落不明，还有的已然长眠于地下，不再需要面对任何的折磨人的难题。天地有多大，世界有多深，难题有多少，对于那些很早就躺下的人来说，不过是耳边的一阵轻风或虫鸣。而早先他们活着的时候可不行，没有一个难题是能够轻易地绕过去的，即使侥幸蒙混过去，它回过头来也还会找到你，让你背负起比当时多一倍甚至几倍的重量，让你加倍偿还。有一位身披蓝色海军大衣的负责同志曾实事求是地说过："是你的就是你的，你就是跑到天涯海角，也还是你的，没有人会替你认领。聪明的就应该及时地折回来，主动地一声不响地把属于你的那些东西背负起来。"

曾怀林、车耀吉，他们并没有跑，更不是跑出去老远以后又折回来的，他们时常感到背负在他们身上的东西，有些的确是他们自己的，但也有一些却并不像是他们的。可是，不是他们的又能是谁的呢？东西既然一直在他们身上，那就只能还是他们的。

这样一来，这座偏远的小城有时对于他们来说就会显得广大而空荡，内城里短促而狭窄的街道有时在他们的眼里也会格外的漫长，那些低矮的从开着的窗户里就能清楚地看见街上掉落的一根针、一个图钉的房屋，那些与地面一样齐的旧日的小桥，都不再是一种匍匐的姿势。只有三层楼高的外表刷成杏黄色的原宪兵队旧址，现今的农田水利基本建设委员会看上去相当的巍峨，而插在楼顶上的三面旗帜更给人一种水涨船高、耸入云霄的感觉。

这座青灰色的小城，从远处看，更像是从天上飘落下来的一片雨前的乌云。

那一年，曾怀林和妻子明训带着两个孩子，第一次踏上这片土地，第一次站在高高的满眼陌生的大灰梁上时，看到的就是那样的一幅情景。

十

老曾：

对不起！两个孩子只能留给你了，你要尽力将他们抚养成人。

你的妻她不贪生，不怕死，亦不厌世，她只是不想再坚持下去了，而生活也要埋葬她。

都说女性的忍耐力要胜于男性，我想，那是因为她们实在没有可以依赖的，只能忍下去，若有一线可依赖的，按照她们的天性，她们其实还是喜欢安逸和享受的。比如我，有你在，我就不需要再忍耐再坚持下去了。老曾，再次向你说声对不起！

真没想到，《小逻辑》竟是我在这个世上读的最后一本书。可惜的是，被梁丽芳给弄丢了。她曾提出以一斤食用油作为补偿，我哭笑不得。以后又说，其家中有一块只用过一次的还完全崭新的上面绣有“桂林山水”的线毯……老曾，你日后若遇到梁，不要再提及此事。已经过去的事了。

这就是所谓的人民。老曾，我怀疑这一切。

我本不喜欢怀疑。怀疑使人憔悴、痛苦。哲学就是一门教人怀疑的学问，所以我年轻时一直离它最远。

我们是怎样的一代人啊！

明训绝笔

冬冬的生日是十二月四日，多多为八月十二日。如条件和环境允许，逢这两个日子时，给他们过一个生日吧，他们还小。怎么过呢？无非是当日的午饭或晚饭比平日略好一些罢了。如条件或环境不允许，那就不要给他们过，在心里过也是一样的。

忽然想起一件事：在多多的那顶咖啡色的人造革帽子的夹层里，我放了大约二十三元钱以及一些粮票，入冬之前，你要把它们取出来，另放一个地方。以多多的性情，那帽子去冬在他的头上戴了几个月没有丢掉，已经属于奇迹，今年万不敢再寄奇迹于他。

冬冬也已能使用针线了，不过，拆开后的夹层还是再由你缝上吧，不要让她过早接触这类事。

明训又及

四年了，每次看到明训留下的那封信，曾怀林的心都会如一口幽凉的丛草湮没的古井。

渐渐成长起来的多多知道母亲是怎么死的么？他不知道，他真的就以为是一次意外的事故。去年清明时节，曾怀林带着冬冬和多多去位于大灰梁上的“一亩地”祭奠明训，两个孩子在母亲的坟前哭得像当日的淫雨霏霏的天气。曾怀林从泥地上刚拉起多多，冬冬又跪在了母亲的坟前，清明的雨水混合着悲痛的泪水在她的脸上奔流着。

今年的清明他们没有去成。曾怀林连续三天都在接受已成为惯例的审查和讯问，尽管没谈出任何新的东西，但审查的时间却一分钟也没有因此减少。曾怀林坐在那只又窄又细的独轮车一样的凳子上，想到大灰梁上的“一亩地”，那里的杨树应该还是灰黄的，再有十几天才能变绿。可是，旧党校院子里的桃花已经开过了，曾怀林从外面一走进来的时候就闻到了。

一年前，当曾怀林第一次来到这座偏远的小城时，就是在旧党校的这个院子里，一位专门负责他的案子的干部这样对他说：

“像你们这种人，要不是因为有问题，还不会来到我们这种小地方呢。”

“我喜欢这里，”曾怀林说，“小城小镇、边远的村庄、森林、河流，我都喜欢。”

“别说那些没用的了，我对你们也还是多少了解的。”那位名叫明海的干部说，“你们喜欢的还是敌人的那一套，喝咖啡，喝上好的茶，穿漂亮衣服，看有害的书，写有毒的文章。”他叹了一口气，又不无无奈地说：

“真不明白是怎么回事，一有点本事，就会成为人民的敌人。”

曾怀林立即闭上了自己的嘴。就在那一刹那的工夫，他从一扇半开着的窗户上看到院子里的一株白海棠开得有些美丽非凡。这样一棵像是从遥远的虚无缥缈的仙境里移来的树，开在这么一个专门审人，有时还用来临时关押人的地方，真是有些怪异。曾怀林被它吸引住了，目光也在悄悄地反抗着他，不愿听从他的管束，不时地飘向海棠树盛开的窗外。

这样的一种不服管束的飘来飘去的目光是要惹祸的，无论深情还是无意，到时候都丝毫不能减轻它所带来的恶性后果，曾怀林用力把它们从繁花似锦的窗外拉回来。这时，那个名叫明海的人已经撇下他，到里面的一间办公室里打电话去了，那扇绿油漆的门是开着的，打电话的人可以一边打电话，一边观察到外屋的情形。

名叫明海的人对着电话说：

"是呀，这些人就是这样，要不是因为工作，我也不想和他们打交道，我有不少朋友，但没有一个是知识分子，就是因为他们太难闹。您猜他在干什么？他不停地看外面的树，一棵树有什么好看的？对，对，我也是这样想的。所以，我建议还是得搜查一下，按照规定，从头到脚地检查他一下。"

他把电话捂得紧紧的，事实上除了他本人，再没有第二个人能听见电话的那一端在说些什么。而且在整个过程中，他的目光一直没有离开过外屋。

不久，他放下电话，像是喝了一大杯酒一样从里面出来。那时候，曾怀林隐隐觉得有一片黑影正从海棠树与窗户之间快速地飘过，好像是一只展翅低飞的鹰。鹰在这个偏远的地方是十分常见的，甚至比鸡还要寻常。曾怀林带着一家人在来的路上就已经见识过了，它们在广阔的青蓝的天空下面优美而庄严地滑翔着，专注而又闲散，似乎对一切都视而不见。经历了长途跋涉后的一家人都抬起头呆呆地看着，也似乎把此前的一切都暂时地忘记了。

当两名带枪的穿着便衣的办案人员忽然出现在门口时，曾怀林才意识到刚刚从海棠树和窗户之间快速地飘过去的那一片黑影并不是一只鹰，正是眼前这两个身手敏捷的人。

名叫明海的人对曾怀林说：

“到了哪里，就得按哪里的规定来，想必你也明白。”

这像是在商量，却又好像是命令，更像是一声平静的开场白，曾怀林知道搜查就要开始了。对于搜查、搜身，曾怀林并不陌生，已经经历过几次，那并不会让他有多么的惧怕。真正让他担心的是，有时候居然会有异性在场，无论认识与否，那都是让他最不能忍受的，因为他的衣服并不是穿在自己的身上，而是堆在脚边的地上，或者被临时拿走一会儿。那种时刻，他感到无地自容，常常恨不能立即化作一条与地面颜色相同的蚯蚓，或者一滴水，在心里恳请上天，让他以最快最直接的方式消遁或者蒸发，或者以最省事的渠道被大地所吸纳。

“我看还是你自己动手比较好，”名叫明海的人说，“我们要是一动手，会显得……”

曾怀林抬起一只手，解开自己的第一道纽扣。很快，他脱掉了中山装上衣和外面的裤子。他停了下来，看着那个名叫明海的人，但对方的神情却在十分明白地告诉他：继续脱。

于是，在没有任何人明令威逼的情况下，在似乎是无边的虚浮和寂静中，在混合着海棠花的芳香和从旧党校的食堂里飘出的阵阵熬白菜的气味的四月的空气里，曾怀林像是要准备沐浴一样脱去了贴身的一件衬衫，接下来是脚上的皮鞋和袜子。最后，只剩下仅有的一条短短的内裤了。其实此刻的曾怀林倒不像是一个要准备沐浴的人，而更像是一名即将要跃入水中的游泳者、弄潮儿，但眼前却并没有一片碧波荡漾的水，而是一个由三四张办公桌和地上的青砖组成的空间，除了一个名叫明海的人，另外还有两名带枪的人站在门口。曾怀林站在他们的面前，眼睛却看着自己的那些先后脱下来的衣服。在这样的一个偏远的小城，脱得只剩下一条短短的内裤，脱到这种程度，应该可以了吧？他想，

看到他并没有打算把身上仅剩的那条内裤也一齐脱下来，名叫明海的人的脸上明显的有些不悦，冷冷地问道：

“在省里的时候，你也是这样的么？”

曾怀林愣了一下。不，当然不是，在省里是不能够保留那条内裤的，那算什么！尽管它很短。在省里的两次搜身他印象深刻，两次都是脱得一丝不挂，包括手表、眼镜，全都得除去。在省委原梅山会堂内部的那间曲径通幽，绕了许多个光线昏暗的弯子和廊道以后才到达的挂有深色帷幔的房间里，第一次脱得一丝不挂，赤条条地站在好几个人的面前，曾怀林曾情不自禁地流出了屈辱而悲愤的海水般的眼泪。说实话，父母亲去世的时候，那咸涩的眼泪也没有奔流得那么快，那么长。在场的人除了几名男性，竟然还有两个让曾怀林无论如何都难以坦然面对的人：降永芳，女；另外一个不认识，但也是一个女的。曾怀林努力想让自己背朝着她们，只要不与她们面对面，眼前所发生的一切，也还是都能够忍受的。然而，从她们的脸上却完全看不到有丝毫的不适，她们平静得如同两尊汉白玉的雕像，尽管其中一个女人的两条腿是分开着的，但那也是汉白玉雕像式的分开。她们丝毫没有什么，反倒是他自己太多心了。事后，曾怀林感到羞愧，一个男人，还不如两个女人洒脱。

经历使人成熟而坚强，重要的经历尤其如此。几周以后，还是在同样的那个地方，第二次再脱光的时候，曾怀林没有流泪。

十 一

内裤上的松紧有些松了，因此曾怀林很快就把它脱了下来。

“这就对了，”明海点点头说，“不要因为地方小就小看她，小县小城，也一样应该受到尊重和重视。”

曾怀林不易觉察地咬了咬自己的嘴唇。他得承认，明海的挑剔或带有讽喻色彩的指责是正确的、有道理的，因为他本人确曾怀着那样的一种心情，以为这个偏远的小城与省里是不一样的，以为各方面都会更马虎一些，更随便一些。在省里脱得一丝不挂，在这座偏远的小城里保留一条短短的内裤，难道还不行么，应该能说得过去了吧？在我们这个国度里，省里与县里什么时候一样过？这即是他迟迟不把内裤脱掉的真正原因。

由于手表和眼镜之前就已经摘去，此时的曾怀林是真正的一无所有了，除了岁月和客观世界赋予他的不可更改的年轮与难以掩藏的烙印之外，他如同几十年前刚刚来到人世时那样，赤裸裸地跌落到这个坚硬无比的世界上。所不同的是，那时他不谙世事，一落地便开门见山地放声大哭，而现在，他早已学会了不出声。

突然从外面走进来一个五十多岁的女人，穿着一件长及小腿的蓝色工作服，曾怀林如同受到猛烈的一击，下意识地转过身去，并用手捂在小腹以下。然而，进来的这个女人似乎根本就没有看见这屋里有一个赤身裸体的男人，甚至连另外的三个人好像也不曾留意到。她是进来把刚脱下来的那一堆衣服拿出去检查的，一开始她想用手里的那根棍子将它们一揽子挑起来，但是在挑的过程中出现了问题：那件七成新的深色的毛料中山装让她的那只伸出去的手臂猛然感受到了一种特别的甚至颇具敌意的重量，说沉甸甸的也有些不妥，对于一件正常的衣服来说，应该说它很重，重得反常而不通情理，冷漠、无情。生活在这座偏远的小城里，一生中她还从来没有亲手接触过这么重的一件衣服，这显然超出了她事先的估计和经验。是用什么材料制成的呢？她不知道。很难想象这么重的一件上衣，一件当地人称为“褂子”的东西，穿在那个人的身上，他还怎么走路、做事？难怪要被检查呢，太奇怪了。

惯常的预计和多年来的经验受到了挑战，女人的眉头紧紧地锁了起来，两道淡淡的近乎稀有的眉毛使得紧锁起来的那个地方看上去更加纠结而紧张。干这样的事也不是一回两回，一年两年了，她本不打算用自己的手和身体去接触别人脱下来的那些衣物，但眼前的事事出无奈，碰到这么一件衣服，她不得不放弃进来之前临时找到的而眼前又完全派不上用场的那根棍子，张开双臂，将那一堆衣服抱成一团，搂在怀里，心思重重地走了出去。

明海仔细地检查了曾怀林的一目了然的身体。他伸开五指，如同五棋犁一样插进曾怀林的头发里，犁了几个来回，除了得到一些脱落或断裂下来的头发以外，再没有犁出任何新的东西，更没有什么有价值的东西。从一开始他也不相信一个人的头发里会有什么名堂，无非是例行公事地履行一下必要的手续和程序而已。

两处腋下也没有发现什么。

他显然也注意到了那身体上的一些时间并不是太久远的伤痕，有的虽然已结了痂，但如果要用手去按，还是会从结痂的边缘部分洇出血来的。他看了看，但没有用手去按，他不相信那下面会有问题，除了血或脓，恐怕不会再有别的什么。

肚脐里会有名堂或文章么？那能是什么样的名堂或文章？

前年，身为专案组成员的明海听说邻近的蓝旗县捕获了一名特务，那个特务的嘴里藏着一台微型的发报机，就藏在两颗后槽牙的那个位置上，而且已经隐藏了很多年了。消息传来时，使明海这个具有相当政工、政审和办案经验的老专案干部也震惊极了！很长一段时间内，他的脑子里一直都被那件多少有些传奇色彩的事情占据着、吸引着，一有空他就想象那个能够藏在牙缝里的不可思议的发报机，老天，那得是多么小的一个东西啊，而且还不是一个单纯的摆设，每次拿出来都还能用，能够滴滴答答地向远方发报，奇就奇在这里……不可否认的是，有些事情已超出了他的经验和想象，让他感到迷茫而痛苦，心犹不甘。尽管他一直都没有亲眼见到过——随着对方的被捕，也不可能再见到了——那个能够在螺蛳壳里做道场、转乾坤的特务，可对方却以各种各样的形象和面貌长时间地占据着明海的那颗坚强、忠诚，而有时又无比脆弱的无产阶级战士的心。今天是这个样子，明天又成了另外的一种样子。说实话，一个人能那样做，且又能够多年如一日地那样做，本身就像一个奇迹，不能不令人钦佩。一台发报机常年隐藏在嘴里，躲在两颗后槽牙那里，再微型，再小，它也毕竟是一个东西呀，那对一个人的正常生活会构成多大的不便和影响呢？我们平时吃饭，牙缝里塞进去一粒米、一丝肉，甚至一条果蔬的纤维，都会觉得难受，都要设法清理出来。而人家可是整整一台功能完好的发报机呀，人家什么时候可曾想到过使用一根小小的竹签？没有，从来没有。如果抛开各自的阵营，如果不用阶级的眼光和感情看问题，如果站在一个纯粹的中立的客观的立场上看问题，这样的人才称得上是真正的战士，忠贞不渝的英雄。几十年如一日地把一台发报机含辛茹苦地含在嘴里，其中的艰辛和困难有谁知道？远在台湾的蒋介石知道，还是苏联人知道？想想自己，也不过是做了一点点平平常常的再普通不过的工作，而党和人民却给予了极大的荣誉，个人所付出的与所得到的有些不成比例呢。去年夏天，与自己一墙之隔的林亚夫突然全家下放农村。他们走后的第二天，王主任就命令把林亚夫原来的那个院子一分为二，一半给了林亚夫东边的明海，另一半划给了住在林亚夫西边的郭福隆，那情形在明海的心里多少有点儿过继的意思。林亚夫家的那个多年来一直受人称道和羡慕的枝繁叶茂、遮天蔽日的葡萄架，由于其位置恰好处于与明海接壤的这一边，所以，葡萄架也就理所当然地划给了明海。突然收到这么贵重的一份礼物，很长时间内明海都觉得有些不好意思呢。他不得不自我鞭策，修改了自己的作息时间，别人每天八点钟上班，而他则至少提前到七点以前，准时进入办公室。下班时间也一样，尽量地推迟，要不是因为人不吃饭不行，他甚至都不想回去。有时候有的人回到家里吃过午饭后，已经睡了一会儿了，明海这边才刚出办公室的门，或者刚踏上回家的路。星期天就更不用说了，别人有星期天，明海是没有星期天的。党和人民给了你这么多的荣誉，甚至连林亚夫的院子也给了你大半个，你还能够每星期专门腾出一整天的时间，在自己的那个窝里打自己的小算盘，鼓捣个人的那点儿事么？不能够！当然不能够！也许有的人能那样做，但明海不会。一个农家的孩子，受革命培养教育多年，成长到今日这般模样，有了较高的政治觉悟和工作能力，除去赤胆忠心的感谢和报答，还能做什么呢？奉献，除去奉献还是奉献，把毕生的精力奉献给人民的事业。

对于因为位置的原因没有分到葡萄架的郭福隆一家，明海也有一些歉疚，按实际情形来说，其实也是应该有人家一份的。所以，每次见到郭福隆，明海总是主动地打招呼，问候。秋天，葡萄丰收，硕果累累，隔一些天，明海就吩咐自己的女人摘一篮子葡萄，给隔壁的郭福隆家送过去。

夜深人静，皓月当空的时候，他偶尔也会想到一些与自己最近的事，自认为自成人以来，自己活得勤勉、克己，对工作对事业问心无愧。如果说做过什么于他人不利的一些事，那完全是因为工作的需要，因为革命的需要，没有哪一件是为了自己的，因为他和那些被整的人也没有什么个人恩怨，更不存在什么深仇大恨。但是，为了革命，又注定必须与某些人建立仇怨，树立敌对，谁让你有问题来呢？你要是一个干净的人，我们就都是革命同志，我们会并肩战斗。比如那些赤裸裸的多数时候并不那么好看，有时甚至无比丑陋的男性的身体，分开腿，平行着抬起两条胳膊，站在他的面前，等待着接受检查。他难道就真的那么喜欢触摸、检查他们么？太不是了！检查他们，翻看他们，完全是为革命负责，为最广大的人民群众的安危把关、过滤，清除隐患和危险。如果能够选择，他更愿意坐在一棵清风习习的树下，慢慢地翻阅一册革命故事的连环画。或者，哪怕去乡下的金黄的地里割一天麦子，去蚊蝇飞舞的饲养场里出一天肥，累出一身汗，那也是好的，于心于身都是一种极好的锻炼。而那些赤裸的身体，他并不稀罕，并不愿多看他们几眼，他本人就有一个类似的躯体，早就看够了。

检查临近尾声的时候，他用一把透明的尺子伸到曾怀林的两条腿之间，仅仅是例行公事，履行一道必要的程序。对方是分开两条腿站着的，一眼看过去便可知那里不大可能会夹带什么，也不大能够夹带住什么，没有必要把腰弯下去，把脸凑过去仔细地对待。经验告诉他，如果对方真的暗藏或夹带了什么，其本人的表现是不会像现在这样木然的，早就慌作一团了。

检查结束，他把那把依然透明的尺子重新插回到那个白瓷的笔筒里去。那个过程中，他好像浅浅地无声地笑了一下。刚刚把两条腿并拢好的曾怀林突然捕捉到了那种表面浅显却在他看来不无深意的笑意，而且，另外两个带枪的人好像也都闪电般地笑了一下。曾怀林觉得自己看懂了他们的笑，觉得自己知道他们在笑什么，这样的发现顿时让他觉得此前一直沉睡不醒的仿佛冷冻了一样的血液和意识一下被点燃了，他本人的那张脸首先受到灼烧，首先被映得通红。

他忘记了一两个小时以来，直到此时，他一直都是赤身裸体的，他只是觉得自己快要管不住自己了，身体里仿佛有一头刚刚睡醒的尖牙利爪的猛兽，因为别人的一丝不易察觉的笑，正在左冲右突地想要蹿出来，它的震耳欲聋的吼声只有他一个人能够听得见。但是在旧党校这个桃花不久前刚刚谢落，海棠花又正在接着盛开的院子里，它的声音却化作了和煦的阳光和低飞的燕子，因而，没有人想到，也没有人能够看出眼前这个芳菲明媚的人间的四月天会与凶猛有什么关联。

绕墙而生的牵牛花都已经长成了，再有几日，那些洁白的、粉红的、紫罗兰色的喇叭便会纷纷打开，如一张张湿润而芬芳的充满渴望的嘴。再过几十天，在这个空荡阔大的很多时候阒无人声的院子里，那些鲜艳的嘴又都会纷纷枯萎、熄灭，一张不剩地消失。

没有人大声地走路、交谈，但是却明显地感到有人朝这边过来了。

曾怀林的那些先前被抱走的衣服又被如数地送了回来。那个五十多岁的穿着蓝大褂的女人把一张有关的清单交给明海以后，仿佛第一次见面似的朝曾怀林瞥了一眼。

除了手表暂时不能归还以外，其余的一切都能归还曾怀林了。明海向曾怀林解释说，手表已让人拿到城南的国营修表店去了，待检查后没问题，很快就会再还回来的。

“手续。”明海对曾怀林说，“这也是一道手续，不是针对谁的，凡来这里的，每个人都得经历，除非他压根就没有手表。”

那两个带枪的人先行离去，他们如同当初从外面的海棠树下进来的时候那样，又影子般地飘出去了。

这时，曾怀林一边穿衣服，一边才忽然发现这间办公室的墙上还写着标语：向列宁同志学习！一天工作十六个钟点！

在这样的一个地方看到这样的一条标语，充分证明全世界的无产阶级阵营就是一盘棋，这座偏远的小城即是最好的证明。曾怀林很早的时候就听说过，列宁同志认为，一个人一天用于吃饭、睡觉、会客、喝茶、处理杂务的时间，加起来有八个小时足够了，剩下的时间应该全部用于工作。这样的一种工作精神让曾怀林觉得感动。抛开阶级，抛开阵营不说，任何一个人具有这样的一种工作精神，都值得敬重。

穿好衣服，临出门时，明海对曾怀林说：

“不要怨恨党，一切都是为你好，一切都是为了我们的革命事业。”

声音温良而严肃，犹如刮在三四月间的春风，曾怀林不由得停下脚步，抬起头，对方也正在看着他，像是一位正在送客的主人。好几个钟头以来，他好像直到此时才第一次正式地认真地面对这个名叫明海的人，一个看上去极其普通的人，一张极其普通的脸，普通到甚至使人见过一面后转身即忘，不大容易能够记住。但是曾怀林觉得自己恐怕相当长一个时期以内很难再忘掉眼前这张再普通不过的脸了。

又看见那几棵美丽得让人有些不敢相信的海棠树了，曾怀林揉了一下眼睛，眼前好像有一场薄薄的轻纱般的雾。

从那些繁花似锦的树下经过的时候，曾怀林解开了最上面的两道在屋里时才刚刚扣好的扣子，他仰起头，看着从树荫间漏下来的仿佛蜜质的阳光。忽然，他感到肩上不可思议地被拍了一下，他有些惊愕地停住了。

他回过头，看见明海的那张脸仿佛镶嵌在白绿色的海棠花下面，脸上既有浅黑的树影，又有明亮的光线，斑驳迷离。他很快又想到此时此刻，自己的一张脸说不定也正是一张类似的花脸，明海看到的与自己看到的也许完全一样。

明海还有话要对他说。

“看看你的穿戴，光一件上衣就那么沉，吴大嫂挑了半天都没有挑起来。是她的棍子不得劲么？那衣裳，一看就知道不是普通的几毛钱一尺的布料。看看你所戴的那只表，要是换成钱或吃的，够乡下的一家人过好几年的……无论怎么说，也不能把自己算成是普通的劳苦大众中的一员吧？还有怨恨么？看看街上那些搬砖摞瓦的，看看那些赶车牵牛的，如果你非说自己是劳苦大众，那他们又算什么？”

明海就站在一棵海棠树下，没有再往前走。

曾怀林有些不知所措地看着明海。

“行啦，你走吧。”明海说。

穿过一片开阔的院子，走到旧党校的那个长着青草，看上去已经有点儿歪斜的大门口时，曾怀林已经完全看不见明海的影子了。

但是，明海方才所说的那些话，却如同一排沾满霜露和雾霭的松木的钉子，在一个看不见的油红黝亮的木锤的打击之下，它们全部都一个一个地钉进了曾怀林的心里，那咚咚的却又明显找不到具体出处和受力方位的击打声在此后的连续许多天内一直都在形影不离地伴随着他，不时地让他听到，即使在有人和车马行走的街上，即使在高音喇叭巨大的声响下面，也不例外。咚咚的木槌的声音，仿佛回响在深远的山里，回荡在辽阔的大地上，却只有他一个人能够听到。白海棠树下的明海，面容斑驳而迷离，像一个冤死在树下的阴魂，用一种与他目前的身份相去甚远的近乎可怜的声音说道：“你们有文化，你能给我一个让我信服的说法么?”声音幽湿而纤细，似乎一阵风就能将它们吹成几节。

明海也并不是在言过其实地张嘴就来，他所指认的那些吃不饱穿不暖的劳苦大众委实令人唏嘘，一家人一张被子，夫妻二人共同拥有一条裤子，这样的事情并不是传说。他们的更像是小叫花子的孩子，女孩不像美丽的祖国的花朵，男孩也不像被寄予厚望和理想的时代的幼苗，很多幼小的身体穿着明显是由大人的衣服改过以后的二手货、三手货，有的甚至连改都不改，直接就套在身上，长及过膝，空空荡荡。到处都能看到那种不会撒娇，不懂得生气，不知道宠爱为何物的穿着宽大的男式上衣的小女孩和穿着姐姐们替下来的女式布鞋的小男孩，男孩像土豆或煤核，女孩如瘦弱饥饿的小麻雀，从来没有人关心过他们吃饭没有，内心有何愿望。很多人没有在成人之前夭折，完全是由于他们自身的命太硬的缘故，稍微脆弱一点的，都提前碎了。

十　二

来到这座小城的第一年，在烟山林场接受监督劳动期间，曾怀林见到的就是那样的一些孩子和他们的大人。

森林里的蘑菇是属于谁的？关于这个问题，当地有一个由群众自编自演的由六名妇女表演的小演唱，很好地回答了这个问题。她们打着竹板，齐声唱道：“……不属于你，也不属于他，属于我们伟大的社会主义……”挑选出最好的蘑菇，分批出境，去支援亚非拉人民的革命斗争，他们吃了来自中国森林里的蘑菇，会更加有力地打击一切帝国主义及其走狗。

十七岁的伍桂梅总是能够发现那些被漏掉的有幸残存下来的别人又都发现不了的蘑菇。曾怀林在林场附近第一次见到伍桂梅的时候，她正带着她的两个弟弟在一片光线十分暗淡的树林子里搜寻前几天大规模采集后遗漏的蘑菇，其中的一个弟弟躲在一棵树上负责警戒，要不是他突然对下面的伍桂梅说了一句什么话，曾怀林完全想不到那棵看上去安详宁静的树上还会有一个人。他朝树上仰望了一会儿，却并没有看到刚才说话的那个孩子。

看到有人在注意他们，头发蓬乱的伍桂梅从深厚的落叶里走出来，她把她的另一个弟弟安置到一大丛紫色的枝叶后面。她自己则提着一个篮子，像是在挖野菜，不时地蹲下去挖一会儿，不时地在她认为是合适的时候偷偷地飞快地朝四周观察一下。

曾怀林就是在那时候猛然看到了伍桂梅脚上的鞋—— 一两只再也不能够穿的露出全部脚趾的鞋。

那一刻，曾怀林感到惊愕，心里像是被重重地刺了一下，以至于再抬起那些沉重的湿木头的时候，竟没有以前那么吃力了。薄雾笼罩了山林，遍地露水，没有人知道这片寂静的山林存在了多少年。那种前面像鱼嘴一样张开的鞋子他见过，但迄今为止，他还从来没有在一个十七八岁的年轻姑娘的脚上见过。这片理应富庶的山林，仿佛受到了不祥的诅咒和摆布，让生活在其间的人们过着截然相反的生活。

年底，一家人终于能够获准团聚几天的时候，曾怀林对冬冬说起了伍桂梅。他说在林场那边，有一个年龄和你差不多大的姑娘，穿着一双露着脚趾的布鞋。

冬冬马上说，她家里一定有一个后妈吧？

那时候明训还在，在距离县城四十公里以外的雾岭学校。寒假已过去三分之二，她才从学习班请假回来。由于她是学习班里头号的靶子，所以请假就格外的困难，甚至就完全没有可能，学习班的对象没有了，学习班还如何存在？矛头又能指向哪里？总不能无的放矢吧？最后是由于很多人都想回家过年，她也才沾了群众的光，获准回家几天的。失去了群众的土壤，她这棵恶草也只得暂时停止生长，进入霜冻期。

关于曾怀林提到的林场那边的伍桂梅，明训说，一定是家里没有，只要有一点办法，任何一个家里都不会让一个那么大的姑娘穿那样的鞋。

她又问冬冬：“你能穿那样的鞋么？”

“该穿的时候也得穿。”冬冬说，“不过我更愿意光脚。”

“冬天的时候呢，也光着脚么？”

“那还是穿上好一些。”

“那么，是不是由此就能够说明你也有一个后妈呢？”

冬冬终于明白了，一个人穿那样的鞋，其根本原因不在于后妈不后妈。

好几年了，自从厄运敲开家门，曾怀林夫妇一直都觉得对不起两个孩子，喟叹他们投错了胎。尤其是更小一些的多多，在人生的孕育阶段，在还没有变成人形的时候，便有一幅灰暗可怖的图景为他打开了，烟熏火燎、诡异无常地在那里等待着他。好在他来到人世以后并不清楚那是什么，也丝毫没有意识到自己与别的那些孩子有什么不同，只是隐隐地非常不明确地觉得有一些可怕的面目模糊不清的事情找到他们这个家里来了，不容分说地缠上了他的父母，任凭他们怎么努力，想尽一切办法，也还是不能够摆脱。他看见他们有时候好像酷热难挡，汗流不止，有时候却又像是从冰天雪地里回来的，四肢僵硬，寒气袭人，不知道是什么缠上了他们。有一些夜晚，他从那些有着古怪图景的梦里惊醒，看到父亲的那个位置是空的，或者是母亲不在，有时甚至两个人都不在，屋里只有从梦中醒来的他和姐姐。有一天，连他们两个也不在屋里了，被人叫到一间刷着蓝油漆的房子里，问他们的父母平时都和谁来往，经常到他们家里去的又是些什么人，他们在一起做什么，说什么话，谁的话最多……主要是冬冬在回答，多多只是靠墙站着，瞧着那两个坐在窗帘前面的人。房子里有一种看不见摸不着的却一进去就能感觉到的像鬼故事一样可怕的东西，他今生再不想遇到，只盼着他们赶快问完，冬冬赶快说完，他们就能回家了。

在没有看见伍桂梅以前，曾怀林一直觉得冬冬是个可怜的孩子，可是，与伍桂梅一比，曾怀林顿时又获得了许多的安慰，任何一个做父亲的恐怕都会有这样的一种心理吧？自己的孩子并不是这个世界上最可怜的，并没有掉到最底，在她们的底下还有人，不仅年龄相当，而那同样也是一些有血有肉、有梦想的生命。冬冬也穿旧衣服，可看上去总是显得干净、整洁；而伍桂梅衣服上的扣子的颜色甚至大小都不一样，五粒扣子，三种颜色。

国内的形势一片大好，但贫农的女儿伍桂梅却连一双完整的鞋都没有。

每一个政策，每一个运动，每一个理由，看上去都能站得住脚，有些甚至显得非常必要，又由于必要而堂皇、正确，让人看不出它有什么不对。没有不对，就应该顺应，也只有顺应。一个人能做什么？能释放出多大的能量？拆卸开也没有多少，不过一百多市斤。如果再把他的喉咙勒紧一些，不出一个星期，他就会变成一小堆腐烂的连到处漂泊的流浪狗都不吃的真正的贻害周边的废料。个别的人在他们的隐秘遥远的内心深处略作思忖，但很快也会过去。聪明的做法就是什么也不要想，每天让自己高高兴兴，曾经的所思所想，让它们从哪里来再回到哪里去，最好莫过于把它们永远丢弃，永不再提及。这办法能保护你呢，保佑你和你的家人与灾难擦身而过，平安无事。贫农的女儿没有鞋穿到底是什么原因，调查清楚没有？就不会是因为她的父母不善于精打细算地过日子而造成的么？有没有这样的一种可能：山野的孩子，她本人压根就不喜欢穿鞋？你这样哭天抢地地想为她争取到一双鞋，可曾想到那也许会对她造成最大的束缚？只盯着阴暗的地方看，不好的地方看，只看见少数人露出脚趾，为什么不看看大多数人的脚趾都在他们的鞋里安安稳稳地睡着觉，做着梦，斗志昂扬，干劲十足地微笑着？百分之五十一以上就应该算作是社会的主流，相信没有露脚趾的人应该远远超出这个数字，大多数人的脚趾不是露在外面的。渔民，在田里插秧的，还有那些故意不穿鞋的除外，他们不应该算作是没鞋的。抓住一点，就拼命地攻讦，用个别情况代替普遍现象，只有敌人才能做出这样的事。更何况，我们斗争、奋斗，正是为了让每一个人都能有一双干净温暖的鞋，每一个人都有一套多余的用来换洗的衣服，这对人的自尊心有好处。但在另一个方面，也容易使人们养成追求享受的坏毛病，这样的尺度也往往并不是那么好把握的，总以为还欠缺一些，实际却早已够了，早已过头了。世上的事情，任何一种事情，最难把握的就是它的分寸。

不过，等曾怀林再次回到林场的时候，伍桂梅已经有了自己的鞋。

十　三

原因只有一个，她出嫁了。她脚上的新鞋并非是社会斗争或个人奋斗的结果，也不是哪一个阶级的恩赐或配给，而是得益于她自己的婚姻。在媒人的撮合下，她把自己交给了一个陌生的男人，走进了那个人身后的那个陌生的婚前只去过一回的家。要说是革命的结果，也还算准确，那就是她革了自己少女的命，割断了前十七年在树林子里捡蘑菇的少女时代，从此人世间多出了一个名叫伍桂梅的年轻妇女。

林场里的人们说，出嫁了的伍桂梅至少有了三套以上的衣裳，鞋呢自然也在三双以上，从衣服到鞋，全都是新的。周围那些未婚的姑娘和已婚的妇女都去看过，她们表情丰富，但内心的感受比脸上的表情更为复杂，头绪纷繁。未婚的姑娘们在欣赏过婆家那边给伍桂梅送来的新衣新鞋后，大多数人都想到了自己的将来，衣服至少也得三套以上，鞋当然也得三双以上吧。想想自己的容貌，应该不在伍桂梅之下，将来得到的聘礼怎么也应该比伍桂梅的多吧？虽然那不能决定一个女人一生的幸福，可至少关系到一开始的那几年，那也并非一点儿都不重要。而且，伍桂梅的那三套衣服中，有一套实在不怎么样，尽管也是新的，从来没有人穿过的，可无论穿在谁的身上，都会显得老气，至少让你的年龄看上去增加了十几岁，甚至二十岁。那样的衣服，谁穿上谁显得老。伍桂梅的这件事也给大家提了个醒，这样的教训得记住，将来尽可能地不让它在自己的身上重演，首先重点关注衣服的颜色和式样，质量可以先不计较。

有些已婚的女人在看完后回家的路上，猛然联想起了自己的聘礼，猛然发现当年的那一切简直就好像是一场骗局，对方送来的两只不算大的做工也十分粗拙的板箱，箱子里要是有满满当当的东西那也算，问题是两只箱子的里面基本都是空的，那不是一个让人往里钻的骗局是什么？现在想起来，等于是把自己十分潦草地白送给了别人，越想越觉得难过。回到家里，饭不做，鸡也不喂，坐在树篱边上呆呆地看着远处的风中的玉米和青蓝而高远虚无的天。

伍桂梅走了，从此曾怀林再没有在林场的附近看见过她。有时看见零星的蘑菇，看见一丛一簇的打着白色和棕色小伞的蘑菇，曾怀林会突然想起那个名叫伍桂梅的姑娘，想起她提着篮子，在树林边假装挖野菜的样子，想起她蓬乱的头发和像鱼嘴一样张开的鞋……一个时期过去了，又一个时期开始了。再有初来乍到的人，站在这片原始的树林前时，断然不会想到曾经有一个叫伍桂梅的姑娘，时常带着她的两个弟弟，在光线暗淡的树林里偷偷摸摸地找蘑菇。她的两个弟弟，一个像猴子一样藏在树上望风、警戒，另一个像机警的小猎犬或小狐狸一样在茂密的枝叶之间灵巧地穿梭。如果能捡到一篮子蘑菇而最终又不被抓住，进而又不被悉数没收，也不会牵连、殃及正在密林深处为伟大的祖国和友好的亚非拉人民辛勤伐木的父亲，姐弟三人就会理所当然地认为他们是这个世界上最走运最幸福的人。

十　四

初升的朝阳带着节日般的光焰来到这片貌似与世隔绝的山林中，某些时候，它很像是上面派出的神秘而强势的工作组，居高临下地察看着各地的劳动情况，听取每一个角落里的斗争汇报，真正的深山老林更不应在遗忘之列。有时，深厚的乌云又会使这片无数个世纪以来一直都有生命繁衍不息的山林变得古老、遥远、凝重而肃穆。但熟悉天气变化的人们都知道那不过是一种暂时的现象，一道短时间内临时垂下的却足以能够让一切目光短浅的人以为世界从此就将如此的布景。给他们造成那样的一种印象或局势，有些性急的人就会首先跳出来，按照阴天的方式和规律进行活动，上蹿下跳地表演，充分地暴露他们身上的此前一直未有机会暴露的越来越多的丑恶的东西。历史的经验告诉人们，完全用不着处心积虑地去琢磨谁，把谁推进一个坑里，有些人自己就会想方设法地跳进去，你不让他跳，他还会认为你居心叵测。等他们表演够了，就可以拉闸，填土，关上笼子的门。

曾怀林戴着一顶表面趋于褐色或浅酱色的破草帽，有时他摘下草帽在脸前扇风的时候，脸前并没有多少凉意，反倒是肩头上被木头压伤的地方会因凉风的舔舐而变得生疼，像是在上面出血的裂缝里撒了盐。

本来是两个人抬一根原木，从仙人沟抬到大场子，可是曾怀林渐渐地发现整个原木的重量都到了他的这一边，原木的那一头已经没有人了。

有一天，一直与曾怀林搭档的阎松长被突然调到场部，成为一名政工干部。

再见到阎松长的时候，曾怀林惊异地发现，已经完成任务的阎松长看上去已不大能够再记得他曾经的这位抬木头的搭档了。看到戴着一副脏旧的灰蓝色套袖的曾怀林，阎松长的表情十分的犹豫和不确定，他那张洗得干干净净的略显白净的脸上正在显示一种复杂的心情：似曾相识！眼前这个被一根根雄伟的祖国和世界革命急需用的栋梁之材压得毫无生气的男人确实好像曾在哪里见过，到底是在哪里呢？他想不起来了。不过，对方头上戴着的那顶趋于褐色或浅酱色的破草帽却让他觉得有些不太好。这些人，至于那样么，戴那么一个既不能遮阳又无法挡雨的东西，在他看来，除了用心不良，存心捣乱，一笔一画地给社会抹黑，再没有任何意义上的作用。这要是让向来都喜欢挑我们的毛病的外国人看见了，还以为我们的人民生活得多么的不幸呢，正中了他们的下怀。

他慢慢地走着，看着，心里已经在开始打腹稿，开始在构筑工事。

不行！下一步，要郑重地向上级提出自己的建议：不能再让这些人戴那种不三不四的所谓的草帽了！那能叫草帽么？那只会让他们看上去酷似旧社会的饱受剥削和压迫的苦力和无家可归的流浪汉。那算什么！他们难道还生活在过去么？对，建议他们要戴就戴那种鲜亮一点儿的黄白的上面印有红太阳图案的，同时还应该有一根小绳系在脖颈上，不戴的时候，顺手一推，草帽就会滑到背后，就像电影和宣传画上画的那样，并配有相应的一张热情无限的面孔……是的，那才是真正的草帽，它最能体现劳动和革命的喜悦之情。

他本人的手里现在就恰好有一顶颜色黄白鲜亮的上面印有一轮红太阳的即如他本人所认为的真正的草帽。宣传画上的领袖有时会把一只草帽拿在手里，不过，天地作证，他阎松长绝没有模仿领袖的意思，完全是通过一次又一次的实践摸索出来的。他发现阳光不太强烈的时候，把草帽拿在手里要比戴在头上更好一些。实践出真知，不亲自尝过梨子，怎么能知道梨子的滋味。别人无论说得再多，那也是别人的经验，等到了自己这里，那至少已成了不折不扣的二手货，甚至三四手、七八手的材料，几近于传说，距真理愈来愈远。

不过，有一点他确实是忘记了；就在一个多月前，最多不超过两个月，他本人的头上也曾戴着那样的一顶颜色趋于褐色或浅酱色，现如今被他看作不三不四的并主张坚决予以取缔的所谓的草帽，临到场部报到的那一天，他忽然找不到它了——更像是它知道自己的命运似的知趣地提前消失了——也就再没去管它，找到了，也无非是把它再扔掉。

他穿着雪白的衬衫，脸上的微笑不是针对某一个人的，而是献给整个山林以及山林上面青蓝的天空和下面的落英缤纷的大地。

他是陪着刘学威主任来检查这批木材的，到月底，它们将永远离开这片它们生长了多年的山林，被运抵天津港，并不在那里停留，只是通过那里中转一下，它们的重要性和紧迫性不允许它们在途中的任何地方做过多的停留。

就要离开熟悉的山林和故乡了，这批优良的木材静静地躺在寂静的大场子里，每一棵的年龄至少都在八十年以上，远远地超过了“中华民国”的年龄。

一只幼小的颜色灰黄的野兔慌不择路地跑着，一头撞到了刘学威主任的腿上。刘主任先是被这突如其来的撞击吓了一跳，但很快就看清这不是一次有敌意的攻击，而且对方比他本人还要更加害怕、惊恐。他飞起一脚，脚还没有落下来，小野兔已经翻滚到了十几米以外的一片早已凋谢了的迎春花的棕黄色的干枝旁。就在它挣扎着想从地上翻身起来的时候，阎松长早已赶到了，一把攥住了它的一条短短的细细的后腿，轻轻地将它拎了起来。“刘主任，您的战利品——”像打了一场胜仗一样，喜气洋洋地走了过来。

刘主任斜着眼睛看了看那只由于极度的害怕而不停地抖动着的小猎物。

阎松长说：“这个年龄段的兔子应该是最嫩的。”

“好。”刘主任威严地砸出一个掷地有声的字。

他们沿着一条由木工班开辟出的用碗口粗细的桦树和柞树拦成的通道，向场部的方向走去。“您还不知道我还有别的一种手艺吧，”他们的身影已经被茂密的枝叶完全遮挡了，却还能听见阎松长的兴奋不已的声音，“我还擅长剥兔子，收拾野猪和狐狸，从头到脚捋下来，能剥下一张完完整整的皮，一点儿也不会损坏。”

十 五

油锯班的几个工人说，阎松长的真实身份原本就是一名政工干部，他以工人的身份来到林场，干最苦最累的活儿，那是为了完成一个秘密的任务。现在，任务很有可能是完成了，他自然也就重新复位了。

但也有人说，没有那么神秘，他就是一名工人，就是靠成天竖起耳朵，收集别人的问题，靠打小报告最终爬上去的。他有没有在平时闲聊时与你说过什么？比如对社会的不满，对形势的分析。你有没有顺着他的思路，接起他的话茬？你要是受到他的情绪的感染，说出和他一样的话，甚至远不如他的话那么夸大，那么激烈，你就算钻进他预先设好的圈套里去了，他与别人聊天的目的也就达到了。

曾怀林不知工友们的哪一种说法更接近事情的真相，他本人也被弄糊涂了。作为一个时期以来的朝夕相处的搭档，曾怀林还真的辨别不出阎松长是一个什么样的人。如果说他真的就是一名普通的工人，那么，在这么短的时间之内，他到底是如何完成身份转换的呢？因为，现在的阎松长的一举一动更像是一位从事过多年政治工作，具有一定的经验和斗争实践，甚至见识过一些大风大浪的干部，而完全不像是一个刚刚从工人孵化成干部，不久前才从大树下和密林中解放出来的，羞羞答答地忐忑不安地走向办公室的新手，无论如何都不像，任何一个新手都不会是那样的。那种样子，靠装是装不像的，总有一些不像的地方会让别人的眼前倏忽一跳。尽管他假装不认识曾怀林，有些地方也表现得很幼稚，但曾怀林觉得也许另有原因，那是否也正证明他在幼稚的外衣下包藏着一颗更为成熟的心？

如果像油锯班的师傅们认为的那样，他是以一名政工干部的身份秘密地打入到工人们中间，以一副蓬头垢面、受苦受难的形象在悄悄地充满耐心地开展着他那够得上瘆人的工作，那真是太令人不寒而栗了。光是这么浮光掠影地在事后想一想，就让曾怀林感到害怕，感到整个山林都变了色，变了味，背后和周围阴风习习。

因为从一开始，曾怀林就没有往别的方面想过。木头那一端的自己的这个搭档，难道不是一个可怜的老实人么？有时候三四天才在林中的某一条小溪边洗一次脸，连内裤的前面和后面都分别打着补丁，说是这两个地方最为脆弱，最不耐磨。有时候甚至干脆不穿内裤，洗过后就晾在一处高高的树杈上，因为妨碍了松鼠的正常生活，还被那些灵巧的尖爪子们拎起来扔下来过一回。这样的一个人，你无端地怀疑他，猜忌他，你会暗自觉得自己刻薄、多疑，非常的不厚道。而且，最关键的是，你有什么理由？

他的话多么？应该说在某些特定的时刻，比如说坐在木头上闲聊的时候，比如在饮下小半瓶当地酿造的高粱烧的时候，他的话会非常之多，像是开春后的河面上的凌汛，拥着挤着往前赶，好多个话头，时而浩浩荡荡地相互交汇，时而又各自独立前行。曾怀林觉得自己也能够看出来，他没有把自己当外人，完全就是两个长期生活在密林深处的战友。他针砭时弊，指出社会的毛病和问题，能够让他称赞的东西少之又少。无产阶级、资产阶级、社会主义、资本主义、帝国主义，没有一种制度是没有问题的。毫不乐观地说，没有一种制度是完美的，这也正是人类千百年来不断起纷争，隔些年就要血流成河的主要原因。他说问题就在于每一个人都是利益的追逐者，谁少了都不干，革命、不革命，都是为了要活下去，所以，世界注定会永远斗争下去，根本就不可能有一个没有斗争的世界。绝大多数人都瘦得如同皮包骨头的山羊，大家共同喂养着极少数脑满肠肥的剥削者，一份低廉的工资就会让一个人俯首听命一辈子。偶尔会丢给你一把青草、几粒黑豆，会被说成是集体的福利和优越性，会大肆宣扬，声声入耳，像雨前的雷声一样，恨不得让每一块石头都知道有这么一回事，有这样的一种超自然的优待和幸福。接下来就教育你应该懂得恩情和报答，不能只进不出。那么，好，把你家里的隔夜粮贡献一点出来吧，这是一种做人的起码的觉悟的道德。拿不拿东西出来，拿多少，成为衡量一个人高低的标准。

有一次他甚至问曾怀林，依你看，那个什么什么的主义能够实现么？曾怀林吃惊得差一点从身下的那根原木上滚落下来。这个人，曾怀林越来越不想和他在一起说话了，曾怀林甚至觉得自己都没有勇气和胆量把阎松长说过的那些哧哧地冒着火星的话通过自己的嘴再重复一遍，他开始有意地逃避了。干活儿中间休息的时候，曾怀林总是装着去方便或洗脸，有意地走开，为的就是能够躲开一会儿。他在林中的小溪边坐着，并不是真的要洗脸，只是为了能够清静地挨过那一段痛苦的聊天时间。

但是阎松长似乎并没有看出他在有意躲避，他正在不无焦急地找他，还埋怨曾怀林一去就是这么半天，把大好的时光全浪费了。阎松长拿出自己的烟，又亲自给曾怀林点上。就在点烟的那一小会儿工夫，话匣子就又打开了。

“这个社会不简单啊，”阎松长说，“都成了这样了，却还能够一年一年地过下去，一天一天地运转下去。靠的是什么呢?”

他看着曾怀林，却并不需要他作答，他只管坐在那里抽烟和倾听就行啦。他需要的是眼前有这么一个人，眼前有一个人和没有一个人完全不一样，要是没有一个人坐在那里，他说给谁去？寂静的山林？之所以要停顿一会儿，就是为了要强调事情的严重性和重要性，问题是他提出来的，当然最终的答案也还得要由他本人来公布。

“靠的就是大多数只顾及个人利益的一生都在混饭吃的芸芸众生，远看是模糊的一片、一群，一个共荣共辱的集体；走近了，就会看到一个又一个的货真价实的小人。”

每当阎松长说这些的时候，曾怀林总是坐在一旁静静地安分守己地听着，想走开又没那么容易，又不能太不顾及对方的脸面。但他绝对算不上是一个优秀的甚至称职的听众，因为他从不提问，也不表示赞同或反对，阎松长的那些话更像是说给他面前的一棵树听的。

果然有一次，一向很有耐心的阎松长终于忍不住生气了，他对一直沉默不语的曾怀林说：

“咱们在一起也不短了，我前前后后说了这么多，也换不来你的一句话。我就是随便说给一棵树听，那树上的叶子也会抖动几下，摇晃几下，表示它们听懂了、理解了。可是你，连这都没有。为了和你聊天，你前前后后抽了我多少烟?”

曾怀林不无惭愧和歉意地说：“对不起，我真不知该说什么才好。”

倒不是因为曾怀林天生就有一个敏感的头脑和一颗早已破碎的易于防范他人的心，也不是因为他从一开始就有所觉察，觉得阎松长有诱供的嫌疑，是在放长线钓大鱼，先用感人动听的话语将对方俘获，进而放松警惕，消除戒备心理，直至将其肺腑之言从他那个紧锁着的幽深封闭的世界里一步一步地引诱出来，先露头，再现身，然后一举擒获，最后稳准狠地打他的七寸。没有，曾怀林还不具备那样的一种对政治的警惕心理和一个食草动物般的过于灵敏过于警觉的有着良好嗅觉和听觉的头脑。

他之所以始终一言不发，只是在默默地抽烟，让滔滔不绝又时刻都心怀期待的阎松长倍感恼火，以至于终于绝望，一切都碍于他目前的身份。在这个位于深山老林中的林场里，他知道应该更苛刻地约束自己，自己把自己捆得越紧越死，对身后的那个家庭就会越有好处。任何人，他们想说什么，想做什么，那是他们的事。明白了这一点以后，他常常自我鞭笞，时不时地紧一紧自己身上的绳索。一个人活在世上，时时能感觉到一种疼痛，那就是一种极好的提醒和教育，人生在世，再没有比那更好更有益的伴侣了。

另外，林场里大多数的人都是本地人，世代久居于此，真正的山林的子孙、树木的儿女。而他，初来乍到，满眼生疏，分不清针叶林和阔叶林，分不清同样都在有风的时候哗哗作响的哪些是山杨树，哪些又是白杨树。除了白桦和红松各有明显的特征外，其他的树木在他的陌生的眼里都像是一个大家族里的成员，甚至是操着相同口音的孪生兄弟姐妹，说着本地的话，做着外面的人不了解的事。而他，一看就是从遥远的外面来的，已经半年过去了，还仍然格格不入地十分可笑地把遍地的蘑菇叫作菌子。菌子，多么可笑，多么猥琐的叫法，好好的蘑菇怎么会有那么一个阴气十足、细腰细腿、獐头鼠目的名字？林场周围的女人们张着她们的大嘴，没少取笑过他。他也暗自决定要废弃原来的叫法，尽管他明白无阴不成菌，蘑菇就是菌类。但是，为了更彻底地改造自己，为了更好地融入当地，一定要管菌子叫蘑菇，连这一点都改不过来，还妄谈什么改造，妄谈什么在劳动中锻炼，脱胎换骨。可是，积习难改，总也变不过来，一不小心就又把蘑菇叫成了菌子。

如此，他能够与素昧平生的阎松长推心置腹么？当然不行，且不管他是什么底细，何种来历。

阎松长认为他不如一棵树，那是因为他在他的身上辛辛苦苦地忙活了大半年，到头来一无所获，颗粒无收。

十　六

什么时候学会了保护自己？

而且手无寸铁，而且那一切又都是在一种不太清醒不太明确的情况下不知不觉地完成的，事后再想起来，连他本人也感到吃惊不小。那是怎样做到的？或许并没有做什么，从头到尾就只是一种自觉的抵制，一种本能的收缩。

是的，在与阎松长的周旋中，他委实没有做过什么，只是沉默和一再地沉默。事实上，那也根本不能叫作周旋，周旋是双方面甚至多方面的腾转挪移，而从一开始，他就像一只怕冷的被从南方地区捉来的鸟一样，将仅剩的几根寥落的羽毛小心地收拢起来，紧紧地贴在冰冷的身上，一动不动地蜷缩在那里。仅仅是由阎松长一个人在那里或慷慨或悲愤或婉转地唱着一出又一出的独角戏，唯一的一名听众没有表情、没有反应，甚至连一声孤单的掌声自始至终都没有听见。

在那种情况下，谁还能再继续表演下去？阎松长手段再多再高明，肩负的秘密再重要，他毕竟也还是一个人。是人，能力就不是无限的，就会有许多做不到的事情；更有一些事情，穷其一生，也无法接近半步。

一年以后，当曾怀林从密林深处走出来，奉命回到县里去宣传队报到的时候，回荡着林涛和风声的自然的岁月已在他的身上和心里烙下了深深的印记。曾经让他难为情的“菌子”一词已从他的意识中基本消失。日后，除非是特定情景下的触景生情，他不会再想起它的那个使他的改造明显受阻，原以为叫什么都一样的名称。取代它的当然是“蘑菇”，是那些打着小伞，安详宁静的蘑菇，它们优雅美丽的身影自出生以来一直都从容不迫，从来没有像人那样朝悲暮喜、慌不择路，或者血泪斑斑、乱成一团。

十　七

很快，宣传队的锣鼓声就开始以一种探囊取物或深夜叫门的方式侵入他的肌体，他每天不得不面对并长久地聆听。

没有庄严，更谈不上幸福，有的只是纷乱和不适，只是被裹挟在其中的无奈和痛苦，还有仅他一人独有的羞辱。对于锣鼓声，对于喧嚣，对于乱，他发现大多数人其实是喜欢的，在匮缺的时候，会设法制造一些出来。

那震耳欲聋的锣鼓声，很难做到左耳进右耳出，很难不往心里去。刚来时，曾怀林曾有过一个幻想，想让那遥远的山林中的阵阵林涛声永远回荡在他的心里，将其他的一切杂音都阻挡在外面；但是后来，他很快就发现那样的幻想就只是一种幻想，说是一种幼稚病也对。

宣传队的领导并不是队长和副队长，而是团长、副团长，因为它原本就是一个剧团，好多位略有姿色的女演员都与几位领导有着说不清道不明的复杂关系。尤其是一位唱花脸出身的副团长，大有后来居上的意思，现在不唱花脸了，留起了油亮的背头。有一次，头发油亮的魏团长对同样头发油亮的副团长说：

“个别的你可以动，但不能全动。”

魏团长打了一个比喻：比如一桌菜，正常的人，你应该只动离你最近的那一两个，而不能每一个都上去啃一口；每一个上面都留下你的牙印和痕迹，每一个你都搅和一下，别人怎么办，别人还吃不吃了？

魏团长后面还有话，但他把那些说出来足以让听者难堪，同时也会让说的人更加难堪。甚至会暴露其缺乏修养的话，留到了不久以后的一次会上，经过理论的武装，最终让那些原本只配在街坊市井间私下里暗暗涌动、秘密流淌的猥亵之词陡然升格，具有了相当的高度和体面，变成了一番响彻云霄的也能够以威武的黑体字的形象和红色楷书的面貌出现于任何地方的时代宣言。他说，她们，我们，我们所有的人，都要以百倍的热情和精力宣传毛泽东思想，占领文化阵地，凡有碍于这一指导思想的一切行为都必须坚决制止，坚决予以取缔。

散会后，头发油亮的副团长对团长说：

“不要把作风问题上升成政治问题。”

“你懂什么！你只知道和女人们胡咧咧。”魏团长说，“世界上没有无缘无故的爱，也没有无缘无故的恨。用不着上升，作风问题本身就是一个政治问题，从来都是。”

贾英兰，宣传队的顶梁柱，优秀党员，深受老百姓的喜爱，被誉为与人民同呼吸共命运的艺术家，但与她有过暧昧关系的男性，从十七岁到七十一岁，上自省内高官下至剧团小生，至少在十八人以上。对于这样的一个人，到底该如何看待，如何评价？

曾怀林没有想到，从密林深处走出来，离开了风雪弥漫、林涛阵阵的山林，却一头闯入了这么一个龌龊的团体。尽管就劳动强度来说，宣传队不知要比林场轻松多少倍，宣传队最大的道具箱，也没有那里的半根木头重。不过，即使宣传队的劳动强度与林场是一样的，甚至大于林场，他也没有选择的权力。

在宣传队，他将继续接受监督和审查，此前罩在他身上的一切一样也没有减少。不过，从林场到宣传队，本身就是对他的一种阶段性的小结和鉴定，是一次表扬和奖赏，是由于他在林场期间“表现较好，未发现有什么新的反革命行为”。另外，宣传队也并不是一个谁想去就可以去的地方，刚来到这座小城时，为什么不让他直接去宣传队，这还不足以说明么。

这座夜深人静后时常有怪声怪气的响动出现的院子，屋檐上的一棵草，屋脊上的一丛紫蒿，都要比多年来一直吵吵嚷嚷地占据着它们并把寂静从它们的身边夺走的宣传队更为年长一些。有些野草，也许在一个世纪以前就已经在这里扎根了。四年了，每次从外面一走进来，曾怀林的目光首先就会越过那道被改造成学习和批判的墙报园地——已不大能够辨认出原样的石壁，像一只飞累了的鸟一样落到对面那些布满苔藓的屋瓦上面，停留在一丛蒿草前，倒不是要干什么，也并不是担心它们还在不在，枯黄了，或者碧绿了，而是在不知不觉中形成了一种连他本人也完全说不清原因的习惯。

到底看什么呢？倘若有人问他，他觉得自己恐怕也回答不上来。

十　八

有一个时期，前后有好几年，宣传队的人以在皮鞋的鞋底下钉铁掌而为美，走路时发出一种清脆的咔咔作响的声音。如果在深夜，有那么一个人在某一条铺着沥青或者水泥的街上行走，整条街上都会回响着那种十分轻佻而又不无得意的响声，如果闭着眼听，很像是清脆的马蹄声。不过不用上去打听，肯定不是马，一定是宣传队的某一个人，刚刚排练完或者刚刚吃完夜宵回来。除此之外，他们还喜欢把穿在里面的红色或粉色的练功服在裤子的末端露出那么一点点，那在他们看来也是很美的，至少在这座偏远的小城里代表着一种时尚和前卫。就连人到中年的魏团长走起路来，也会发出像马一样的声音。包括魏团长在内，没有人认为那种清脆的人为的马蹄声很轻佻、很贫贱。

曾怀林的鞋上没有铁掌，所以他是宣传队里唯一的一个走路不能发出马蹄声的人，仅凭这一点，宣传队的人也很难将他引为同类。倒是另一名曾因强奸罪入狱，刑满释放后又被特招进宣传队的庞士龙，在宣传队里过得如鱼得水，男女演员都将他视为兄弟，亲如一家。而曾怀林是模糊而遥远的，更是极其陌生的，尽管他每天都准时出现在宣传队里，那也丝毫不能抵消大家的那种挥之不去的生分感。所以，群众反映：曾怀林的改造不算是很成功的。不仅仅因为他叫不出很多人的名字，觉得身边的同事千人一面，异口同声。他只知道他们既有最时兴的革命意识，又有旧时戏班子的诸多传统习惯。当他们浓墨重彩地在台上朗诵的时候，像极了天真烂漫的孩子或忧国忧民的志士仁人；而当他们不朗诵的时候，当他们隐身于日常生活的夜幕下的时候，他们又会露出戏班子的底色和传统艺人的天生本性。

在多次反复观察过宣传队这个群体之后，曾怀林决定对他们采取同一种态度：无论男女，一概敬而远之。

他心里清楚，敬并非敬重，而更是一种对于自身的约束和捆绑。与其说是敬，倒不如说是畏惧更为恰当。宣传队里的每一个人，上自头发油亮的团长、副团长，下至拉幕的吴传富、烧水的邢师傅，每一个人都有着无限的能量和斗争精神，需要的时候，他们能把一件事做得人仰马翻、鲜血淋漓。一个平时笑不露齿、温柔娴淑，看得出也不是没有教养的女子，在关键的时刻，心一横，粉面含春，玉齿微露，笋尖般的兰花指落下来，竟会是一具锋利无比的铡刀，纵然你有若干个头颅，也不够它塞牙缝的。

这些人，无论是谁横在他的面前，都是一座难以逾越的山。更何况，还有政治上的靠山——他们彼此都是同志，即使相互打得头破血流，吵得恶浪翻滚，操祖宗，掘坟墓，反目成仇，最终也还是同志，也还是人民内部矛盾。而他不是，无论多么客气，也还是不能代替原则，有一条难以逾越的界线注定他要永远滞留在彼岸。

每天离开宣传队，从那个一两个世纪前就已存在的院子里出来，走在回家的路上，是他一天中最为高兴的时候。

坐落在城北原野上的那个简易的家啊，就是他们人生旅途中的又一个再真实不过的停靠点、落脚处。在房子前面弯弯曲曲的白杨木栅栏静静地关闭着，一整天都在等待着有人回来将它们轻轻地打开。

“快把我们打开吧——”

曾怀林无数次地听到它们好像在这样说。它们因长久地闭锁而关节变形，静脉曲张，线条不再流畅，身影也早已不再挺拔，它上面的叶子们也不再能够找到它们，不知都流落到了何处。甚至，它们好像也害怕见到生人——曾怀林这样觉得。

他轻轻地将它们打开，走进由它们围起来的那个小小的院子里以后，知道自己又到家了。家就是家的气息，与外面任何地方的气息都完全不同。院落的尺寸虽然有些狭小，但却是一个能令他一回来就能暂时感到安慰的世界。整个童年时期、青少年时期，像所有的孩子一样，他也做过数不清的梦，也有过太多太绚丽的幻想，但就是从来也没有想过未来的某一个时期，他和他的家人会有这样的一个家，一个坐落在偏远小城外原野上的，由白杨木栅栏围起来的家；什么样的美景都曾闪现过，就是从来没有看见过眼前这样的一幅情景。从屋门口通向栅栏入口处的是一条远看如同一根银色飘带一样的沙土路，因为没有砖，大自然躯体上的沙子就成为最好的选择——他们从河边一筐一筐地运回来。下面是一层粉红色和黄米一样的沙子，上面是一层灰白色的沙子，铺在最原始的生荒地上。下雨的时候，雨水随下随渗，飘带一样的沙土路上没有泥泞，真的就像是一根洗得非常洁净的飘带。

十 九

挂在门楣上方的打了籽的老黄瓜和老丝瓜是别人送的，是让他们在院子里种的，但他们一直没有种，不是因为懒，害怕劳动，而是没敢种。他们倒是很想用劳动的汗水洗刷他们的耻辱和错误，但与周围人迥然不同的身份和处境使他们感到这件在别人看来不过是在院子里栽种一两棵黄瓜的再寻常不过的事，却承载着相当的风险和众多不可知的变数，许多刚刚平静下来的事情说不定又会因此发生惊人的改变，使形势急转直下，如脱缰的野马，迅速地滑向另一个深渊。毋须过多地权衡，便可知这是一件凭他们自身便可以完全避免的事。多少年来，类似的凭自身的能力能够平息能够扑灭能够换得平安的事，十分鲜见，在他们的记忆中实属稀世之物。他们深知不要让自己的生活等于甚至高于周围人的生活——事实上这早已成为一个虚妄的非现实的错误的估计和过度的担忧——这是换取平安的一个重要的因素和筹码。尽管一家人都曾不止一次地幻想过当碧绿的黄瓜和丝瓜在窗前的院子里一天天地长高长大的时候，会是一幅怎样的情景；但仅限于幻想，仅限于在想象中种植，生长，攀爬，收获绿荫。多多说他看见窗前的屋檐下至少有十几根碧绿鲜嫩的黄瓜悬挂着；但冬冬说绝不止那几根，因为有些不愿意成天在屋檐下悬挂的已经随着长疯了的茎系上到了屋顶上，她从外面回来，还在白杨木栅栏外面的时候，就看到它们像一些绿色的士兵一样一动不动地埋伏在寂静的屋顶上，隐蔽在重重叠叠的绿荫中。两个孩子争论不休，一齐问曾怀林，到底有多少呢？

到底有多少呢？

在到处巡查的治安联防队的眼里，当然是一根也没有，连同这处简易的房子和院落也几乎是一目了然的，有时候他们并不进来，只是隔着那道白杨木栅栏停下来朝里面张望一会儿，看到两间简易的房子和院子一片死寂，就知道不需要再进去细看了。他们能够在白杨木栅栏外面这样放松警惕，让曾怀林感到高兴，这也正是他不栽种黄瓜和丝瓜的主要目的。任何一个院子里都可以瓜果满架，绿荫如盖；但自己的这个院子就应该是寸草不生的、坦白的、清清楚楚的、不存在隐秘的，让他们一看就觉得放心。

有时候，联防队员走进别的院子，立足未稳，那家的主人便会放出带链子的狗吓唬他们。为什么不能吓唬他们？这些人，也该被吓一吓了，平常，一般情况下，都是他们在吓唬别人。他们主要是对付敌对势力的，而我们又不是敌人，我们是正大光明的人民群众，我们只不过是在有限的院子里种了一些日常吃的瓜菜。世上不管好人坏人，无论哪个阶级、什么阵营，谁能够不吃饭呢？不吃饱能有精力互相斗争吗？不吃饭就都会是死人，大家都是一样的，再无所谓好坏，无所谓敌我。你们去军区大院里套着的那些独门独户的小院子里看一看，看看董司令员的院子、梁政委的院子、焦参谋长的院子，哪一个不是郁郁葱葱、柳暗花明，要甚有甚？董司令员是谁？俺不知道他是谁，也不想说他是谁，更不想把他抬出来吓唬你们，俺只知道他的亲娘是俺们家老奶奶的表姐妹，这些菜籽儿还都是从他那里拿回来的呢。按他的意思，还要送给俺们一些花籽儿，想让俺们的生活在柴米油盐之外再鸟语花香一下。是俺们坚持不要。俺们说，够了，有菜吃就行了，花就不要了，就免了吧。能吃饱能战斗就行了，花不花的并不重要。

二 十

百丈河从这片寂静的旷野上流过，没有人关心它最终流到了哪里，应该是进了海里，还能去哪儿呢？不然就是流着流着就没有了，没有通向任何地方就消失了。就像一个人，在人生的旅途上走着，走着走着，就忽然不见了，再也不出来了。认识他的人，都不知道他去了哪里；不认识他的人，压根就不知道这世上曾经还有过那么一个人。

对于大多数人来说，每一个陌生的具体的人，其实都是不存在的，从来不曾有过的。你以为你有名有姓，有血有肉，有过欢乐和悲伤，也有过你的家庭和一些亲朋好友，也有过几十年的寿命，就想当然地认为自己也曾经在这个世界上活过，但那只是相对你个人而言；对于大多数不认识你的人来说，这个世上从来就没有过你这么一个人，你的确是不存在的。似乎也正是因此，有些人在短短的几十年里，一直都在拼命地留下自己的痕迹，以试图证明曾经有过他这么一个人。有人留下灵魂般的精神，有人留下包括建筑在内的实物。看到万里长城，后人会想起它的缔造者，知道曾经有过那么一个有权势的人。对于大多数既没有权势又没有精神或梦想的人来说，什么也不会留下，终其一生，犹如蜻蜓点水，或苍蝇飞过。

曾怀林曾经也有过自己的梦想，但早已被粉碎。梦醒之后，他翻身坐起，茫然四顾，发现自己已被搬动过无数次，频繁变动的人生场景让他感到应接不暇，而此前的色彩斑斓的梦境早已不复存在。偷眼望去，只剩下几种似乎消退得最慢，然而又形同困兽的颜色：愚昧而忠诚的绿色；乌云般的砖头瓦砾一样的灰色；白色传递着无边无际的恐怖；红色也不再是万紫千红的那些红，更像是血迹，黑暗很容易让人猜想到地狱外墙的颜色。

星期天上午，他去位于旧日的人民委员会旁边的那间装有铁窗的办公室汇报思想。他已是这里的常客，连附近树上的鸟似乎都已熟悉了他的身影和脚步声，看到他又来了，它们都不出声地看着他，偶尔扇起的一只翅膀仿佛是一个招呼和问候。汇报一直持续到中午一点，听汇报的人终于感到不耐烦了，也有可能是觉得饥肠辘辘，对曾怀林呈上去的那份不知重复写了多少遍的材料，连看也没看，随手就扔进了一个文件柜里，然后看着窗外，对曾怀林说：

"今天就这样吧。"

走到第二级台阶上时，曾怀林听到那个人一边奋力关上窗户，一边自言自语地说道："真是烦死了！"又把桌上的一个白瓷的笔筒碰得叮当乱响。

那时候，曾怀林的心头不禁掠过一阵短促的惊喜：他感到烦了，这应该是一件好事；怕就怕他永远都不烦，一直都兴致盎然。

回到家里后，他发现冬冬和多多都已经走了。曾怀林到处看了看，看见早晨洗过的碗和筷子还像他临出门前那样放在那里，没有动过，便断定两个孩子又都没有吃饭。

他有些愧疚，这样的事已不是一回两回了。

站在白杨木栅栏前，望着身边的原野和内城里若隐若现的街道，他感到心里的某个地方好像被完全掏空了。

他也没有单独吃饭。他找出两个孩子的几件衣服，蹲在门前慢慢地洗着。明训在的时候，这样的活儿是不劳他来干的。冬冬也一天天地长大，已到了那种能把一件衣服洗得很干净的年龄。她也明确表示，家里三个人的衣服，她完全能够对付得了，且绰绰有余，因为每个人的衣服只有那么几件；但曾怀林还是希望她能少做就少做一点。他鼓励她去看电影，只是因为票并不是很好买，所以看的也并不多。有时候她兴致勃勃地出去了，但不一会儿就又回来了。那种时候，做父亲的想从她年轻的脸上捕捉到一些沮丧和失望，却很少能看到。

多多的衣服口袋像一个小型的杂货铺，有沙子，零散的火柴，铁制的红油漆的五角星，形单影只、散兵游勇般的某一个跳棋，型号各异的钢珠——最小的比绿豆大不了多少，最大的一个竟有鸡蛋那么大……曾怀林把它们从里面倒出来的时候，也许是因为最大的缘故，那钢珠独自向白杨木栅栏那边滚去。

不远处，郑永福一家的内战又一次打响。曾怀林起身在院子里的绳子上晾衣服的时候，看见郑永福背着一卷简单的辨不清颜色的行李，胸前抱着一口锅——那就是属于他个人的全部家当——站在门口。郑永福的头上斜缠着一圈白色的绷带，那是前几天内战时的纪念。

过于频繁的争斗已使周围的人们失去了过问的兴趣和关心的热情，再加上他们没有亲戚没有朋友，一开始还有人去劝一劝，但渐渐地就再没有人去了，任凭他们一家人你死我活地打着，打得满天的星星都出来又回去了，还在打。

像从战场上溃退下来的伤兵一样的郑永福，背着行李，抱着锅，要到哪里去呢?

(过了很久以后，曾怀林才听说，郑永福抱着的那口锅，表面看上去很完整，没问题，实际却是一口破锅，那也是他们家庭内战的结果之一。锅底有一道像女人头发一样的又细又长的裂缝，不仔细看是看不出来的，它只能用来炒干的东西，如果倒水进去，所有的水都会从锅底那道细缝里漏走。郑永福眼神不好，从来没以为自己拿着的是一口有裂缝的锅；因为炒剩饭的时候从来没有发现锅在漏，所以问题一直没有暴露。只是觉得饭里有一种明显的烟火气，还以为是火大了的缘故。直到烧水的时候才发现了问题，没有人往出舀，锅里的水却全不见了。看锅下面的火，死气沉沉，也快要灭了。满屋子雾蒙蒙的东西，像烟，又不是烟，他认真地闻过了，肯定不是烟；像雾，又不是纯粹的雾，因为人在雾里是不会觉得很呛的，不知道是什么东西。后来他好像意识到了什么，站在屋门口，把锅举起来，对着太阳看，看了一会儿，终于在漆黑的锅底看见一线亮色。）

门前的绳子上晾着洗好了的衣服，滴滴答答的水珠往下掉着，让曾怀林想起了遥远的童年时代。他和哥哥妹妹在湿淋淋的衣服下面跑来跑去，每当有凉凉的水珠掉进他们的脖子里时，他们都会大声地尖叫，叫声中有夸张的成分，也有最真实的感受。更小一些的妹妹甚至常常被清凉的水珠激得不住地摇晃，嘴唇乌青，像是在打摆子。害怕水珠滴到脖子里，却又在湿淋淋的衣服下面来回兜圈子，逗留不去，期待被刺激到，还希望别人比自己更惨。那时候，每天只知道疯跑，从来也没有想过当时的世界是什么样子的，若干年以后的世界将又会是一种什么面目。世界对他们来说，是轻而易举就能够用皮尺丈量出来，并能够得出准确数据的，长多少，宽多少，高多少，入深多少，都是有解的。

后来，就越来越难了。大还在其次，最主要的是深不可测了，世界不再有答案。

听完一席情真意切的话，你是否就以为对方的心灵已向你无遮拦地敞开？

直到现在，直到在这片原始的旷野上安顿下来，曾怀林也还是禁不住这样的诱惑，猛然听到一声亲切的略显温和的，甚至完全平常的呼唤，会激动得忘乎所以。他是这样理解的：那情真意切的话语，难道会有假么？假的怎么可能会那么滚烫？每一个字都重重地带着人生的温度落到他的心上，有的像是长了触角和四肢，还会延伸到更深更远的地方，由不得他不信。他也曾提醒自己，遇到事情，且慢相信，先等一等再说。可那样的提醒仿佛惊涛巨浪中的一叶小舟，很快就被巨大的信赖所裹挟，席卷得无影无踪，剩下的只有刻骨铭心的感动和接近于迷信般的信任。

经历了那么多的不幸，怎么就不长一点记性呢？

作为一个女人的丈夫、两个孩子的父亲，他多年来不断地跌倒，落入陷阱，更多的时候是眼睁睁地被堂而皇之地从正面直接击倒，本人难道就没有一点点责任么？

当然有，他对自己说。怎么会没有呢，有些事情完全就是由于自身性格的原因造成的，不能怨别人，不能怨社会，不能怨斗争。因为世界向人们显示：人从一生下来开始，就跌入了矛盾中，落入了斗争的旋涡中，直到多年以后你闭上眼睛离开这个世界，那一切才算结束。更有甚者，人已经死了，但围绕他的矛盾和斗争却还在继续。

早知后来会这样，当初也许就不应该组建家庭，有了家室，妻子儿女就成为他身上最软弱的部分。一次次地接受检查、惩罚，并不是为了自己能够苟活下去；如果仅仅是孤身一人，他相信没有什么邪恶的力量能够让他屈服，成为一名亡命天涯的孤胆英雄也不是没有可能。赤身裸体地被搜查？他宁愿整整齐齐地囫囵地死在他们的面前。

可他是一个有家室的人，这一点是让他感到举步维艰的原因，也是他一次次地配合各级专政机关的最主要的原因。事实上，他们并没有将他完全剥夺得一干二净，还为他保留了一个家、一双儿女、一个妻子，甚至还有一份降到最低的工资和几份口粮……所有这些，都如同地球引力一样使他始终无法独自腾空而去。这是有意为之，还是最低限度的人性，或者只是为了能够更好更有效地控制他？

站在寂静的原野上，站在身边的白杨木栅栏前，有时他觉得能够听到一种来自空中的密语："不能把他都剥夺光了，得给他留一点东西，留一点让他割舍不下的。一无所有的人是最不好控制的。"

是的，什么样的人是最自由的人？应该就是那种被剥夺得只剩下一条命，真正一无所有的人。那样的一个人，相信没有任何势力能够奈何得了他，不管后者如何强大，如何残暴，他都不会再害怕他们，因为他实在再找不出一个害怕的理由——就剩下一条甚至半条命，犹如头上的一顶千疮百孔的破帽，谁想要尽管让他们拿去。

但是他目前显然还没有走到那一步。明训虽然不在了，但冬冬和多多还在，而且正在成长时期，他们就是压在他心头的最重的一对砝码；他这边一动，他们那边必然会立即失去平衡。与其说他不想得罪这个世界，毋宁说他是在配合着两个孩子成长的步伐，默默地维护着他们，他们每走过平安的一步，他都会悄悄地松一口气。

有些书里常把儿女比作父母手中的风筝，父母渴望他们飞翔，却又时刻担心，害怕他们飞走。但曾怀林的感觉正好相反，他觉得自己才是一只风筝，而线头就在冬冬和多多的手里，在他们还没有长大成人之前，他觉得自己不能够让他们看不见他，既然当初答应并约好了要陪他们来这个世界上玩，哪能够又临时反悔，悄悄地挣断线头，一走了之呢？剩下他们两个孩子，他们必然会满世界找他，而注定又不会有让他们满意和高兴的结果，注定是找遍整个世界，也找不到他们要找的那个人。

想明白这些以后，再去配合各级专政机关，就不再是一件太困难的事。因为他心里有了底，知道自己在做什么，还知道所做的是为了什么。

二十一

尽管专案组的明海一再强调这个偏远的小县与全省全国是一样的，标准是一样的，步调也都是一致的，但曾怀林到来不久便发现还是有很多不一样的。比如，在旧党校院子里第一次搜身的时候，就明显地与省里是不一样的，那次搜身最大的变化就是：没有专门检查肛门！负责检查的明海好像连提也没有提过。

而在省里的时候，前后两次搜身都没有逃脱掉。在一个人的监视下，他们让他在盥洗室洗干净，然后去另一个房间里弯下腰，分开两腿，接受检查。你没有分辩的机会，说你的肛门里没有隐藏任何秘密。这话没有人听，也没有人想听，他们只是在做他们认为应该做也必须要做的一件事情。当然，他们也从没有意识到他们的某一部分工作与肛肠科大夫的工作已十分接近——因为他们从事的是政治，与医学无关。即使把谁的肛门不小心弄破了，然后再带你去就医，那也是政治需要，而非医疗行为。

在旧党校那座寂静的院子里，在窗前满树海棠花的映衬下，负责检查的明海一下也没有提及要检查那个地方。是明海的疏忽吗？

这前后的悬殊，这巨大的变化，足以让已提前做好展示隐秘准备的曾怀林在事隔多日之后仍然感到侥幸！这座偏远的貌不惊人的小城，并没有用顺理成章的完全能说得过去的羞辱来迎接他，她的高纬度的气候下包裹着的并不是与表面相同的寒冷。

是由于天高皇帝远么？从那座海棠花盛开的院子里出来后，曾怀林曾这样问自己。不能不承认遥远的重要性，而世界又是高低不平、模糊不清的，总有一些地方是他的光芒所不能到达的，总有一些地方是他的马鞭所指不到的。

这座偏远的外冷内热的小城啊，她懂得尊重自己，也知道顾及别人，没有一开城门就给远道而来的人以羞辱。同样，曾怀林觉得自己也没有羞辱这个地方，没有刚一到达，便用被迫暴露的私处来面对她……一种说不清道不明的古老而又遥远的东西在这中间起到了至关重要的作用，使得双方的那点可怜的尊严都得到了一定程度的维护。

曾怀林时常教育两个孩子，想让他们从心里喜欢上这座偏远的小城。一年中难得有闲暇的时候，一旦有一点空闲，他就会带他们去看小城颓败的城墙，城头上的青草，一种鲜艳的花蕊是红白两色的名叫“鬼辣椒”的野花，住在城墙下的像是拙朴的连环画里画的情景的人家，城外走着的骆驼，青蓝而高远的天，原野上的小黄花、小白花……内城里的日本人时期建造的车站和医院，因为有太多的优点，所以至今还在使用。唯一不体面的、不大能说出口的，就是东西本身是由侵略者建造的，这让所有的人都感到英雄气短、美中不足。要不是他们建造的，而是我们自己建造的，那就太好了，那就可以理直气壮了，甚至可以进行新的有时代特色的装点了。

甚至内城里南市街的一段半公里长的青石板铺的路，也是日本人时期修建的。那条路，好是好，可毕竟是敌人铺的，再好，我们也不能要，不是么？我们总不能老走在敌人给我们铺就的一条路上吧？那我们成了什么，那我们的立场还在哪里，那我们和汉奸又有什么区别？算账不能只算经济账、生活账，更要算政治账。综合各种因素，还是刨了好。决议一致通过。很快，那条半公里长的青石板路就不存在了，变成了一条一下雨就泥泞不堪，行人的鞋常常被吸在泥里拔不出来的沙土路。这是车耀吉担任县长时干的一件事。泥泞是泥泞了一点，但却是一条真正的崭新的社会主义的路，没有人不为之欢欣鼓舞。鞋被吸在泥里真的就那么重要么？当然不重要，当然不应该算什么，蹲下身使劲地拔出来，抠出来，不就完了么。革命路上比那麻烦比那困难的事多得是。最重要的是，我们的立场没有丢，很好地保住了。

曾怀林一家人来到小城的时候，南市街上的那条泥泞的沙土路已经铺上了黑色的沥青。夏天的中午，走在那条街上，脚下软软的、颤悠悠的、热乎乎的，感觉像是走在一条用刚出笼的年糕铺成的街上，每走一步，都像是在糟蹋粮食、暴殄天物，愧疚，不安，心重的人甚至还会有罪孽感滋生出来。凡是打那条街上经过的人，鞋底都是黑的，鞋底上还粘有一个一个的玉米粒大小的焦糖般的黑疙瘩。

两个孩子很快就习惯并喜欢上了这座路上行人稀少的青灰色的小城，好像他们从小就是在这里长大的。人其实是能够在任何环境里生活的，就像一粒种子，要是不能生长，不要怨土壤或气候，那多半是由于自身的问题。那条带有日本气息，只差旁边有樱花佐证的青石板路虽然没有了，但城头上的青草还在，像斯莫尔尼宫一样的圆拱的城门还在，每天都开着，连接着人间气息浓郁的内城和城外的荒凉而生僻的原野。

内城里的西南街上还有一个不太像样的篮球场，场地不大，尺寸也完全不够，看的人稍微一多，一拥挤，周围的那些咳嗽气喘、弯腰驼背、木胳膊木腿的老房子便会发出吱吱呀呀的叫声。

作为人生中的一站，曾怀林不知道他们究竟要在这里停留多久。停留多久，不取决于他们自己的意愿，也不取决于这座同样什么主都做不了的地处偏远的小城的。小城的狭窄的忽高忽低的街道多少年只供人们行走，却从来不知道也不过问你是谁，你从哪里来，你要奔向哪里，是在这里常住，还是停停就走。

不过，一旦住得久了，便会发现，这座偏远的小城，她经常还会提醒或告诉你，你，你们，是她狭小格局中的某一个人，某几个人，已经或深或浅地融入并参与了小城特有的生活，每天遵循的也是这里的时间和规则。

比起过去的那种曾经有过的自以为庄严而又高尚的生活，他们一家人在这里过得更为阴沉更为黯淡……当他们需要什么，而这座贫瘠又固执的小城又不能给予时，他们便比任何时候都更加清晰地明白生活真的是出现了重大的变故，不然他们又怎么会在这里？这座仿佛身处世外的小城，从未向他这个陌生人以及他的家庭发出过邀请，他本人更是从不知道有这么一个地方，这中间起决定作用的不是他们双方，而是另外的一种力大无穷又不容分说的东西，那种力量把他和他的家人轻轻地拈起来，在风声中悠荡几下，然后一松手——等再睁开眼时，他们一家人已经置身于这座僻静的小城里了。街道狭窄，阳光稀薄，全县只有两辆汽车，其中的一辆还是机械厂的小型货车。食品公司、百货公司、木材公司，主要依靠人力三轮车和手扶拖拉机运货。送信的人戴着端端正正的绿帽子，雨前的燕子一样在小城里低飞着。送牛奶的人像前来秘密接头的地下交通员一样，有选择地在临街的一些似乎有着特殊标记的门外停住，有时说着某种暗号一样的日常用语，更多的时候一言不发地从随身携带的白木箱子里飞快地取出牛奶，放到一个固定的地方，然后又飞快地离去。

二十二

有一天，冬冬对他讲了这样一件事：多多在外面受了委屈，泪花闪烁地对那些和他一样大的当地的孩子们说："我本来就不是你们这里的，我们迟早还是要走的。"迟早还是要走的？到哪里去呢？曾怀林听后吃了一惊。这个孩子，成天在想些什么呢？原以为他早已习惯了这里的一切。这样的话要是传出去，一定会被认为有着复杂的背景和幽深的来历，只不过是借一个孩子的口说了出来，听的人不会认为是无本之木、无源之水。

一直以来，他都认为自己已经够小心的了，除了两个孩子的安危，几乎不再想任何的问题，他要尽自己最大的努力使他们平安地成长。多多这样口无遮拦地到处乱讲，让他的神经不能不再一次绷紧——得找个机会和他说一说。

洗完衣服以后，他又去劈柴。

他抬头看看，没有人从白杨木栅栏外经过。

前天，比现在这个时候稍晚一些，一个人牵着一头瘦瘦的小山羊从白杨木栅栏外面急匆匆地跑过，几名联防队员连喊带骂地在后面紧紧追赶。就在一人一羊快要进入前面那片树林子里时，后面的联防队员也及时地赶到了，其中的一个人飞快地将牵羊的绳子抢到了手里。“老子姓贾！不服就到城关公社来闹，看有没有好果子给你吃！”联防队员们说完，带着山羊离去时，那个人躺在树林边的湿地上号啕大哭。连曾怀林在不远处也看出来了，很显然，是他本人拖累了那只矫健的山羊；如果他不牵着，如果让小山羊自己独立奔跑，那几个联防队员是完全不可能撵上那只山羊的。现在好了，羊也没了，天也渐渐地黑了，他也哭不动了，哭得也没意思了。曾怀林站在白杨木栅栏前最后一次向那片树林边张望，看见那个十几分钟前还在那里呆呆地坐着的人已经不见了。

有个孩子刚生下来没有奶，那只小山羊本来是要去给那孩子喂奶的吧？联防队员们要牵走它的时候，它还反抗来着，头低着，两只细瘦的前蹄抵在地上，不配合，不听话，不想跟那些人走。老宋说，这已经是那只羊第二次被牵走了，第一次托了人，要回来了，这一次够呛了。

他把几天前保留下来的一点油渣剁碎做馅，这是冬冬最爱吃的。

火生起来的时候，外面的天已经完全黑了。他坐在一个小凳子上，从那跳跃摇曳的火光中好像看到了母亲，又看到了嘴角边带着一丝血痕的明训。他吃惊地注视着，他想问她：“你不是在大灰梁上的‘一亩地’么？”话还未出口，她很快就又不见了，在闪跳着的火光中默默地隐去。看到他生起了火，她就回来了，一定是感觉冷了。他想。这房子、这院子、院子边上的白杨木栅栏，也都是她熟悉的，亲眼看着一点一点地起来的，就像亲历了一个人、一种事物的成长，甚至一个简易政权的创立过程，再回来看到时，百感交集。

零星的几点昏黄的灯火镶嵌在城外的这片漆黑的旷野上。那种时候，世界仿佛凝固了，时间也不再流逝。

从不远处的一间瓜棚一样的没有点灯的小土房子里传来一个稚嫩的声音：

“爹，我还能再吃一个么？”

“你不是已经吃过一个了么？”

“那是半个。”

“别以为没灯我就看不见，我还不知道你，想趁黑浑水摸鱼。别吃了，那是留给你姐姐的，她前两天刚流产。”

“啥叫流产？”

“不知道。”

“我知道，不是一件好事，是一件中间有血的事。”

“唉，你咋办呀？看见你，我就觉得没希望：让你写两个字吧，你不是说你肚疼，就是说你头疼，一打听这种事你就来劲了，两个眼睛贼亮亮的，哪儿也不疼了吧？”

“爹，我告诉你一件事，你可别说出去——”

“你能有啥事。”

"大头他爹回来了，就藏在他们家放山药的地窨里。"

"别胡说！他早就不在人世了。"

"真的还在，就在他们家的地窨里。每天吃饭的时候，他们先把街门关好，然后大头和他妈两个人一起把一个篮子用绳子顺下去。"

"你看见啦？"

"那当然，我还给他倒过尿呢。大头先下到地窨里，不知在里面干啥，半天不露头，后来终于把一个红瓦罐举上来了，让我在上面接着。我一闻，好家伙，满满一罐子，全是尿，都是他爹尿的。"

"都是他爹尿的？"

"不是他还能是谁？地窨自己又不会尿尿，咱们家的地窨里哪有尿呢。"

"不对呀？几年前他就死了，有人亲眼看见他被崩了。"

"崩的肯定是另外一个人，反正他没死。"

"你看见他本人啦？"

"看见了，我都快认不出他了，眉毛都白了。"

"眉毛都白了？让我想想，他才四十多岁呀……"

二十三

我曾经问一个人："你吸过别人的血么？"那个人一听，脸色就变了，又慌乱又紧张又恼怒。他说："你在说什么呢？当然没有，都是些不幸的人。"

我说："那么，金正武是怎么被抓起来的呢？"

"因为他反革命。"

“好。说说你自己，你又是如何当上政工科长的呢？按照你的级别，你的家里不应该装有电话；但是，就因为你做的事情特别，所以你享受着和你的上级一样的待遇，电话直通到你的家里。”

他狠狠地看了我一眼，然后咬着牙转身走了。

如果我没猜错的话，他一定又是报告去了，说有人向革命干部（主要是指他本人）反攻倒算。他就是干这个的，一般情况下，瞄上了谁，说抓谁，谁就很难再逃脱掉。

任何一个组织，任何一个政府，任何时候都需要他这样的人，离不了他这样的人，都会自上而下地豢养一大群这样的人，给予他们工资，各种待遇、奖励。然后，他们就像虫子一样到处活动，到处吸血，为自己，也为政府。说起来，也是在为一种“事业”而奋斗着。

明训，别为我担心，我并没有真正地质问过那个人，这样的质问和愤怒只存在于无数次的想象中。我可以不考虑自己，但是不能不顾及两个孩子。真正的自由当然属于那种没有任何牵挂的人。可是那样的自由又有什么意义呢？一个人，世界上没有任何他牵挂的人和事，这样的人生至少我不认为是美好和有意义的。

冬冬大了，知道为别人担心了，哪一天我回来得稍晚一些，她都会焦急地等待——以为我又被抓走了——在白杨木栅栏前四处张望。

为了两个孩子，我也不会让自己再有事了。每一天，当我从内城里狭窄的街道上穿过，走向坐落在城外原野上的家中时，我感觉自己紧紧地夹着一条伤痕累累的尾巴，像极了那些没有主人、没有家园、没有同类，贴着墙根行走的四处流浪的狗。

有史以来，人类创造了那么杰出的文明。从小到大，我们读过那么多的书籍，从中汲取了无数的知识和营养，按照自然法则来说，也应该是有力量的、强壮的；因为我们吸收过了，被滋养过了，自然的，人生的，人性的。可为什么我们却随着年龄和经历的增长而越来越软弱，越来越有问题？我有时会为这种软弱感到羞耻和愤懑，不知是什么在从中作祟。回头再看看那些一个字都不识的人，他们反倒是一些更强硬的人，天不怕地不怕，就连打喷嚏、咳嗽，这类最微不足道的小事，都要比我们这些自以为掌握了知识、自以为了解历史、了解世界和人类的人要响亮得多，理直气壮得多。这难道不奇怪么？（那天排练的时候，我小声地咳嗽了一声，坐在我旁边的娄伟对我说："干吗这么小声，怕把苍蝇们吵醒么？"前面几排的几个人回过头看我。他们一定看到我的脸红了，我真是不知该说什么好）

请原谅这些老生常谈，但历史总是在惊人地重现、重演，让人不得不再次提起。

说点儿高兴的事吧。

这一年，我学会了制作月饼，是从老苏那里学会的。他曾是人民委员会和武装部的厨师，退休后，专门教周围的人制作月饼。很多人在他的指导和调教下都学会了，这中间就包括我。要是没有两个孩子，我也不会去学这些的。学是学会了，但原材料的匮缺会直接地严重地影响你的制作水平。无论你有多高的技艺，关键的材料无论缺了哪一种，你也不会做成功，比如食用油。

油是大家共同面临的一个难题，困扰着几乎每一个人。因此，周围很多的人都在琢磨、研究：如何能用最少的油，甚至不用油，就能制作出又酥又香的中秋月饼。这样的想法被老苏知道后，老苏毫不客气地一棍子就把人们的这种不无美好的愿望和设想打死了。

老苏说："那不可能！"

"你们真敢想！"老苏说，"我做了一辈子也没敢想过这种事。又不想费油，又想烤出又酥又香的月饼，这和梦想亩产十万斤，勒令一锅白开水变成一锅饭，有什么区别？纯粹是白日做梦，永远不可能！"

中秋节的前一天，我去专案组谈话，不能回家。冬冬带着多多去大灰梁上的"一亩地"看你，他们给你带去了我亲手做的月饼，你见到了吧？让你见笑了。还是那个问题，主要是油没有用足，要是用足了，不会是那个样子。

老苏来看过我做的月饼，并掰下一块尝了后也说："还是那个问题，油不够，让我烤，我也只能烤成这样儿。已经很不错了，一看就是月饼，谁也不敢说它是馒头。"

这样的书信，更多地存在于曾怀林漫长纷繁的思绪之中，出于对安全的考虑，它们从未借助于纸张和笔墨以书面的形式出现。常常是在烧火做饭的时候，在内城里或原野上走路的时候，一个人坐着的时候，冥冥之中，他觉得有人正在与自己交谈。当然，更多的时候是他在说、在汇报、在讲述。置身于烟熏火燎中、清晨的大雾中、宣传队轻快持续的鼓乐声中，甜蜜的和苦涩的记忆会交替而来，童年的、青年的、中年的，常常会不可思议地叠印在一起，穿插、糅杂，仿佛是同一个时期甚至同一天里发生的事。他惊异地注视着、思索着那些被打乱了次序的人生章节，它们从已然成形的既定的轨道中脱离出来，变成了一些不受时间顺序约束，谁想往前就能往前，谁想退后谁想模糊不清，谁就能退后就能模糊不清，每一章都可以独立成篇的活页材料——看上去比一场有一定规律的流星雨更为随意。

他觉得自己很难再把它们重新装订整理成册了。

二十四

宣传队驻扎在一个叫云崖的地方已经六天了，原定的演出早已于三天前结束，路上的结了冰的积雪成为宣传队滞留的主要原因。

没有到过云崖的人，都会以为这是一个十分陡峭险峻的地方。曾怀林最初听到这个名字时，心里也立刻升起一种即将要在天上行走、攀缘的感觉；而且一路上的颠簸和震荡也在证明着此番前往的云崖是一个险恶异常的地方，整个行进过程似乎也正是一次痛苦的剥离肉身、凡人升天的过程。

摇摇晃晃的运送宣传队的拖拉机几次停下来加水，像人一样喘息、摇头，就差没有说话了：说自己走不动了。有时候在上坡的时候突然没有声音了，所有的人立即下来，一方面是害怕，另一方面是需要下来推车。推不了一会儿，一双双手就都会冻得又红又僵。即使不推车，人们也都会下来，因为拖拉机一声不响地停在坡上不能算是一种吉兆，再喜欢坐车的人也会觉得心神不宁。它看上去病歪歪的，谁能保证它某个部位不会突然断开？就连司机本人也赞成大家不断地上来又下去，麻烦是麻烦一点，可这更能让他觉得踏实、放心；因为连他也吃不准这个突突乱响的铁疙瘩到底会怎么样。另外，从车上下来，还可以趁机活动一下冻僵了的腿脚。即使没有别的危险，他也要劝人们下来活动活动呢，一直坐在上面不下来，会冻出毛病来的。而要是真的都冻坏了，哪里还能够演出呢？这一趟不仅白来了，一路上的罪白受了，宣传上面的方针政策，宣传毛泽东思想，岂不也成了一句空话？

云崖其实是一个盆地，这让所有没有到过这个地方的人都没有想到，盆地里有森林，有煤矿。当它以极为平静的姿态迎接并将从外面进来的人纳入它的寒冷的怀中时，几乎被冻僵了的人们依然首先痛彻而又清醒地发现并体会到了主观主义的危害和影响。咱们以为人家住在离天不远的地方呢，实际人家却平得不能再平。魏团长说。拖拉机在堆积着红松和白桦树的木场里一停住，魏团长首先把一直藏在棉布手套里的手拿出来，用手掌和手背贴住那些一路上都在压迫、封锁着他的眉毛和胡须的冰霜，希望用自己的真情和温暖去感化它们。他一只手捂着眉毛，说，事实证明，主观主义不反不行，一刻也不能放松。从一九四二年起，我们的党就开始反对主观主义了，如果要细溯它的历史，应该比那还要早，早在第一次国内革命战争时期就已经开始了。宣传队里的一个女人说，谁说不是呢，想当然就是不行！房管所的张小英，没去以前，我一直以为是一个二十多岁的小姑娘，等后来见了才发现哪是什么小姑娘呀，是一个矮墩墩的男人，而且还满脸伤疤，吓得我连要办的事都忘了。魏团长把手从脸上拿开，那些冰霜在他的感化下纷纷融解，释化成一些规模如同眼泪一样的凉水。

三天的演出任务完成后，宣传队不得不继续留在云崖。前去探路的人回来说，别说拖拉机，再拉上满满一车人，眼下，就连单个的鸿雁一样的送信送报纸的人都来不了云崖。因为，就在宣传队到达的当天晚上，一场纷纷扬扬的大雪开始下起，好几场演出都是在漫天飞舞的雪里进行的。先期下的雪既没有融化，又没有被风带走，它们和大地紧紧地板结、吸附在一起，全部变成了比土地本身更加坚硬的冰。后面又下的雪就直接捂在冰上，经过夜晚的凝固，很快也又成了冰，冰越变越厚，羊都不敢在上面走了。

有两个晚上，有人发现魏团长不见了，但天亮以后却又出现了，披着大衣，站在宣传队驻地的门前，把脚下的冰雪踩得吱吱作响。没有人问他昨夜去了哪里。很多人都明白这样一个道理，人生在世，刨根问底充满凶险。

宣传队的女演员们结伴去云崖的木场里剥桦树皮，主要是为了桦树皮最里面的柔软细腻最薄最光洁的那一层——颜色有的黄白，有的棕黄，还有的洁白中映着一种微微的粉红色，她们用它来制作信笺和书签。桦树皮的书签要比一片干树叶的书签结实得多，因为它有一种皮革的品质，不会开裂，不会掉渣。有一个出手很快，曾在过去的旧戏里扮演过秦香莲的名叫赖小鱼的女人，竟然从木场里带回来整整六十四张又柔软又光洁细腻的桦树皮，说是要给她的儿子订一个充满森林气息的笔记本。身手敏捷的赖小鱼，一点也不像那个哭哭啼啼的秦香莲。

曾怀林也惦记着家里，惦记着白杨木栅栏里的两个孩子，不知道他们这几天怎么样了。他最担心的是，怕他们夜里熟睡后被煤气熏倒。当地人们管煤气叫“闷烟”，每年冬天，都会有人在睡梦中被沉默而严厉的“闷烟”夺去性命，永不再醒来，在那蓝幽幽的鬼魅的带领下，越走越远，不管第二天早晨的阳光多么明亮，空气多么清新，那一切都已经和他们没有关系了。这其中不乏那些烟熏火燎地生了几十年火，在日复一日的炊烟中度过了大半生甚至一生的人，能说他们没有办法没有经验么？临走时，他特别嘱咐冬冬，晚上睡觉时，一定要先把灶膛和炉子里的火灭掉，因为他们完全不具有看火的本领和经验。冷一点可以对付，一两顿饭不吃也能过得去，因为那至少是安全的。不知道这几天他们有没有按他嘱咐的去做。

二十五

雪后的云崖，清冷凛冽，太阳就算明晃晃地出来了，也是一副遥远的冷面孔，光线里没有暖意，大地寒光闪闪。可是，就是那些没有什么暖意的光线，照在人的脸上，脸就没有夜晚和清晨那段时间里那么冷了。

站在雪地上，一件旧的短大衣穿在身上，感觉就像没穿衣服一样，但他却并不觉得太冷。在那些光线比较暗的地方，雪后的大地闪着一种空气般的蓝幽幽的光芒。肥胖的树枝，像极了丰年里的食物，近看也是白的，雪白的，养尊处优的，没有受过磨难的；可站在远处一看，也有蓝莹莹的空气薄雾一样展开在那里。过于洁白就会孕育出蓝色，是因为它们已白到了极致，不能再往前走了，前面已无路可走？

据说更白的东西也是在蓝色中孕育、出落成的。他想起一件事：有一天多多从外面回来，自出生以来从未洗过哪怕是一块手帕的他，竟然声称要自己给自己洗衣服，洗的是一件儿童节上穿过的白衬衫。曾怀林说，留着我们洗吧。多多说，不行，你们不会洗，只有我才能洗白。曾怀林后来也看出来了，他主动要求洗衣，而且只洗他那一件，洗衣的兴趣和动力全在于最后一个环节：在半盆清水里滴入一些写字用的蓝墨水，待墨水把盆里的清水染成稍重一些的淡蓝色后，放入他的少年的白衬衫，然后反复漂洗。曾怀林问他是从哪里学来的办法，多多说，这办法在同学们中间流传得可广了，很可能全世界的孩子都用这种办法洗过他们的白衬衫。最后，他把衣服捞出来，在眼前慢慢展开，眼神里充满期待和喜悦，用相当肯定的态度向他的父亲和姐姐征询又炫耀道：

“看看，是不是比原来白多了——”

白得有些发蓝呢，就像这雪地。

阶级斗争，推拉砍杀，你来我往，在那些不无戏剧性的过程中，一些阶级胜利了，一些阶级被消灭了，像二月里的雪水一样消逝得无影无踪。过一些年，也许需要很多年，当初被赶走、砸碎的那个阶级突然又重新回来了！他们不是早就被消灭了么，为什么在事隔多年之后又会卷土重来，回归故土？难道他们从来就不曾被消灭？难道他们一直蛰伏在野外，隐藏在天边？可当初他们都是以极其具体的形象和姓名，有血有肉的温热的躯体，一个一个地倒下，一批一批地消失的，以阵营为单位，以集体作斤两，眼见得都葬身于历史，或埋进了土里，那多年之后又重新活过来的到底又是些什么？

一场革命过后，犹如积雪覆盖着的大地，一切旧的先前的东西纷纷被埋葬、掩盖。站在寂静的雪原上，他仿佛看到一条无限的没有什么力量和东西能够斩断、碾碎的精神或魂魄。没有什么更好的答案，他依稀看到的那条无限的底线应该就是那种能够不断复活的不死的东西，有了它，世界才不至于完全涣散、崩坍。

许多论述里常有这样的判断：历史在这一刻——甚至这一瞬——偏离了她的航向。但曾怀林觉得，历史从来没有偏离过自己的航向。什么是她的航向？她所经过的每一段行程，就是她的本来的航向，即使是最不堪最黑暗的岁月，也是她的必经之路，必要之旅，非经过不可，脱离了任何一个环节和时期，都将难以为继。而事实上也根本无法脱离，因为只有那一条路可以通过。历史之所以成为历史，就在于她忍辱负重，从未见风使舵，从不避重就轻，走的是一条荒芜悲壮的路，而不是一条一转弯就能看见假山和餐厅的湖畔小径。

历史令曾怀林感到羞愧，一个所谓的家，两个尚未成年的孩子，成为他苟活于世的主要理由，世界以碎玻璃的形象，以水银的成分，在他的心里漶漫、洇陈。

“可是，”身体里面的一个声音小心翼翼地询问，“照顾那两个孩子，难道是一件令人羞愧的事么？”

“当然，”另一个声音回答说，“与轰轰烈烈的革命和发展相比，照顾自己的两个孩子，真不是一件正大光明的事，完全拿不到桌面上。”

那么，什么样的事又是让人不羞愧的呢？革命？牺牲？

是牺牲。从已有的无数的经验来看，绝对应该是牺牲。粗暴或暧昧地夺去他人的性命，然后再以同样的方式把自己牺牲掉，一了百了，这样最简单。即使是为耻辱而毙命，死亡本身也会让所有可能有的纷争化为乌有。如果运气不错，能够以一种正当的，在历史教科书里也能说得过去的方式把自己保存下来，更不啻为一种造化。不过，保存下来也并不等于从此就万事大吉，相反却意味着你从此开始扮演另一种角色，演得好坏与你的才干有关，也可以说与你无关，各种新的问题开始显现、定影，荣耀当然也在其中，而悔愧就藏在荣耀的后面。当荣耀像晨雾一样渐渐散去，唇亡齿寒的时候，剩下的就只有悔愧了。

所谓的新问题其实也还是一些老问题，只不过是改换了一下名称。名称一变，人们就会觉得陌生，那些折戟沉沙的人，人们都以为是被新问题打倒了。

一群人站成一排，当所有的人都忽然后退一步，你就会被立即凸显成唯一的一个勇敢者，唯一敢于站出来的人；尽管你一直站在原地，也未曾动过一下。

躲在你后面的那些人，那些退回去的大多数，他们值得你防范，因为他们从来也不会感到悔愧，无论他们做了什么或没做什么。对于不知悔愧的人，怎样的防范都不为过，到时你就会发现，无论怎样的努力，都会显得乏力而不够。

而有些人，他从来也没有防范过他们，比如那个车耀吉。从一开始起，从在东门外的卷心菜地里第一次见面那一刻起，曾怀林就不相信对方会是一个浑然天成、天衣无缝的饵，所以才会一见如故。说来也奇怪，那和见到阎松长时完全是截然不同的两种感觉，尽管他们的脸上和身上都没有明显的标志，并未标明自己真正是什么样的人，就只是一种感觉，感觉对方有妖气在泄漏，需多加提防，或者完全值得信赖，完全没有必要为不小心说出的某一句话而担惊受怕——因为对方很多时候是在悔愧与冷静的自省中渡过的，这样的人是不在意别人说什么的。更何况，车耀吉还是作为一棵烂白菜从白菜的队伍里被甄别出来、踢出来的，从革命大家庭里隔着墙头扔出来的。而阎松长那样的人则像是经过训练以后，从庭院的小门里秘密地放出来的，精神抖擞，目光如电，竖着耳朵，东闻西嗅，一路跟踪，直到把你找出来、指认出来，把你拖到他认为你该去的地方。

时光使一切都在褪色，那些已经过去的、正在过去的和即将又要过去的都正在一步步地远去。某一个当初最为钻心难忍的伤口，现在再重新正视它的时候，很难再想到它曾经的剧烈，看上去更像是一次不懂事的文身，不过是一块曾经被作践过的记忆的痕迹。

清冽的寒风从远处的群山里吹过来，像一双双冰冷的手在抚慰着你的脸，你无法拒绝，不能躲避，只能面对，只能接受。

雪后的路上没有人，连这种天气里最常见的乌鸦也很少能看到。

有几只乌鸦停落在几棵能看到帆布戏台的树上，这些不喜欢热闹的鸟儿们不知为何不去选择阒无人迹的白茫茫的雪野。曾怀林吃不准自己在十几岁以前是否见过乌鸦。这种被一代又一代的国人视为不祥之物的鸟儿们，千百年来似乎一直都在知趣地躲避着讨厌它们的人类，它们仿佛生活在人们的边缘或背面。或许就是因为它们也是不祥或贬义的代表之一，与让一代又一代的国人同样头痛的狐狸和狼之类的成为并列于同一个意义上的反面形象，也应该是历朝历代的朝野和今天的社会主义的敌人吧？小学课本里画着的乌鸦看上去和喜鹊甚至别的鸟儿没有什么两样，那时候，即使面对面地碰上了，也不一定就能明白对方是谁。

宣传队驻地前面的积雪被来来往往的行人踩踏得一片狼藉，污黑、变形，新踩出的那条通往戏台下的路，像一条黑色的小溪。

二十六

一名肩膀上搭着一条帆布口袋的云崖当地的干部，正在污黑的雪地上与宣传队的魏团长恳求或交涉着什么，从远处看，更像是在商议小麦或土豆的价格问题。云崖当地的那位干部面有菜色，两只脚陷在雪里，看不到他脚上的鞋。他肩膀上搭着的那条帆布口袋却是在任何时候都是有用的，平时可以装东西；有时在野外回不了家的时候，还可以当被褥，铺在下面或盖在身上；要是遇到大雨或大雪，那条口袋很快又会被折成一件雨披一样的东西防雨雪，只是由于东西本身的局限性，只能罩住头和肩膀，其余的部分就无力兼顾了。曾怀林不止一次地见过当地的人们将经过折叠以后的口袋顶在头上，在大雨或大雪中行走、干活儿，头顶上折出一个朝上的尖角，像极了在雨雾中快速行进的苏联红军。

他们两个人的谈话一开始别人是听不到的，但说着说着，魏团长忽然有些激动了，禁不住提高了声音，大声地对那位云崖当地的干部说：

“更有甚者，还有人称我们是戏班子，管我们所有的演员都叫戏子。那天，我看见一名披头散发的妇女在她的家门口端着一个碗，一边快速地往嘴里扒着饭，一边问一个正打她门前路过的人：‘戏开演了么?’那个人说：‘不要着急，那些戏子们都还没吃完饭呢。’我忍了很久了……作为一名基层的干部，你尤其不应该有那样的糊涂观念和错误认识，连你都这样，其他人可想而知。我今天再强调一遍：我们不是剧团，更不是什么戏班子！我们是宣传队、播种机——毛泽东思想文艺宣传队！”

看见魏团长认真了，那位云崖当地的干部便知道自己以及周围的人们的一些认识和说法是不对的。怎么能够把上级派来的宣传队叫成是戏班子呢？显然就不是嘛。农村人的嘴啊，一张张都笨得像磨盘一样，想表达个好的意思也表达不出来，让听的人一下就想到别处去了，人家不生气才怪呢。说话说不了，甚至过日子的方式和目标也都是有问题的，一代又一代的人们就那么稀里糊涂地过着。要是问他们咋过呢？他们就总爱说，瞎过呗。有人说，就算是瞎过，也得过出个道道来啊，起码稍微有点儿谱。他们就说，没有，我们没有道道，也没有谱，纯粹就是瞎过哩。这是碰上魏团长了，要是运气不好，碰上县里别的领导，还不知会怎么样呢。魏团长够有涵养够有忍耐力的了。他不断地向魏团长点着头：

“好，好！就按你说的，你们就是宣传队。我早就告诉过他们，说你们就是上级派来的宣传队。路还没有开，再给我们宣传宣传吧。”

“规定的演出任务已经结束了。”魏团长说，“也许你们没看出来，最后一个晚上，还给你们多演了两个节目呢。”

“知道，我们都知道，也都看出来了。所以人们才会像欢迎当年的八路军一样欢迎咱们的宣传队呢。我是说，这两天反正你们也走不了——”

“天气太冷了，演员们在台上又不能多穿衣服。”

“那有啥哩，那就让他们多穿点儿。是看戏呢，又不是看衣服。”

“那哪成呢？跳《洗衣舞》的演员，只能穿一条薄薄的裤子，上面的衣服还得露出半截手臂。你总不能让她们穿着棉袄棉裤在台上洗衣裳、送红枣、送斗笠吧？一来跳不动，二来也不真实。革命文艺的真实性在哪里？另外，送斗笠的背景是海南岛的风光，你见过那里的人穿着棉袄棉裤么？”

云崖当地的干部看了一眼不远处的那个几天前才用两张帆布和数十条牛毛口袋临时搭起来的戏台，台下有人们坐过的砖头木杠，现在那里冷清、空荡，一派劫后余生的荒凉破败的景象。他又看看面前的这位由于某种原则和标准问题而变得虎视眈眈、咄咄逼人的魏团长。他本来想说“即使不穿棉袄棉裤，也没看出有多真实”，但最终说出来的却是：

“天气冷，演员同志们在台上多穿点儿，没有人计较，更不会有人挑剔。海南岛的人就不穿棉袄棉裤么？那是还没到冷的时候，等天冷了，他们照样也得穿。”

“海南岛永远不冷。”

“不可能。哪有那样的地方？我就不信咱们国家还有那种地方。冬天杀了羊，他们的肉往哪里放呢？总不能当天就都吃了吧？要是一下吃不了，天气又那么热，非坏了不可。”

“这个问题你就别替他们操心了，剩下的肉吃不了，人家自有办法，还能眼看着肉坏了不管？自古以来那就是个炎热的地方，他们很懂得怎么保存肉。”

魏团长摇摇头，表示不想就这个问题再继续说下去了。

云崖当地的干部看懂了魏团长的意思，所以，他也立即总结性地解释道：

“其实，台上演的是啥，人们并不在意。只要锣鼓一敲，胡琴一响，唢呐一吹，就全有了，人们要的就是那种气氛，那种场面。”

“王果才同志!”

魏团长突然大喝一声。这一回他看上去是真的发怒了，两个眼睛瞪得像摄人魂魄的龙潭虎穴，嘴也张得很大，像是要把和他面对面站着的这个比他本人整整矮一头的名叫王果才的基层干部一口吃下去。名叫王果才的基层干部似乎也感觉到了那种突然降临的气势和危险，不由自主地向后退了两步。他有些愣怔而又害怕地看着魏团长，不知道自己说错了什么。到底是方才的哪一句话惹怒了魏团长呢?

“太不像话了!”魏团长脸色铁青地说道，“还是个干部呢，竟然说出这种没水平的又够得上反动的话，真不知道你是怎么当上这个干部的。闹了半天，你们就是为了图个热闹。照你这么说，你们想热闹，随便请一个三五个人的吹鼓手班子不就行了么，那还要我们宣传队来干什么?我不是吓唬你，王果才同志，你很危险，照这样下去，你迟早是会犯错误的，甚至还有可能是人头落地的大错误。”

听到魏团长这样说，名叫王果才的基层干部反倒不那么害怕了，他弯下腰去，把魏团长刚才由于生气而掉落在地上的大衣捡起来，小心地拍了拍上面的浮雪，替魏团长重新披上。魏团长起初还有些不愿意呢，还有些小孩子或女人的脾气呢，赌气似的往旁边扭了一下，以示拒绝，但终于还是接受了。只是重重地哼了一声，有些恼怒地看着王果才。

哼一声就哼一声吧，那正好说明他愤怒的心情比先前已有所缓解。王果才想。他没有把刚给他披上的大衣再扔到雪地里去，说明事情正在朝着好的方面变化、发展。现在王果才明白自己错在哪里了，也知道几天来一直都儒雅温和、彬彬有礼的魏团长为什么要生那么大的气了。事情的症结就在于他这位最基层的干部，向把宣传工作看得比什么都重要的魏团长传递了这样的一个信息：演什么不重要，重要的是有演出，有热闹。

这能不让人生气么？

他总算琢磨过来了，最主要的是严重地低估了宣传队的重要作用，甚至把他们等同于民间的那些乱七八糟、不三不四的三五个人一组的吹鼓手班子，难怪魏团长会发那么大的火呢。这要是换成他本人，有人要是也那么说他精心带出来的队伍，用不恰当的对比来理解他的工作，他一定也会生气的。精心给你们准备的内容，你们却说不在意、不重要，只看重形式上的锣鼓声和唢呐声，只追求表面的热闹和混乱，对方不寒心、不委屈、不愤怒，那才是怪事一桩。就像邀人来家里吃饭，客人一个劲地称赞你的碗和筷子，甚至还夸奖到你的桌椅板凳、窗户门框，而对你精心准备的饭菜却视而不见，并不上心，主人会做何感想？

这么一想，王果才感到愧疚和不安了。在云崖的这几天，不知把魏团长委屈成啥了，窝囊成啥了？从头到尾，竟没有一个人意识到，都是些只顾自己高兴，只图表面热闹的人们。魏团长和他的宣传队一直忍着，该演出什么，该宣传什么，照演不误，照宣传不误。

是的，宣传队的意义不仅仅在于娱乐，更重要的是它的政治作用，教育、宣传、鼓动，这才是它的真正的作用，而娱乐只是附带的一小部分难以避免的功能。有时候想努力地淡化、消减这种功能，却也没办法做得更干净、更彻底，总还是能让人分享到一些娱乐的果实。当了好几年干部，也见过一些场面，王果才哪能不明白这样的一个道理呢。可是天地良心啊，下面的老百姓们，男女老幼们，占世界总人口约六分之一的广大的人民群众们，他们就喜欢热闹，一听见锣鼓声就来劲，就精神抖擞，像吃了药一样，还把分散在远近各处的姑表娘舅、七大姑八大姨们都招来，吃饱喝足后，吵吵嚷嚷，你推我拉，乱七八糟地去看戏，却真的少有人关心真正的内容是什么，为什么要演这个节目，而不演那个节目。他们只看重热闹，就喜欢人挤人呀，挤得水泄不通、摩肩接踵最好。

二十七

王果才还知道，除非他们是带着专门的宣传任务下来的，否则，一般情况下，县里的这个宣传队其实也是高攀不起的。某些时候即使九牛二虎地攀来了，也往往会因种种原因而支应不起；因为对方觉得自己既是艺术家，同时更是负有崇高政治使命的，这可就比那些三五个人一伙的民间的吹鼓手们难打发多了。这样的话当然不能说出口。

那些人，那些走村串户，到处寻求门路，三五个人一伙的吹鼓手们，到时候只要一人给他们一碗冒着热气的饭就行。夜里睡觉，从场院里抱回一捆麦秸，朝地上散开，囫囵地往上面一躺，甚至常常连灯都不需要点，呼吸着房子里的年深日久的泥土味和残留在麦秸上的白日里的阳光和风雨的味道，很快就都在越来越深的黑暗中睡着了。连日来的奔波和劳顿就在那样的熟睡中得到一次又一次的缓解和修复。

王果才望了一眼那条目前被冰雪覆盖着的云崖通往外界的道路，眼前忽然跳了一下，他有一种感觉：某一支三五个人的长年累月到处走村串户的吹鼓手的队伍似乎就要在那路的尽头深一脚浅一脚地出现了！他们中有盲人，有瘸子，有穿着布鞋，脸颊像土豆皮一样粗糙，但嗓音却无比悠扬嘹亮的未知婚否的女人，还有缺胳膊少腿的，就是没有傻子。只要听到村庄的召唤，无论多远，他们都会以最快的速度，趺趺撞撞、蓬头垢面地赶到。路能不能走，从来不在他们考虑的范围之内。比如，要从高高的梁上去位于沟底的一个村子里演出，他们就坐在地上，顺着山坡往沟底出溜、滑行，有眼的拽着没眼的，在扬起的黄尘中，后者主要依靠声音和经验辨别前者，向同伴靠拢；一路出溜下来，有时候直接就出溜到了沟底里某一户人家的房顶上。听到沟底里有人喊“来啦!”，满面尘土的他们坐在人家的房顶上，便会露出胜利的微笑，检查一下随身携带的东西是否在出溜的过程中掉了，是否还一直紧紧地捆绑在身上。但很多时候，没有人召唤他们，他们都是自己找上门去的，不用对方太费劲太为难，主动地把表演的价格一降再降，直到谁也再说不出什么，直到连平时最爱挑别人毛病的人也默默地起身离去。

只要他们一来了，在距离政治夜校和民兵连一千米以外的防洪渠上一摆开阵势，幽幽咽咽的胡琴声一响，撕心裂肺的唢呐声一吹，整个云崖盆地就像在过年。

这样说并不是说宣传队的感召力不如那些时常跋山涉水的流浪狗一样的三五个人一伙的吹鼓手队伍，并不是贬低宣传队，抬高那些民间的吹鼓手们。恰恰相反，二者是完全不能比的，宣传队的影响要大得多，他们是承载着政治使命来的，宣传的是统领全体人民的方针和政策——正如魏团长所说，宣传队的作用和目的并不是给人们解闷，而是要告诉人们应该怎样，不能怎样——这是他们之间最大也是最根本的区别。

然而，不幸的是，有些时候，对于大多数觉悟偏低，甚至没有觉悟，对生活和世界缺乏最基本的认识，自己不知道该怎样活，还不愿意听上级或别的人告诉他们该怎样活的人们来说，宣传队的到来，也像是在过节；但这节日却让他们多了一份拘谨与迷茫，而少了一些亲切和随意。台上的节目是生的、遥远的，甚至是难以理解的；演员们是些怎样的人，也完全不清楚，两眼一抹黑。不过，要是与听收音机听广播相比，那还是很好的，大不一样的，宣传队带来的热闹没有什么能比得了。

什么样的节日会让人感到拘谨而又不亲切不随意呢？应该是上通天下通地的祭祀活动——除了斋戒吃素，还得规规矩矩，不能乱说乱动。作为一名基层干部，王果才本人在宣传队刚一到达，便感觉像是在投入并经历一次神圣而重大的祭祀，在这样的日子里，除了勤快、规矩、尽心尽力外，还不能随随便便，心情说晴朗也并不是万里无云，说阴沉显然也不对，也没那么严重和夸张，就是有那么一点麻烦。眼下，他最盼望的就是等待着这感觉像是把人架在半空中的祭祀活动一结束，他又能重新回到粗糙而踏实的地面上了，又能够安心地端起碗喝水，把狗皮帽子扣在脸上睡觉，随意地走动，对着光秃秃的田野发呆、想心事了。他恳求宣传队再额外演出一场，并不是他本人想看，他其实一点儿也不喜欢看那些东西，前些天的那几场演出，他一次也没有正经看过，一直在为宣传队的食宿奔忙。安排人一刻不停地烧水，把库房里的麦子磨成面，杀羊，去煤矿上拉炭，把宣传队驻地的炕烧得热热的。

但魏团长却宁可让宣传队的人都闲着，去白雪皑皑的木场里剥桦皮，在屋子里烤火，闲聊，“争上游”，下五子棋，相互间用纸牌算命，也不答应再多演一场、两场。王果才把这样的态度理解为：神圣而重大的祭祀活动不能乱来，不能够随随便便地想搞就搞；否则，那还有何神圣可言？而天气寒冷，演员在台上不能多穿衣服，恐怕只是其中最小最小的一个原因。而且，如果真的决定要演出，那也将不成其为一个能站得住脚的原因和理由，完全可以被克服或忽略不计。因为，任何一具身体，无论男女，无论老幼，事实上都并不真正属于自己，它常常会有条件或无条件地服从于很多东西。

现在，那些暂时没有事情可做的一具具温热或微凉的躯体就在云崖的雪地上站着、走着，有的弯下腰将松开的鞋带重新系好，有的望着远处的蜡染似的群山出神。每个人都有着不同的姿势，每个人看上去都对各自的身体享有充分的主权，能够控制并对其发号施令。想笑的时候，嘴角就能够及时地咧开；想看的时候，目光也能够准确地凝视；脸颊上忽然有些痒，一只手伸上去，很快就会让它在顷刻间得到平息和愉悦；站在不同位置上的两个人，忽然很有兴趣交谈，于是便经过各自的努力，终于走到一起，面对面地看着，低声地说着一些只有他们彼此才能听到的话……诸如此类，没有人会认为并相信这也是奇迹的一种，乃至这就是奇迹本身！所有未曾被苦难囚禁、撕扯过的人们，都会觉得这不过是最平常最普通的一种现象，甚至要多平常就有多平常，只要愿意，任何人都能够做到，因为一切都是那么的容易。自由就是想干什么就能干什么，不自由就是不能够想干什么就干什么，这就是大多数人的自由观。而奇迹在很多人看来，首先就意味着脱离了普通和平常，不平常、稀奇，成为它唯一的要义。

只有曾怀林才能够痛彻地感到，最正常的生活，最寻常最普通的举止，才是最奇迹的生活！它看似容易，似乎无须太多的成本和繁复艰辛的周折。

二十八

七十多年前，在那灰蓝色的远方，在那风雪严寒的落叶松、冷杉、白桦林和嘴角淌着蜜、双手戴着厚厚的棉手套的熊瞎子的故乡，列宁第一次向俄国社会介绍马克思和恩格斯的时候，顺便看似不经意地把一种制度作为一种理想提出来。在序言部分快要结束的时候，他又不经意地不引人注目地，仿佛是自言自语地轻声嘀咕道：

“……我们有办法做到这一切。”

是什么办法呢？却并没有说。也许说这话的时候，还没有想出什么具体的办法；也许办法早已经有了，却不能够提前说出来，需要保密一个时期——几年，甚至十几年。

一切都是依靠后来的行动一步一步地完成并最终实现了的。当初要是说出是什么办法，后来还会有那么多的响应者和追随者么？很多事情都是不能够假设的。

在东门外的那片从夏至以后就生了虫子的卷心菜地里，东门生产队的队长领着一些人在捉虫子，没有什么更好的办法，只能用笨办法，只能用手捉。经过一两天的摸索后，他们终于明白捉虫子这样的工作不需要快干和猛干，而需要每一个捉虫子的人都要有十二分的耐心和细致。蹲在每一颗菜前，像给刚出生的婴儿洗脸、换衣服那样，小心地剥开每一道缝隙，轻拿轻放，像用嘴把太烫的食物吹到微温不烫的程度一样，将一些虫子吹走。但另有一些却一动不动。看到有危险的充满敌意的手指过来时，有些手脚麻利的就会快速地钻到更深的地方，消失得不见首尾。

东门生产队的队长是一个急性子的人，尽管是在空气清新的田野里，身边还不时地有女人们在说笑，但几天来的那种小心翼翼的工作还是让他感到憋屈而又苦闷，像一个身怀屠龙术的人，只能这里看看，那里瞧瞧。眼见得有些油滑的虫子刺溜刺溜地从人们的视线之内逃走、消失，他终于忍不住宣布道：

“跑吧，躲吧，你们就是藏到世界上最深的那道缝里，今天也要把你们全都挖出来！”

听见队长这样说，几个捉虫子的女人顿时脸上飞红，有的条件反射地下意识地夹紧了自己的双腿，一个梳着两条短辫子的看上去相当保守的女人甚至尖叫了一声。

“是菜生了虫子，又不是你们自己生了虫子，”队长有些诧异地看着她们，“你们这是在干什么？”

由于就在菜地边住，每次捉虫子、浇水，都少不了车耀吉。他有干劲，有热情，但就是视力模糊，如果不戴老花镜，可以说一个虫子也捉不住，有时候自以为捉住了，等拿起来一看，才发现什么也不是。

下一次再来的时候，曾怀林刚一在东门外的那条被野草簇拥着的沙土路上出现，就看见车耀吉正站在他的那间孤零零的小房子前面向他招手。曾怀林沿着灰绿色的卷心菜地的田埂朝那间矮小的几乎是匍匐在地上的房子前走去。房顶上，黄泥的烟囱是寂静的、冷清的，看不出丝毫的烟火气，似乎永远也不会有暖暖的象征着人间气息的炊烟从那里面升起，龙一样地在他的房子的上空盘旋、缭绕。

二十九

曾怀林没有料到，上一次的谈话一直像一条看不见的锁链一样囚禁着没有人看守没有人监视的车耀吉，使他有如一只年老的猴子，在困顿中度过了一天又一天。这些天他一直都在琢磨、冥想，一天吃一顿饭：一根煮熟的胡萝卜、两个土豆、一段葱白，蘸一点酱，慢慢地把它们吃下去。酱是后来才有了的，以前一直蘸的是捣碎后的粗盐粒。看到曾怀林在东门外的沙土路上一出现，他便直接地预感到解脱的时刻可能来到了，几天来的困扰将会像乌云一样散去。他远远地朝那条沙土路招手，便证明他心情急迫；早一点知道答案，在他看来比吃几顿饭更重要，更能让他感到轻松而健康。

门楣太低了，每一回进门都不得不低下头，倘若一个人性格倔强，坚持不低头，那他就永远进不了这个门，只能在外面站着。曾怀林低着头在前面走，跟在他后面的车耀吉此时更像是来别人家串门子的，来打听一件重要的事情的。他急切地问道：

“上次说到的那个办法到底是什么办法？”

“你应该知道。”曾怀林说。

“我应该知道？不，我不知道。”

车耀吉猛然站住，为了证明自己所说的，他决定抬起头来，可是刚一抬头，便听见上面传来咚的一声，一个群星璀璨的世界随即便快速地从他的眼前闪过，让他仿佛回到了几十年前的战争岁月里。那时候，包括他们在内，很多人都发现根据地晚上的天空时常是繁星满天，比敌占区的星星要多得多，也亮得多。就连根据地的军民饲养的家禽家畜，也要比它们那些生活在敌占区的同类们快乐得多，幸福得多，公鸡朗诵，母鸡唱歌，羊儿满山坡……大家在青纱帐里讨论的时候也常说，为什么呢？天就是那一个天，为什么我们这边的星星又多又亮，而敌人那边的星星却又少又暗呢？最善于拨云破雾的黄政委说，什么也不为，就因为真理在我们这一边，正义的事业在我们这一边。

那是一个多么让人怀念的年代啊！每一天都会有不测，但每一天也都会有理想被接近或实现。

“我以为你知道。”

曾怀林已经进到了屋里，来到那个像一张方形的饭桌那么大的窗户前，向外面看了一下，灰绿色的卷心菜地里没有人，弯弯曲曲的田埂上也没有人。

“哦，你要这么说，我有些明白了。”车耀吉用手揉着碰疼了的头顶，往昔的峥嵘岁月已从他的眼前退去。他走过来，看看曾怀林，又看看外面的田野。

“是剥夺？”

曾怀林点点头。

“是的，我对那不陌生，我也干过。”车耀吉说，“不过我至今还认为，那是非常必要的。”

答案已明了，却并未带来预想中的轻松。车耀吉有些手足无措地站在自己的屋子里，此时的他看上去更像是到了某一个初次抵达的令人拘谨的地方。人总以为走到某一步时，事情就会像物质反应一样有伸缩，有变化，会随之翻开新的一页；但结果却往往并非如此，真不是你事先所估计和想象的那样。

就那样在那个能看到田野的小窗户前发了一会儿呆，后来车耀吉忽然想起了什么。他走到一进门的那面凹凸不平的土墙前，摘下一个挂在上面的篮子，从里面拿出一个用报纸包着的圆形的东西。打开后，是一个叶片上有很多虫眼儿的卷心菜，用纸包住，是为了防止风干。

“是东门生产队的队长送给我的。”车耀吉对曾怀林说，“我帮他们捉了三天的虫子。”

看过后又重新包好，没有再往篮子里放，而是放到了曾怀林的身边，对曾怀林说：

“一会儿走的时候拿回去吧，你有孩子，他们正是长身体的时候。”

曾怀林说：“你留着吃吧。”

“我一个人不吃菜。”

他说得是那样的轻松、高兴，像是完成了一件令人愉快的事情，笑的时候脸上出现了一种既沧桑却又不完全属于老年的令人感到陌生的东西。之后又把手伸到那个硬邦邦的里面仿佛装着沙土的枕头下面，摸出两片提前裁好的纸，给自己卷了一支烟。烟丝放得不多，浅浅的一溜，像是一根长得不太顺溜的眉毛，躺在那片二指宽的纸上。

“像大多数人一样，以前我也一直以为，一个人要是长期不吃菜，身体一定会出问题的，现在看来也完全不是那么回事——”

他把手里的烟点着，尽管只是小心地吸了一口，却还是突然招来一阵猛烈的咳嗽。咳嗽一时停不下来，他不得不面朝着门口的方向，剧烈的振动让他的身体变形，腰不知不觉地弓了起来，脖子前倾，从姿势到声音，都像是在朝着门外狂吠。曾怀林看到那股不可遏制的气流把他的脸都憋红了，眼里出现了闪闪烁烁的泪花，外面的田野和那些稀稀落落的房舍此时正在他的起伏不平、摇晃不止的视线里上蹦下跳，东倒西歪地扭曲、战栗。

平息下来之后，他不无歉意地朝曾怀林笑笑，又用手把眼角的泪花和嘴边的一缕鼻涕擦去，接着刚才的话说：

“人，不吃什么，不做什么，都没问题，都能过得去。世上没有非吃不可的东西，也不存在非做不可的事情。”

黑黢黢的屋里，没有一点鲜亮的东西，但曾怀林却忽然觉得仿佛正置身于一片泥土松软的原野上，一丛丛、一簇簇的小黄花、小蓝花开了，明妍、芬芳，他惊讶地注视着。原野上没有人影，只有树荫和云彩投下来的一小片一小片的浅黑的影子。几年前一家人来到这座偏远小城时的情景再次浮现在他的眼前，那时他们就是从那样的原野上经过的，本地的雄鹰在原野的上空优美而庄严地滑翔着、盘旋着，不远不近地陪伴着他们。“我又看见了那条来时的路，又看见了那片开满野花的高纬度的原野……”他说。不是自言自语，而是很明确地说给一个人听的。一个人能听到自己心声的时候并不是很多，就像清晰地听到有人在前面敲门，有人在房后咚咚地奔跑。

曾怀林看着车耀吉，平常只是觉得人生有如驾辕拉车，一旦套上去了便很难再挣脱。前面的路如诡异的长卷一样一尺一尺地在你的脚下铺开，有关的内容早就都描画完毕，在你一落地时便已都绘制好了。许多事情不做不行，硬着头皮去做了，它或许从此就了结了；否则，它们就会一直在那里翘着，支棱着，像一个个刨开的坑……既然刨开了，总得埋点儿什么进去吧？既不埋什么，也不让它再恢复原样，就让它那样朝天敞着？可是车耀吉却说，不埋什么也行，就那么朝天敞着也行。

三　十

就在距离这次见面的一个星期后，车耀吉死了。不是死于病困，而是由于连日的阴雨使他那间低矮的土坯结构的房子成为一堆松软的湿泥。它们酥松、涣散，像国营粮店里供应的那种被抽掉了精华，失去了筋骨的乏力的面粉，再也无法为他支撑起一个哪怕是仅能容纳他一人的狭小空间，在连绵的阴雨中，它们终于跪地求饶了，愿意重新归隐于泥土。

东门生产队奉命埋葬了车耀吉。这个几乎没有什么个人物品——墙角的筐子里还剩下两个萝卜、一个土豆——的人，让料理他后事的人们感到异常的简洁而轻松，比周围任何一个人的后事都更省事，更省力。说是打发一个死人，实际就像去一个人的家里串了一次门一样，没有眼泪，没有哭声，没有香火气息，更没有披麻戴孝，不到一个小时便做完了一切，告辞出来，就让一个曾经在地面上奋斗过、挣扎过、坚持过的人，抄小路，着便衣，破帽遮颜，顺利地悄无声息地重新回到了有蛐蛐和蚯蚓做伴的故乡。

再来到东门外的时候，几天前还有煮胡萝卜的水从那扇窄小的门里倒出来的土坯房子永久地不见了，它不仅仅是从曾怀林的视线里消失了，也从常在这一带活动的所有人的眼里消失了。一个有时在这一带放马的人，带着他的疑惑，在一道又一道的田埂上走来走去，有时停下来，歪着头，四处张望，又像是在谛听。曾经竖在那间矮小的土坯房后面的一根木杆子也不见了，放马的人主要是在找那根具有标志性的杆子，在已经逝去了的那些日子里，他没少在那上面拴马；而现在，那根杆子好像也随着那间房子一起走了。

另外，连最能唤醒记忆，最能作为旁证的卷心菜地也都不见了，每一块地里都空荡荡的，就连曾经包裹、烘托过卷心菜的那些灰绿色的叶子也都没有留下一片……眼前的景象，说陌生有点儿过分，可要说有多么熟悉，真的又完全够不上。真让人怀疑自己是否真的曾经来过这里；甚至要说这是另外某一个地方的一幅景象，也没什么不可。

曾怀林站在那片已经被铲平的露出新土的地上，回想着几天前还停留在这里的那间矮小的房子和住在里面的那个人，一切都消失得比一场晨雾还要干净、迅速。

一点痕迹也没有留下。

送走一个人，就意味着一个时期的结束，是否还意味着一个时代的远去呢？他问自己，但心里却并没有一个明确的答案，因为时代好像并未发生什么变化，那怎么能说一个时代已经远去了呢？是的，好像不能那么说，没有远去，一切都还是老样子，也没有看见有新的东西滋生、闪现、抬头。一个人去了，就像往黑暗的深渊里掉下去一根针；甚至一群人去了，也无非是一把针掉了下去，一捧沙子漏了下去，于事无补，不会带来任何的影响和触动。

前前后后倒下去那么多人，真的就一块砖一片瓦也没有松动么？不，触动和影响应该还是有的，只是一时看不见罢了。因为一次死亡就标志着一次重生，意味着又一轮新的开始，这是宇宙的规律和法制，没有什么人和事物能够阻挡得了。

存在于他内心深处的重重阴霾大约就是从那时候开始向外飘散，并逐渐减少的。他开始为车耀吉感到欣慰，因为他仿佛一个不经意的急转身，便卸下了此前压在他身上的一切，在某一个地方又重新诞生了。那个能让他重新开始的地方也许很远，远到一切都令人无比陌生，但不管他到了哪里，此前的一切都与他无关了，他都又要重新开始了——在太阳下劳作，在雨天里冥想；身份突变，他的名字也必定不再叫车耀吉了，而是另外的经过精心斟酌或随意命名的两个字或三个字。

啊!

这样的一种已经完全超越阶级、超越了现实生活的事情把他吓住了，让他感到又激动又害怕。世界、人生、自然，难道真的是这样的奇异么?

这样看来，世界、一切的生命，岂不是一个圆溜溜的东西？没有起始，也没有结束，没有正面，当然也不存在反面。生与死，好与坏，轻与重，长与短，本身并不存在，而是一个又一个时期的人们自己发明创造出来的，其中还包括各种巫术般的政治、经济、文化、军事和习俗的魔方，把这些一代又一代积攒、传承下来的人的心智与技巧以图文和固体实物的形式镶满整个世界，遮住其本来的面目和规律，用一双双匠人之手，一颗颗阴暗叵测之心，塑造出一个自以为伟大文明，实则却是把利益作为唯一航向的世界。

明训死时，他没有想到过这些，只是觉得并不是身边忽然少了一个人那么简单，而是他的整个世界坍塌了一多半，残垣断壁，一片狼藉。那时候，悲愤遮掩了一切，使他几乎看不见任何东西，也想不起任何事情。

现在，一个非亲非故的人的离去，让他极目千里。东门外那片时常有燕子低飞的原野，在他的眼里从此成为一片永远的晴朗之地，即使是在阴雨连绵或大雪纷飞的日子里，他也仿佛能看到被遮掩在沉沉铁幕后的一线鱼肚白。他相信自然的法则和力量，待黑到极致，无路可走之时，便开始群星闪耀，开始晨光熹微。

可是，当认为那鱼肚白永远都很难出现时，人就会因等不及而心碎、绝望。

三十一

“这是要去哪？”

“红星农场。”

“长途班车不经过那里。”

“我步行去。”

“能用‘同志’这个词称呼您么？”

“应该还不行，还没有结论。就直接叫我的名字吧。”

“早就想和您聊一聊了。”

“聊什么呢？”

“生活、命，随便什么都行。”

“怎么选中了我？”

“您认为我找错人了么？”

和他说话的是一位曾经的化学教师，姓熊，眼睛深度近视，人称熊瞎子。据说能用化学试剂配制出杀伤力很强的炸弹，不过，在有着雪亮的眼睛和敏锐的政治嗅觉的广大的人民群众的监督和注视下，他的计划没有完成，阴谋未能实现。已经有好几年不再让他接触化学和化学实验了。经过严格的甄别和审查后，他被下放到学校的总务科负责扫帚、铁簸箕和黑板擦的发放、登记和领取，没有人相信他能在这几件日常的粗使物品上再做出什么新名堂，它们相互之间也不具有勾兑性和由此产生新一轮化学反应的可能性；即使直接用来伤人，它们也算不上是什么利器，本身不具有危险性，更无机密可言。

“真不巧，我好不容易请了半天假。”曾怀林歉疚地说，“等我从农场里回来行么?”

“行，什么时候都行。”

熊瞎子不无遗憾地目送着曾怀林离去，不知是自己的视力越来越衰弱了，还是对方走得太急，总之，他很快就再什么也看不见了。转过脸，却在对面的国营第二缝纫社的低矮幽暗的玻璃橱窗上忽然看见一个失魂落魄的令人疑窦丛生的形象，他顿时吃了一惊。没等里面的那些扎着围裙、戴着套袖、面色灰暗的缝纫女工出来，他便赶快离开了。他可不想也不敢招惹她们，别看她们成天坐在一台台缝纫机前面像发了霉一样面无表情，一整天也说不了几句话；但她们要是忽然闹腾起来，给人的刺激也不亚于一个有武力和权力做靠山的专政机关。

他眼瞎，可心还没瞎，快走到新华书店的那道一人多高的台阶下面的时候，他就明白过来了，刚才忽然鬼魂一样出现在国营第二缝纫社低矮幽暗的玻璃橱窗上的那个看上去十分倒霉，又不无晦气的令他颇为惊骇的形象，其实谁也不是，而正是他本人。

三十二

从城北的原野上出发，东去十五里，就是红星农场。

农场里有时会有价格很低廉的蔬菜出售，当然人家也不是在大张旗鼓地做生意，而是一种不定期的偶然行为。每一次都是偶然行为，谁碰巧赶上了，谁就能幸运地体验一回少花钱多办事的梦想。这样的梦想在大多数的时候当然是不可能实现的，不然怎么能被称为运气？“到红星农场碰碰运气去！”就表示你要是去了，就有可能碰上农场里的那种偶然行为，用一分钱就能买到平时用五分甚至一角才能买到的东西，这样的事情，不叫运气叫什么？如果连这都不算是运气，还有什么能算作运气呢？

农场仿佛是一座取之不尽用之不竭的金山，散落在它四周的很多人都想去沾一沾光，占一点便宜，花几分钱，能买到十几分甚至几十分钱才能买到的东西。当然，也就是点蔬菜，只有蔬菜，别的也没有。

这样的事，还是老宋生前告诉曾怀林的呢。老宋还说，要是运气好，恰好又赶上他们没耐心，有别的事情要做，那时候就能买到那种不是论斤论两，而是论堆的菜，一堆一堆的，随便给一点钱，你就能拿走一堆。当然，那种论堆卖的菜，质量不一定好，可是东西多呀，那是以数量取胜的，拿回去耐心地拣一拣，还是能拣出不少好的来的。总体来说，还是很上算的。本身你花的钱就不多，呼啦一下得到那么多的菜，还要怎么样呢？曾怀林说，那么，什么样的人才能够有那样的机会呢？不是谁都可以的吧？老宋说，想多了，没那么复杂，谁都行，只要你去了，正好又赶上了，他们才不管你是谁呢。曾怀林想了一会儿后，又问，像我这样的人也行么？老宋说，瞧你说的，你怎么啦？你不是人么？当然行，去了你就知道了。他们最让人感动的地方就是他们从不看人下菜。卖给你一点儿菜，还要调查你的祖宗三代，打听你的身份和历史是不是清白？

从不看人下菜……就像一股暖流，从曾怀林荒芜寒冷的心底涌过！他实在想象不出那是一幅怎样的情景，每一个前去的人，每一个私心杂念作怪的人，每一个明摆着就是想去占一点儿便宜的人，在那些等待处理的菜堆面前，会被一视同仁地看待，那怎么可能呢？他称好了，下一个就轮到你。

人世间竟然还有那样的地方存在，靠的是什么呢？

尽管存在于老宋身上的那种很重的江湖习气让曾怀林对这件不无理想国色彩的事情还有所怀疑，但他的心里对那个坐落在十五华里以外的陌生的农场还是充满了向往之情。他决定一定要找个机会亲自去一趟，能不能遇到老宋说的那种能够把一分钱变成十几分乃至几十分的事，那是另一回事；最重要的是，他想亲眼看一下老宋描绘的那种暌违已久的人人平等的人间图景。很难说有多久了，那图画时常就在离他不远的地方展开又合上，平静而又质朴地存在着，而他却一无所知、闻所未闻。平心而论，单就这一点来说，他觉得自己这些年来的改造也不能说是多成功的，不要别人来评判、打分，自己给出的分数也只是能勉强及格。上级组织对他进行严酷的等待、观望和考验，并非完全没有道理。

一个人一味地鸣冤叫屈，觉得整个世界都对不起他，曾怀林不希望自己是一个这样的人。为什么从来都不知道去仔细地检查一下自己？你是否真的就洁白无瑕？

这样的自查往往是会让自己感到尴尬和难堪的，除了发现自己并非完人，还会像收拾箱柜一样找出许多意想不到的污秽和与生俱来的“小”，而所有那些东西，都是你平时公然鄙视和抨击的。让你感到尴尬和难堪的就是，你从未想到那些东西竟然也会聚集在你的内部，你竟然也是一个常被你鄙视和抨击的对象，只不过常常被你忽略，被你漏掉。把一圈人数来数去，就是数不到自己的头上，每一回都会数不到自己，都会有意无意地把自己漏掉。那是什么？那就等于不表态地把自己置于一个高高的完美的圣贤般的位置上。

不是么？在他的内心深处，他也从来没有把那些没有多少文化的，靠自身的力气和某一门手艺养家糊口的最普通的劳动者看作是和自己一样的人，更没有也不会把他们当成是自己的朋友。远的不说，就说住在距离他不远处的老宋，老宋可是真心把他当朋友和兄弟的，只要他遇到难处，老宋那是不含糊的，总会尽自己的所能。但是，他把老宋看作是朋友了么？他拷问自己，结果是没有。平时对老宋的尊敬和热情，只是表面上的，是经不起推敲和深刨的，是一种受到过人家的长期的恩惠之后不得不有的，或者说是最自然的反应。真正来说，他内心深处的那道白杨木栅栏却从来没有放老宋进来过。刚到这座小城的那一年，老宋帮他筑起了让一家人感到安慰的白杨木栅栏。有一天黄昏过后，老宋还在白杨木栅栏前忙活，他过意不去，非要让老宋留下来吃饭，老宋起初不肯，后来竟也爽快地答应了。但是收工以后，那天的晚饭是在哪里吃的呢？是在位于农机管理站对面的第二人民饭店，就他和老宋两个人。表面上说是刚刚安顿下来，家里过于简陋，很难做出什么像样的饭来；但真正的根源却在于他内心深处的那道白杨木栅栏紧紧地关闭着，没有也不准备向任何人敞开，朦胧而遥远地、顽强而警惕地拒绝着一切来访者，拒绝他们登堂入室，深入到他的家庭内部。尽管明知在第二人民饭店的花费要远远超过在家里做饭的花费，但他心甘情愿。

他是这样的，明训呢？自视甚高，在她的心里更有着对普通的粗俗无知的民众的蔑视。

不过，看着老宋一边投入地抿一口酒，一边还在认真地帮他规划未来的家园，他又在心里感到愧疚，觉得有些对不起眼前这个耿直而又热心肠的人。老宋说，栅栏有了，再在栅栏边栽两棵树，铺一条碎石子的路，这样下雨下雪的时候就会干净许多。又说，这些你都不用愁，办法总会有的。后来的事实也一再证明老宋不是那种喝一点酒，就借着酒劲信口开河，在酒桌上胡乱许诺，过后又把曾经信誓旦旦地说过的话忘到九霄云外的人。第二人民饭店下班的时间快到了，两名服务员不时地过来催促他们，让他们赶快吃完走人。饭店里的三盏灯已经灭了两盏，就剩下他们头顶上的这一盏了。周围其他的几张桌子已经没有人了，服务员们把所有的凳子都腿朝天放在桌子上，开始洒水、扫地、上护板。

三十三

几年前的往事仿佛就在昨天。

曾怀林觉得自己的真正的改造恐怕永生永世也不可能完成了。

早就说好了要找个机会与老宋一起去一趟红星农场，老宋总是说，等一等，过两天咱们就去。等老宋说可以去了的时候，曾怀林这边又走不了啦。

但是有一天发生的一件事，却让他们再也没有一起结伴去红星农场的可能了：老宋死了。

曾怀林从内城里回来，刚推开白杨木栅栏的门，便听说了此事，他没有回家，转身就往西边的临时居民点走去。绕过几个水坑和一片树丛后，看见老宋他们居住的临时居民点那里黑糊糊的，几星磷火一样的灯光点缀在其间，使得那一片被内城和主流生活一直多年拒绝的地方看上去又凌乱又复杂。曾怀林不相信侠肝义胆的老宋会说死就死，又没有病，又是一个天塌下来都不愁的人，怎么会死了呢？他更愿意相信是有人在搞恶作剧，以前就有过类似的事情，说住在不远处的某某人死了，从死因到过程都说得有根有据，就像真的一样。就在周围的人们觉得世界幽深莫测，喟叹人生反复无常的时候，第二天却赫然看见那个已于头一天死去的人，正在没有院墙的窗户下劈柴，间或直起腰，斧子靠在腿边，将夹在耳朵上的半截纸烟重新点燃。

曾怀林在黑暗中走着，耳边仿佛已提前听到一阵在广大的人民大众之间极为常见的捉弄与被捉弄后引起的哄堂大笑，仿佛看见老宋正坐在他本人亲手制作的那把椅子上，笑着对刚从外面走进来的一脸惊恐和茫然的曾怀林说，看把你吓的，他们和你开玩笑呢，我哪能死了，还有好多事情没做呢。坐下喝一杯吧。

但是这一回，曾怀林没有听见预想中的笑声，越接近老宋的院子，越觉得事情有些不对。大门是开着的，老宋移回来的野葡萄和野草莓仿佛都已进入了深深的睡梦中，老宋家的小狗来福正在黑暗中趴着，看见曾怀林进来，一边往起站，一边摇晃着变成一个小圆圈的小尾巴。也就见过一两回，它就记住他了，幼小的心灵里从此不再把他当外人。

走进一间门开着，点着好几盏灯的屋里时，曾怀林看见了老宋的遗体！惊愕的程度远远地超过了自己第一次被捕时。

刚刚烧过的纸灰像一封封黑色的来信，在一张烧着香，点着蜡，也是老宋生前亲手制作的山榆木的桌子前飘舞着。

……

好长时间过去了，老宋的坟头上已冒出了青草，曾怀林还能清晰地记得临时居民点的那个黑灯瞎火的晚上，老宋的模样像极了在装死，像极了在和包括家人在内的所有的人开玩笑，开着一个不无沉痛的玩笑。黑色的纸灰在同样漆黑的穿堂风里旋舞着、飘落着，年幼的小狗天真而困惑地注视着眼前发生的一切。

老宋是在帮助一户从察北一带迁移来的没有居所的人家在北山的一处土崖下打窑洞的时候被埋进去的。当天午时，有一股细细的土，像一根细麻绳一样从窑洞的前面神不知鬼不觉地垂下来，源源不断地垂下来、流下来。在场的好几个人后来都看见了那一股细麻绳一样的土，像是有人从上面精心放下来的一根别有用意的钓线，却只有老宋好像没有看见。有人指给他看时，老宋却用嘲笑和不屑作为回答。他朝窑里看了看，说入深还不够，于是就又进去了。事后有人猜测，也许他是真的没看见那股钓线一样的不祥的土，要是看见了，凭他的经验，他不会不警惕。但更多的人认为，恰恰正是由于他的过于丰富的人生经验和自信心葬送了他，要是一个没有经验的新手，就不会有后来的事。

冥冥之中，好像老天也不喜欢那种扬扬得意，一贯自以为是的人呢。怀揣着一颗骚动的挑衅的心，不会有好下场的。

在去往红星农场的路上，曾怀林不断地想起老宋，那么一个人，就像一只鸟一样，说不见就真的再也不见了。老宋为什么要帮助那么一家不认识的人家打窑洞呢？老宋的朋友老龚说，谁说不认识？不认识能那么真心实意、尽心尽力地帮忙么？早在那一家人还住在察北的时候，老宋就认识他们了。那时候他常在那一带活动，他和那家里的女人关系不寻常呢。

住在老宋旁边的，两家之间隔着一个绿汪汪的大水坑的吴铁匠说，一个人常年在外到处跑，到处出溜，不可能干净得了。

吴铁匠的话像一段淬过无数次火以后的铁，在春日的黄昏时分，已显出钢的蓝色，重重地往地上一掷，让曾怀林的心里不禁一惊。打那以后，老宋的形象在曾怀林的心里不知不觉地发生了变化，一半是明的，一半是暗的，他再也没办法将从前那个相对来说应该是很熟悉的人统一起来，置于明亮的光线里。老宋在他的心里开始变得禁不起推敲，昔日的那个钢铁般坚强的老宋，被现在的这个有缝隙又有漏洞的脆弱的男人所取代，这让曾怀林觉得有些难过，觉得自己这样重新认识一个已然死去了的人，一个曾经在已逝的岁月里没少帮助过自己的人，有些对不起他，这样有失公允和厚道。可是，老宋本身也很不给他这个萍水相逢的愿意以一种美好的形象永远记住他的朋友争气呢，他身上已经暴露出来的和还没有暴露出来的，以及以后再也没有机会暴露的那些东西，让曾怀林很难再理直气壮、光明磊落地回忆他。

人真是一种奇怪的东西，一个人的身上只要有一小片阴暗的地方，便会让数倍于此的光明的东西得到抵消、湮灭。好的东西有多少也总是显得不够，而不好的东西，哪怕只有一个铜钱那么大，只有一根针那么短，也会让一个人顿时矮小一半，没有人能逃得过这种超自然的计算方式和计算结果。

老宋，你还行侠仗义、大包大揽地帮助人家打窑洞、找住处，你以为你是谁？主持都江堰的李冰？神工鬼斧的鲁班？你不过是为一个从察北来的不知名的女人和她的家庭打了一眼能够供他们容身的土窑洞，你知道你死后，周围的人是怎么议论你、怎么看你的么？不管是谁，生前不能掌控一切，死后更会是一面任人涂抹任人诟病的墙，就算你是天底下最要强的人，就算你身怀绝技，滴水不漏，各路武艺各种招式样样精通，只要你一合上眼，你是一个怎样的人，就全由别人说了算了。对此，同样也住在城外的临时居民点，一个人拉扯着三个孩子的林丽丽说得更好，她对云中粮站的那个每一次都要在秤头上克扣她一些口粮的侮文忠说，有本事你就永远别合上眼，永远活着。

沿途的树木忽然断开，岔路口到了。

三十四

从岔路口向南斜插二里地，就是红星农场。按照老宋生前曾经向他描绘过的路线，进了农场的大门以后一直往深处走，见到一处外表涂着黄油漆，里面传来阵阵敲打声的房子也不要停，继续往深处走。直到看见一口锈得褐红色的大钟，看见大钟附近的一个架在高处的特大号的高音喇叭，这时候就得向左转，沿着那条由米黄色、粉白色和粉红色沙子混合而成的沙土路，再往农场的深处走。走一会儿，会看见几排刷着绿油漆门窗，有时开着门有时锁着门的房子，不要以为那就是你要去的地方，那是专门供外面来农场的客人休息住宿的地方，和你一点儿关系也没有。你还得再往里走。

十有八九，沙土路上会突然跳出一个人来，像是从地底下冒出来的一样，不论春夏秋冬，都穿着一件灰蓝色的短大衣，大衣的后摆像是被水泡过，被血浸过，变得坚硬而不驯服，时常像一条被截过的尾巴一样在后面翘着。一般情况下，这个人会拦住你的去路，很严肃地对你说："能看看你的证件么？请把你的证件拿出来！"凡是第一次去农场的人都会被这个情况吓住，不知该怎么办。其实，你不理他，他也就再不要了，好像他把要证件的事已经忘记了，马上又换一种表情和声音，像是你的朋友或亲人一样，关切地问你：

"伤口还疼么?"

碰到这个人，千万别在意，也不要理他，那是一个疯子，一个有名的疯子，无论看见谁，他都会那么问，并没有具体的针对性。农场是宽宏大量的，这么些年一直还让他留在农场里，没有撵过他，也从来没有在天黑以后把他捆绑起来，用拖拉机把他拉到某一个很远的人生地不熟的地方后扔下不管。只有当上级领导来农场视察工作的时候，他才会被暂时关押起来，与废旧柴油机，牛吃的磨盘那么大的豆饼和麻饼，一人高的拖拉机轮胎等大型的东西，共同锁在一起。不能把他和铁锹、锄头一类的小型的生产工具锁在一起，那样他会闹出很大的动静。乱七八糟的像大闹天宫一样，会引起上级领导的注意，那样一来，锁他、关押他的意义也就失去了。其实，锁他、关押他，除了是为保证上级领导的安全和农场的正常秩序外，同时也是为了他本人好。试想，如果不管他，不重视他，由着他来，让他疯疯癫癫地跑出来，闹腾一番，能有他什么好结果？上级领导要是个心善的那还好说，要是正好碰上一个脾气不好的，二话不说，立马就将他拿下，让他万劫不复。更何况，锁他、关押他，那一切也都是暂时的，只要上级领导视察完一走，他就又被放出来了。所不同的是，有的领导视察完以后还有可能留下来在农场里吃一顿饭，也不让另做，就与农场的领导和职工们同桌吃饭，边吃边聊。也有可能饭后还要休息一会儿，那他就会在黑房子里与废旧柴油机，一人多高的大轮胎，豆饼麻饼等物品关押的时间稍微长一点儿，长也长不到哪里去。要是碰上有的领导看完就走，不在农场吃饭，那他很快就会被放出来。

记住，不要和疯子纠缠，你还得继续往里走。他在你背后的沙土路上大声地背诵马列主义毛泽东思想，背诵国际共运史，你也不要理他。他说他自己的档案没问题，档案不见了，你也不要管他。总之，无论他说什么，你只当没听见，只当是一阵风，哪怕是一个有来头的妖精一样扭来扭去的旋风。

走着走着，脚下的那条沙土路就不见了，十几座粮囤形状的大草堆山丘一样横在眼前。第一次走到那里的人都以为前面没有路了，其实还有路，就是草垛与草垛之间相隔的那些空隙，那就是路。从那些草垛之间的空隙处穿过去，有一扇常年不锁的小门，推开小门，猛然发现自己原来处在一个很高很陡的位置上，而下面是另外的一幅景象：阡陌纵横，沃野千里，巨大的水车慢慢地从容不迫地转着。那就是农场的命脉——大片的土地和庄稼。

不过你不要下去，你也下不去，因为那不是你要去的地方，站在上面看看就行啦。那扇通往另一个世界的小门是怎么打开的，你再给人家怎么关上。

一定还有另外的路通向田野？那是肯定的。

沿着小门旁边的一条被野花和野草遮掩得一次仅能供一个人通过的小路，走不了多远，就会走进一个辽阔的大院子里，好多拖拉机停在那里，有人躺在车底下修车，有人用柴油清洗零件。只要你不停下来盯着他们看，他们也是不会过问你的。

有的人没事找事，最后招来灾祸上身，那也怨不得别人。

路过食堂，会看见大师傅们在里面压饸饹、切土豆、捞酸菜。大师傅中间最有力气的人站在高高的灶台上面炒菜，挥动一把铲煤用的大号的方头铁锹在锅里奋力翻炒，从远处看，更像是一名装卸工在完成自己的定额。

不要在食堂前面多停留，经过那里的时候正常地通过，脚下的步子稍微加快一些。尤其不要东张西望，农场保卫科的人说不定就在不远处看着你呢，他们又不穿专门的衣裳，看上去和正常的人完全一样，你根本分不清谁是种地的，谁是专门念报纸的，谁的腰里别着枪口袋里装着红本本。你正常的时候，他们也正常，你一不正常，他们就过来了。

为什么？瞧你问的，当然有原因，你就照我说的去做准没错，这样你就能让自己与麻烦划清界限。你还嫌自己的麻烦不够多么？

农场的铁匠铺和木工组就在前面不远处的地方，不过两个组并不在一起，而是被一条拉着铁丝网的路从中间隔开了，一边叮叮当当，火星四溅；另一边又砍又锯，不停地吐出白得晃眼的刨花。走在那条漫长的用铁丝网隔开的路上，每个人都觉得像是走进一个军事禁区一样安静、森严。要是谁手里拎一只鸡，鸡也会像一只死鸡一样一声不叫。

三十五

农场的花自由自在地开放着。

在铁丝网消失的地方，一片白杨树和山杨树混合生成的林子会让人在瞬间忘记整个农场，忘记同样以马列路线为航向的这一级组织和这一个内部分工并不松懈的机构，好像身处在一片深山老林里，黑绿色的苔原，相互攀连的灌木，像是一个人口稠密，彼此都沾亲带故的大家族。除了植物，见不到一个农场的人。从外面望进去，林中好像没有空地，但再走一会儿，就会隐约看到里面的那些无比安静的木屋，木屋也不是一两间，看上去非常密集。

看见林中的那些密集的木屋，曾怀林的心跳不由得加快了。他感到身上的血液有如涌动的潮汐。

至此，对于能不能买到便宜的菜，曾怀林觉得自己已经不那么看重了，甚至完全不重要了，内心深处涌上来的是一片浩瀚无边的既像陆地又像海洋般的情感，那其中就包括一片对老宋的感激之情。他清晰而又真切地感到老宋的名字此刻就浸养在那种蜜一样浓稠的感激之中，尽管他一直都不知道老宋的全名，但那个人是真的，音容笑貌可以触摸到的。没有老宋，他不可能看得见这一切，甚至终身都有可能会对这一切闻所未闻，和这一切永难谋面。老宋知道自己在干什么么？也许他觉得不过是在闲聊，在闲聊中向他这个拖儿带女的异乡人介绍一些不算是门路的生活门路。社会、大地、山川河流，甚至国家、政党，只要你认真、用力，是能够从中吸到那种足以养活人命的汁液的，尽管很多时候只是艰难异常的一点一滴，但对于生存来说，那也足够了，那已经够了。

眺望着林中那些密集的木屋，他像一个背着父母偷偷跑出来的贪玩的孩子，在那片让他神魂激荡的林子前驻留了很久，有一瞬间，甚至忘记了有国，忘记了有家。

三十六

离开树林，前面一下出现了好几条令人眼花缭乱的路。曾怀林想起老宋的嘱咐：沿着距离小五金厂和小农具修理厂最近的那一条路走，农具厂最显眼的标志是那一堆堆锈得褐红的废铁。农场里坏了的农具都在这里修理，不需要拿到外面去修，甚至外面的农具有时也会送到这里来修。拖拉机对土地的作用，使得那些曾经亮闪闪的年轻气盛的犁铧完全锈死了，只能日复一日、憔悴木讷地闲坐在农具厂的门前，看着拖拉机大声地吼叫，一桶一桶地喝油，神气活现地奔跑、戴红花、受表扬，而它们却再也没有亲近田野的机会。

青蓝的天空下，农场的景物不断地扑入曾怀林的视野。有一段时间，他记不起自己到这里来是要去干什么。

按照老宋生前的描述和指引，过了配种站，过了外表花哨的共青团俱乐部和与之中间隔着一座小山岗的农场卫生所，曾怀林终于找到了那个时常有低价菜出售的地方——是两间潮湿的泛着一种生石灰味和韭菜气息的平房，光线很暗，只看见一台寂静的磅秤和一个正趴在一张小学生课桌上打瞌睡的人。那个人的一只手按着一个秤砣，像是担心秤砣会在他睡着的时候发生政变，或者悄悄逃走。

那个一只手按着秤砣的人看来并没有睡着，至少不是熟睡，曾怀林从外面刚一进来，他就从桌子上抬起了头，冲着门口有雾蒙蒙光线的地方说道：

“没有了。”

“一点也没有了么?”曾怀林一边适应着屋里的光线，一边问道。

“就剩下这了——”

那个人站起来，来到距离磅秤不远的地方，指着一小堆残缺不全的萝卜，并用脚把其中的一个萝卜踢回到堆里去，又指了一下旁边的一小捆甜菜。曾怀林在他的指点下，弯下腰看了看，萝卜大都是半个半个的，但基本还是好的；甜菜的叶子上边缘部分已经溃烂，变得像脓一样黏稠深重。

“就剩下这了，”那个人说，“你还要么?”

“我要了吧。”曾怀林说，“多少钱呢?”

“也不要过秤了，这么一点儿不值得一过。留下一角钱，你都拿走吧。”

“应该还能从中挑出不少好的来吧?”

“应该行，耐心一点儿，还是能拣出不少好的来。以前从来没见过你，你是头一次来吧?”

“头一次。我也是听别人说的。”

曾怀林蹲在地上，把那一小堆萝卜和甜菜捡到他随身带来的一个柳条篮子里。磅秤员的通情达理和宽宏大量实在有些出乎他的意料，这也让他越发感到拘谨和不安。人的忍耐都是有限度的，趁现在大好的时光，应该赶快把地上的东西收拾好，然后提着篮子离开。从相貌上看，眼前这位磅秤员应该属于那种对于身外之人和身外之物很挑剔，甚至近乎苛求的一个人，一会儿，他要是忽然变得不高兴起来，那也是完全正常的，也是在情理之中的。

地上的东西都已放进了篮子里后，曾怀林拿起靠在磅秤上的一把扫帚，把堆放过萝卜和甜菜的那片地方仔细地清扫了一下。第一次来这里，一定要给人家留个好印象，他是这么想的。在他做这些的时候，那位磅秤员一直在旁边很平静地看着他，既没有说感谢，也没有说不用扫了。

付了钱，提上篮子，正打算沿着刚才来时的路回去的时候，磅秤员却指着一扇门让他从那里出去。一出门，他吃惊地发现自己已来到了一条大路上。就在他疑惑的时候，忽然看见了坐落在不远处的农场的大门，不久前，他就是按照老宋生前的描述和指引，从那个大门里进去的，在里面绕了一大圈，却万万没想到他千辛万苦地要找的地方竟然就在路边。看来，这个门是后来才有了的，至少老宋还不知道，所有再来买菜的人都不用再进到农场里面去了，不需要再绕那么一大圈了。老宋向他描述和指引的是一条过去的老路，这说明自从这个临近大路的门开通以后，老宋还没有来过。

老宋啊！

青蓝的天空下，一排雁阵刚刚过去，没有民兵从寂静的原野上走过。发往专署所在地去的一天一趟的长途客车正在刘家坟一带费力地爬坡，从远处看，像是静止不动的。

他看看篮子里的菜，萝卜虽然都是半个半个的，但其实没有什么，将来吃的时候不也还得要切成小块么，甚至还得切成更细的丝。甜菜的主要部分还是好的，一出了门，他就已经想好了，回去后，他要给它们做一次手术，只要用剪刀把边缘上那些溃烂的部分剪去，就会是一小捆新鲜碧绿的菜。

原载于《十月》二〇一〇年第六期

编后记

除了另外三部长篇小说以及部分短篇小说由于版权等原因未能收入外，这次编辑出版的作品系列囊括了我目前面世的全部作品，共计有长篇小说六部、中篇小说四十四部、短篇小说三十七部。在各册的编排上，力求和谐。不过，因篇幅字数的差异，有时又确难做到内容与风格上的高度一致甚至相近，如此，同一册之中，有时会有完全不同面目的作品并存。阅读一本风格内容相近的书犹如在一个熟悉宁静的地方漫步，反之，则如同在同一座山上浏览四季；对于阅读者来说，很难说哪一种方式更好。也许，这中间并不存在可比性。此外，部分篇章中偶有另造之词句，我视之为自己之词句，更视之为一个写作者对于语言、对于表达所做之努力或曰贡献。我不喜并厌恶被无数人咀嚼过无数遍的词句及语言，故在与各册编辑商榷后，使它们得以保留。保留它们，也意味着保留了我之所思所想，更是一次与它们生离死别之苦痛的避免。

这套作品系列，贯穿了我迄今为止的写作生涯，从最早到最近。

感谢此系列最早的策划者续小强、孟绍勇二位青年才俊，感谢北岳文艺出版社，感谢北岳文艺出版社众位编辑朋友在此系列的编辑、校阅、出版过程中付出的大量艰辛的劳动和努力，她们认真、求真、严谨细致的工作作风和编辑精神给我留下了深刻难忘的印象，也使我深为感动。

吕 新

二〇一七年十月二十四日